Angi

Romantic Thriller

Leslie O'Grady

Lord Ravens Witwe

Roman

Deutsche Erstveröffentlichung

Wilhelm Heyne Verlag
München

HEYNE-BUCH Nr. 03/2167
im Wilhelm Heyne Verlag, München

Titel der amerikanischen Originalausgabe
LORD RAVEN'S WIDOW
Deutsche Übersetzung von Edgar Müller-Frantz

Printed in Germany 1984
Umschlaggestaltung: Atelier Ingrid Schütz, München
Gesamtherstellung: Ebner Ulm

ISBN 3-453-11360-8

1

»Ich möchte Schloß Raven nie wiedersehen«, sagte ich.

Annabelle reagierte eher streng als verständnisvoll. »Das meinst du doch nicht im Ernst, Nora. Immerhin, Schloß Raven ist dein Zuhause.«

Der schwarze Crêpe raschelte, als ich schnell aufstand und zum Fenster ging. Ich gab vor, auf den gepflegten Rasen hinauszuschauen, damit sie nicht merken konnte, daß Tränen in meinen Augen standen.

»Ohne Mark und Gabriel birgt das Haus für mich nichts als bittere Erinnerungen. Sooft ich die Bibliothek betrete, erwarte ich, Mark beim Kamin sitzen und in einem Buch blättern zu sehen. Und ohne Gabriels Lachen erscheint mir die Stille in den Räumen...« Ich konnte nicht weitersprechen. Meine Stimme brach, und ich mußte das verräterische Taschentuch zu meinen Augen führen.

Annabelle eilte zu mir und legte ihren Arm um meine Schulter. »Du mußt Geduld haben. Der Schmerz wird mit der Zeit nachlassen. Es sind ja erst drei Monate, seit...«

Jetzt sprach auch sie nicht weiter.

Es wurde sehr still im Zimmer. Wir schwiegen eine Zeitlang. Aber dann wurde an die Tür geklopft, und gleich darauf herrschte lärmende Unruhe im Raum. Die beiden Kinder Annabelles kamen hereingestürmt. Der sechsjährige Peter ritt auf einem Steckenpferd und trampelte rücksichtslos umher, ohne auf die Nippes-Gegenstände zu achten, die überall auf kleinen Tischen standen. Der vierjährige Timothy, krebsrot vor Anstrengung, versuchte ihn einzuholen.

»Schneller, schneller«, hetzte ihn der ältere Bruder. »So wirst du mich nie fangen können.«

Die Mutter betrachtete ihre Sprößlinge liebevoll, aber ich

fand es an der Zeit, ihrem Treiben Einhalt zu gebieten, speziell als Peter eine Kurve zu knapp nahm, an ein Tischchen stieß und eine wunderschöne Wedgwood-Vase gefährlich ins Schwanken geriet. Es gelang mir im letzten Moment, die Vase zu retten.

»Genug jetzt, Jungs!« rief ich energischer als gewöhnlich. »Ein Wohnzimmer ist kein Reitplatz.«

Annabelle warf mir einen scharfen Blick zu, aber die Buben nahmen mir meine Ermahnung weniger übel als ihre Mutter. Sie blieben auf der Stelle stehen und sahen mich erwartungsvoll an wie übermütige Spaniels, die auf einen Befehl warten. Sie hatten nicht die Schönheit ihrer Mutter geerbt, aber es waren fröhlich aussehende junge Burschen mit hellem Haar und blauen Augen.

»Ich reite ›Prinz‹ im Derby«, entschuldigte sich Peter.

»Das Rennen ist vorbei«, entgegnete ich. »Das Pferd gehört abgerieben und in seinen Stall.«

Peter stieg gehorsam vom Steckenpferd, ließ es dann achtlos zu Boden fallen. Sofort wollte sich Timothy darauf stürzen.

»Ich will jetzt auf ›Prinz‹ reiten.«

»Das kannst du nicht«, sagte Peter unfreundlich. »Du bist noch zu jung, und das Pferd ist zu lebhaft für dich.«

Da Annabelle sich nicht einmischte, tat ich es. »Peter, laß doch deinen Bruder auf ›Prinz‹ reiten. Du darfst mit deinen Spielsachen nicht so egoistisch sein.«

Peter verzog sein Gesicht, als er rebellierte. »Timmy ist doch nur ein Baby, Tante Nora. Das Pferd würde ihn abwerfen, und er könnte sich verletzen.«

Ich wollte mich auf keine Debatte einlassen, versuchte ihn lieber abzulenken. »Komm doch her, Peter, und setz dich auf meinen Schoß.«

Sofort verlor er sein Interesse am Steckenpferd und lief mit ausgebreiteten Armen zu mir. Doch Timothy eilte ihm sofort nach. Peter schob den Bruder energisch beiseite, Tim verlor das Gleichgewicht, fiel zu Boden und begann zu weinen.

»Peter!« rief ich böse. »Du hörst sofort auf, dich zu balgen!« Ich bückte mich und hob Timothy auf, der prompt aufhörte zu weinen. Dann gestattete ich auch Peter, zu mir zu kommen. Er lächelte; es war ein gewinnendes Lächeln, dem man schwer widerstehen konnte.

Er sah mich mit seinen strahlenden blauen Augen lange an. »Tante Nora, warum weinst du immer?«

Es gab Annabelle einen Ruck. »Nora, es tut mir so leid...«

»Schon gut«, beschwichtigte ich sie. Und ich erklärte den Kindern: »Wenn jemand, den du sehr liebst, stirbt, bist du lange Zeit sehr, sehr traurig.«

»Fehlen dir Onkel Mark und Gabriel sehr?«

Ich nickte heftig, und meine Augen füllten sich wieder mit Tränen.

»Mir auch«, versicherte er mir. Und um hinter dem Älteren nicht zurückzustehen, fiel jetzt auch der kleine Tim ein: »Auch mir fehlen sie, Tante Nora.«

»Sie fehlen uns allen«, murmelte ich und preßte die Buben an mich.

Doch Peter war zu unruhig, um lange bei mir zu bleiben. Er glitt von meinem Schoß und lief zu seiner Mutter. Ich erwartete, daß Timothy wie meist hinter ihm herrennen würde, doch das tat er nicht. Er kuschelte sich in meine Arme.

Peter bescherte seine Mutter mit einem strahlenden Lächeln. »Mama, darf ich heute ›Star‹ reiten. Bitte komm doch mit mir! Und erlaubst du mir endlich, mit ihm zu springen?«

»Aber ja, mein Liebling«, gurrte sie und strich das lange blonde Haar liebevoll aus seiner Stirn. »Nach dem Essen reiten wir zusammen auf das Moor, und wenn du gut im Sattel sitzt, darfst du mit deinem Pony springen.«

Peter nickte zufrieden. »Aber du kommst nicht mit«, ließ er den jüngeren Bruder wissen. »Denn du bist noch ein Baby und kannst nicht auf einem richtigen Pony reiten, außer man hält dich im Sattel fest.«

Ich wollte keinen bevorzugen, aber im Moment tat mir der Kleine leid. »Das wird dir nichts ausmachen, Timmy, denn Tante Nora wird dich nach Schloß Raven mitnehmen, und dort darfst du dann zeichnen und malen wie Großpapa Stokes.«

Tim nickte enthusiastisch; er hatte das Gefühl, mit mir gegen den Älteren zu konspirieren. Aber Peter sagte sofort: »Mama, ich möchte auch nach Schloß Raven.«

Seine Launenhaftigkeit irritierte jetzt sogar seine nachsichtige Mutter. »Du wolltest doch mit mir ausreiten«, sagte sie etwas enttäuscht.

Bevor er etwas erwidern konnte, wurde an die Türe geklopft, und Nelly, die Kinderfrau, trat ein, um die Buben zu holen. Nelly, weißhaarig, mollig, ein mütterlicher Typ, liebte ihre Schutzbefohlenen, wie sie von diesen geliebt wurde.

Peter stürzte sofort auf Nelly zu, aber Tim, bevor er ihm folgte, küßte mich auf die Wange und flüsterte: »Bitte weine nicht mehr, Tante Nora. Ich werde traurig, wenn ich dich weinen sehe.«

Sein Mitleid rührte mich. Während Peter einem manchmal auf die Nerven ging, weil er stets seinen Willen durchsetzen wollte, lag Timothy vor allem daran, von allen geliebt zu werden, und so entwickelte er früh einen Sinn für die Bedürfnisse seiner Mitmenschen, der ihm die Sympathie der anderen sicherte.

Annabelle ging mit Nelly und den Kindern nach oben. Ich blieb allein zurück. So lärmend es bis dahin gewesen war, jetzt umfing mich wieder die lähmende Stille und das Gefühl des Alleinseins. Das Ticken der großen Uhr, bis dahin fast unhörbar gewesen, hallte laut in meinen Ohren.

Unwillkürlich mußte ich denken, daß ich die ersten Wochen der Trauer ohne Annabelle, ihren Gatten Colin und die beiden lebhaften Kinder kaum ertragen hätte. Vor fünf Jahren, 1863, war ich nach Devonshire gekommen, als bezahlte Gesellschafterin von Lady Annabelle Gerrick. Damals hatte ich sie nicht besonders gemocht; sie erschien mir verwöhnt, egoistisch und gelegentlich sogar grausam. Später heiratete ich ihren ältesten Bruder, und sie vermählte sich mit Colin Trelawney, einem australischen Millionär.

Wir wurden Nachbarn. Colin entschloß sich, in England zu bleiben, und baute gegenüber von Schloß Raven einen ähnlichen Landsitz. Annabelle nannte ihn stolz ihr ›Schlößchen‹. Wir waren einander sehr nahe, nicht nur räumlich, auch im familiären Sinn, speziell als die ersten Kinder gekommen waren.

Allerdings verlief die Beziehung zwischen Annabelle und mir nie ganz glatt, wir hatten beide zu entgegengesetzte Charaktere. Doch ich hielt sie stets für eine loyale, verläßliche Freundin, und sie schätzte mich ebenfalls als solche ein.

Als Annabelle zurückkam, entschuldigte sie sich für das rüpelhafte Benehmen ihrer Söhne. Ich erwiderte, daß mir das Lärmen und Lachen von Kindern wohl täte. Darauf sagte sie nichts, sondern setzte sich mir schweigend gegenüber.

Wenn ich sie ansah, mußte ich unwillkürlich ihre Schönheit bewundern. Ihre Figur war trotz der beiden Geburten untadelig geblieben, ihr Haar war weizenblond, und ihre blauen Augen vermochten so unschuldig zu schauen wie die eines Kindes. Auch sie trug natürlich Trauer, und der schwarze Seidenkrepp kontrastierte vorteilhaft mit ihrer hellen Haut. Darüber hinaus verlieh ihr die schwarze Kleidung eine Aura von Verletzlichkeit, die sie womöglich noch schöner erscheinen ließ. Seit ihrer Jugend verstand sie es, ihre Schönheit und ihren Charme auszunützen. Zumindest in dieser Beziehung war Peter ein echter Sohn seiner Mutter.

Mir war es immer schwergefallen, ihr einen Wunsch zu versagen oder ihr gegenüber meinen Willen durchzusetzen. Doch diesmal war ich fest entschlossen, es zu tun.

»Ich muß dir etwas sagen, Annabelle, obwohl ich fürchte, du wirst nicht einverstanden sein.«

Sie zog spöttisch die Augenbrauen hoch. »Was für ein strenger Ton in deiner Stimme, Nora. Er erinnert mich an meine ehemalige Gesellschafterin.«

»Es ist mir ernst, Annabella. Du bist mit den Jungs zu nachsichtig, speziell mit Peter. Und mir gefällt es nicht, wie er Timothy behandelt. Er kränkt ihn, stößt ihn – bis zu dem Punkt, da er ihn weinen macht. Du hast es ja selbst gesehen. Du weißt, wie gern ich Peter habe, doch ich finde, man müßte ihn energischer behandeln. Aber du tust es nicht.«

Annabelle sah mich mit überlegenem Lächeln an. »Brüder balgen sich eben, Nora. Das ist immer so, wenn sie gemeinsam aufwachsen.«

»Das ist keine Entschuldigung dafür, daß du sie widerstandslos gewähren läßt. Ich würde nicht wollen, daß Peter ein rücksichtsloser Egoist wird. Und wenn du Timothy fühlen läßt, daß du seinen Bruder bevorzugst, wird das in ihm feindselige Gefühle hervorrufen.«

»Wie bei Mark – gegen Damon und mich«, sagte sie scharf.

Ich nickte und war auf einen unbeherrschten Temperamentsausbruch gefaßt. Doch der blieb aus. Zu meinem Bedauern. Ich zog es vor, wenn Annabelle die Nerven verlor, denn ihr Ärger verzog sich so schnell wie der Nebel auf dem Moor. Bloß wenn sie ihren Zorn unterdrückte, machte ich mir Sorgen.

Jetzt war sie keineswegs zornig, nur etwas nervös, als sie mit schnellen Schritten im Zimmer auf und ab ging. »Zugegeben, Nora. Was du sagst, stimmt. Ich bin Peter gegenüber zu nachsichtig. Aber weißt du, aus welchem Grund?«

»Nein.«

Sie blieb dicht vor mir stehen. »Weil Peter derjenige ist, der im Leben zu kurz kommen wird.«

»Wie kannst du das sagen, Annabelle? Peter hat alles und wird alles haben, was ein Kind nur wünschen kann. Liebevolle Eltern, ein glückliches Heim, eine sorgenlose Zukunft...«

»Peter kam zur Welt, als Colin und ich noch nicht verheiratet waren«, erinnerte sie mich. »Und auch nach unserer Heirat blieb er – dem Gesetz nach – ein illegitimes Kind. Natürlich hat Colin dafür gesorgt, daß sein Vermögen zwischen den Söhnen zu gleichen Teilen aufgeteilt wird, wenn er stirbt – aber Peter hat keinen Anspruch auf das Geburtsrecht der Gerricks. Jetzt, da Mark und Gabriel...« Sie machte eine hilflose Handbewegung. »Der Titel geht an Damon über.«

Ich seufzte tief. Honorable Damon Gerrick, der jüngere Bruder meines Gatten, war hoffnungslos krank, geistig verwirrt.

»Damon kann natürlich niemals heiraten und Kinder haben«, fuhr Annabelle fort. »Wenn er stirbt, wird mein Sohn automatisch der sechste Earl of Raven und wird auch das Schloß erben. Aber da Peter illegitim zur Welt kam, wird Timothy der Erbe sein. Es ist unvermeidlich, daß mein jüngerer Sohn alle Rechte des Erstgeborenen haben wird. Kannst du dir vorstellen, was Peter empfinden wird, wenn er aufwächst und sich damit abfinden muß, daß nicht er den Titel und das Schloß erben kann, sondern daß er zugunsten seines Bruders verzichten muß, weil – nun, weil er zu früh geboren wurde?«

Mir kam das Problem jetzt erst voll zum Bewußtsein. Ich stamme aus bürgerlichen Verhältnissen und habe wenig Verständnis dafür, wie wichtig die Frage von Titeln und Erbschaften für Mitglieder aristokratischer Familien sind. Annabelle kam aus einem adeligen Devonshire-Geschlecht – und obwohl sie aus Rücksicht auf ihren bürgerlichen Gatten keinen Gebrauch von ihrem Titel machte, war sie im Herzen doch eine echte Gerrick geblieben. Fragen von Rang und Erbfolge hatten sie stets beschäftigt, speziell wenn es ihre Kinder betraf.

Kopfschüttelnd erwiderte ich: »Ich glaube, es hat noch viele Jahre Zeit, sich mit diesen Problemen zu beschäftigen, Annabelle. Vielleicht wird Peter durchaus modern denken, und die Erbfolge mag ihm dann nicht so wichtig sein.« Beinahe hätte ich hinzugefügt: ›– nicht so wichtig wie dir‹ –, aber ich zog es vor, meinen Mund zu halten.

»Das verstehst du nicht«, entgegnete sie schneidend. »Er ist mein Sohn. Er ist ein Gerrick. Es wird ihm sehr viel ausmachen. Deshalb gebe ich ihm all meine Liebe – um ihn für den Verlust des Erstgeburtsrechts zu entschädigen.«

»Es wird ihm nur wichtig sein, wenn du ihn dauernd an den Verlust seiner Rechte erinnerst. Ich glaube, deine Haltung wird schließlich deinen beiden Söhnen Schaden zufügen, Annabelle.«

Das war der Moment, in dem sie die Nerven verlor. »Mir ist höchst gleichgültig, was du denkst, Lady Raven«, sagte sie mit ungewöhnlicher Schärfe. »Peter ist mein Sohn, und ich werde ihn behandeln, wie ich es für richtig halte.«

Mühsam beherrscht ging sie zum Fenster, böse starrte sie auf den Garten hinaus. Doch mit einem Mal schlug ihre Laune um, und strahlend wandte sie sich mir zu. »Colin ist aus Plymouth zurück«, rief sie atemlos und lief aus dem Zimmer wie ein aufgeregtes Schulmädchen. Unwillkürlich mußte ich lächeln. Man konnte ihr nicht lange grollen, sie besaß zu viele liebenswerte Eigenschaften.

Jetzt trat Colin Trelawney ein, den Arm zärtlich um seine Frau geschlungen. Auch er war ein heller Typ, doch sein Haar war nicht leuchtend blond wie das Annabelles, sondern eher sandfarben. Er hatte die Dreißig noch nicht überschritten, aber ein kurzer Bart ließ ihn älter erscheinen. Er war nicht groß, aber kräftig gebaut, und im Unterschied zu seiner temperamentvollen Frau behielt er stets seine Ruhe, selbst in schwierigen Situationen.

Er begrüßte mich mit einer schweigenden Umarmung. Ich küßte ihn auf die Wange und gab mir Mühe, meine Tränen zurückzuhalten.

»Wir machen uns Sorgen deinetwegen, Nora.«

»Kein Grund, Colin. Mir geht es so gut, wie es – wie es unter den Umständen möglich ist.« Ich beeilte mich, das Thema zu wechseln. »Wie war es in Plymouth?« Und dann: »Wie steht es um die Raven-Linie?«

Während Annabelle ging, um sich um den Tee zu kümmern, setzte sich Colin mit mir auf das niedrige Sofa. »Offen gestanden, Nora – ich weiß es nicht.«

Seine Antwort überraschte mich. Seit Marks Tod hatte mein Schwager meine Interessen wahrgenommen, und in geschäftlichen Angelegenheiten war er stets energisch und zielsicher.

»Mit den Schiffen ist alles in Ordnung«, beeilte er sich zu versichern, »aber ich habe im Hafen etwas gehört, was mich beunruhigt.«

Jetzt setzte sich auch Annabelle, die inzwischen nach dem Mädchen geklingelt hatte, an seine Seite. Sie legte ihre Hand auf seine. »Spann uns nicht auf die Folter. Worum geht es?«

»Man hat Erkundigungen eingezogen. Über alles, was die Raven-Linie betrifft. Anzahl der Schiffe, Tonnage, Frachtkapazität, Gewinne, Investitionen, Darlehen – kurzum, detaillierte Informationen, die nur einen prospektiven Käufer interessieren können.«

»Einen Käufer...?« Um ein Haar wäre ich aufgesprungen. »Ich würde meine Anteile an der Linie nie verkaufen. Mark hat die Firma aus dem Nichts aufgebaut und...«

»Ich weiß, Nora, ich weiß«, beruhigte mich Colin. »Ich habe doch kein Wort von Verkaufen gesagt. Ich habe dir nur berichtet, daß ein Interessent Informationen einholt.«

Das Mädchen mit dem Teeservice kam ins Zimmer. Während Annabelle unsere Tassen füllte, fragte ich: »Hast du dich mit John Belding in Verbindung gesetzt?« John war Marks Teilhaber, dem ich voll vertraute. Er saß im Londoner Büro der Firma, wo er direkten Zugang zu den Banken und Versicherungen hatte.

Colin nickte. »Ich habe ihm ein Telegramm geschickt, aber John wußte von nichts. Nun, ich habe in Plymouth meine

Beziehungen, und ich habe schließlich herausbekommen, wer die Nachforschungen in Auftrag gegeben hat. Mr. Turner.«

Es verschlug mir den Atem. »Doch nicht Drake Turner?«

Colin nickte düster. »Doch. Drake Turner.«

»Er hat sich nicht viel Zeit gelassen«, rief ich außer mir. »Mark ruht kaum unter der Erde, und schon ...« Ich preßte die Zähne zusammen. »Sie waren Rivalen, Konkurrenten. Ich habe Turner nie mit eigenen Augen gesehen, aber Mark sprach oft von ihm. Und sooft er Turner nur erwähnte, wurde er böse, was sonst nicht seine Art war.« Ich faßte meinen Schwager am Arm. »Turner darf die Raven-Linie nicht kaufen. Mark würde es mir nie verzeihen.«

»Kein Grund zur Aufregung, Nora. Es liegt in deiner Hand, jedes Angebot zurückzuweisen.«

Seine überlegene Gelassenheit beruhigte mich. »John Belding und unsere Vertrauensleute sollen auf der Hut sein. Und bitte, Colin, selbst wenn ein Strohmann ein Angebot macht, möchte ich sofort verständigt werden. Ich werde bei euch und im Londoner Büro immer hinterlassen, wo ich zu erreichen bin.«

Colin runzelte die Stirn. »Nicht auf Schloß Raven ...?«

Ich schüttelte den Kopf. »Nein, ich habe vor zu verreisen. Annabelle weiß es schon. Ich werde eine Weile in London bleiben und dann vielleicht auf den Kontinent übersetzen. Paris, die Schweizer Berge ... Neue Eindrücke werden mich vielleicht aus meinen trüben Gedanken reißen.«

»Hoffentlich«, sagte Colin. Und dann meinte er: »Wir werden dich vermissen, Nora.«

»Wo wirst du in London bleiben«, wollte Annabelle wissen. »Im Mount Street House oder bei deinem Vater?«

Der Besitz in Mount Street war ein kleines, elegantes Haus in der Nähe vom Hyde Park. Mark und ich hatten stets einen Teil des Jahres dort verbracht, um Theater zu besuchen und am gesellschaftlichen Leben Londons teilzunehmen. Mein Vater bewohnte in Chelsea eine große Villa mit Atelier, in der ich mich immer sehr wohl gefühlt hatte. Aber als junge Witwe wollte ich ihm nicht zur Last fallen; Künstler sind immer zu sehr mit ihren eigenen Problemen belastet.

»Ich werde in Mount Street bleiben«, antwortete ich.

»Und wann gedenkst du zu fahren?«

»Sobald wie möglich. Ich ertrage die Stille im menschenleeren großen Schloß nicht länger. Vielleicht schon Montag...«

»So bald?« rief Annabelle. »Jetzt, wo April vorbei ist und der richtige Frühling beginnt. Was kann schöner sein als Frühling in Dartmoor? Ginster und Erika blühen, neugeborene Lämmer laufen umher...«

Mark hatte das Moor nie geliebt; er haßte die Kälte, die Sümpfe und den plötzlich einfallenden Nebel. Doch die Frühlingswochen hatte er nie anderswo verbringen wollen; er behauptete, der Mai in Dartmoor verjünge ihn jedes Jahr. Und ich hätte es nicht ertragen, den Monat Mai auf Schloß Raven ohne ihn zu verbringen. Der bloße Gedanke daran machte mich weinen.

»O Nora, ich habe dich wieder aus der Fassung gebracht«, sagte Annabelle zerknirscht. »Verzeih mir...«

»Du brauchst dich nicht zu entschuldigen, Annabelle. Es ist meine Schuld, daß mich die kleinste Erinnerung an die glückliche Zeit mit Mark zu Tränen rührt. Ich muß lernen, mich zu beherrschen.«

Colin bewies mir sein Verständnis und seine Sympathie. »Du hast Mann und Sohn verloren, Nora. Du hast keinen Grund, dich deiner Trauer zu schämen.«

Immer noch bewegt, verabschiedete ich mich etwas schneller, als die Höflichkeit erfordert hätte. Aber im Moment quälte mich sogar das Mitleid meiner Familie. Ich war beinahe erleichtert, als ich die Zügel in die Hand nahm und meinen Gig nach Schloß Raven lenkte. Ich brauchte kaum auf den Weg zu achten, die alte Stute kannte ihn im Schlaf.

Doch plötzlich scheute sie und stellte sich einen Moment auf die Hinterhand. Ein Mann, der eine Flinte trug, war aus dem Gebüsch gesprungen und hatte in die Zügel gegriffen. Obwohl die Stute ihn gut kannte, schnaubte sie verärgert.

»Damon!« wies ich ihn zurecht. »Du sollst doch das Pferd nicht erschrecken!«

Damon sah an mir vorbei ins Leere. »Ich kann euch nicht passieren lassen«, sagte er mit grimmiger Entschlossenheit. »Die Aufständischen haben Cawnpore belagert, und General Havelock hat befohlen, ihren Nachschub abzuschneiden.«

Wenn man Damon Gerrick ansah, hätte man nie vermutet, daß er nicht bei klarem Verstand war. Doch jedermann in der Gegend wußte, daß ihn ein schreckliches Schicksal hatte in Wahnsinn verfallen lassen. Vor zehn Jahren, während des Sepoy-Aufstands in Indien, hatte er seine Braut neben zweihundert anderen Frauen und Kindern ermordet und verstümmelt aufgefunden. Seine Erinnerung war an diesem Zeitpunkt festgefroren. Immer noch lebte er im fernen Indien, immer noch kämpfte er mit seinem Regiment gegen die Aufständischen.

Die besten Ärzte von England und Frankreich vermochten Damons erschüttertes Bewußtsein nicht zu entwirren. Als Mark und ich heirateten, beschloß er, seinen Bruder aus der Nervenheilanstalt zu nehmen. Damon war harmlos und gutmütig, und ich hatte nichts dagegen, ihn auf Schloß Raven aufzunehmen. Doch Annabelle bestand darauf, ihren Lieblingsbruder bei sich zu haben, und sie setzte ihren Willen durch. Seither lebte er im Schlößchen. Seine Neffen, Peter und Timothy, mochten ihn gern, denn sie konnten mit ihm ›Soldaten spielen‹. Er betrachtete sie als Mitglieder seines Regiments und ließ sie mit gezogenen Holzsäbeln Paraden abhalten. Ansonsten wanderte er durch Garten und Moor und schoß aus seinem ungeladenen Gewehr auf imaginäre Sepoys.

»Damon!« rief jetzt eine Frauenstimme. »Damon, wo sind Sie?«

»Melde mich zum Rapport«, erwiderte er.

Miß Best erschien auf dem Platz. Sie glich einer Walküre,

doch unter ihrem imponierenden Äußeren verbarg sich eine mitfühlende Seele. Solange man Wärter bezahlt hatte, um sich Damons anzunehmen, hatte es Schwierigkeiten gegeben. Mit Miß Best gab es keine. Sie war geschulte Krankenpflegerin und verstand es glänzend, mit ihrem Schützling umzugehen.

»Guten Morgen, Lady Raven«, begrüßte sie mich mit der für sie typischen Herzlichkeit. »Hat Damon Sie aufgehalten?«

»Mit Recht. Der Nachschub darf die Kontrollstelle nicht passieren.«

Miß Best und ich waren darauf eingespielt, Damons Wahnvorstellungen ernst zu nehmen.

Sie nickte. »Damon, Sie müssen jetzt mit mir kommen. General Havelock erwartet uns unverzüglich zur Berichterstattung.«

Damon ließ sofort die Zügel los. »Wir dürfen ihn nicht warten lassen.« Er machte auf der Stelle kehrt und eilte zu seiner Pflegerin.

Ich bedankte mich bei Miß Best und schnalzte mit der Zunge. Die Stute trabte gemächlich durch das Tor und hielt auf das Schloß zu. Ich lehnte mich zurück. Jetzt kam die Ruine der Abtei St. Barnaby in Sicht; die eingestürzten Mauern erhoben sich zackig gegen den hellen Himmel. Hinter dem großen Hügel erstreckte sich die wilde Moorlandschaft von Devonshire. Doch von der Einfahrt zum Schloß aus konnte man sie nicht sehen. Schloß Raven stand am Fuße des Hügels, der das Haus und den Garten vor der dahinter liegenden Wildnis abschirmte.

Mein Herz begann stürmisch zu klopfen. Dieses Haus, dieser Garten, den ich so sehr liebte, waren mein Heim. Das Herrenhaus stammte aus dem 16. Jahrhundert, es war aus schwarzem Stein gebaut und machte auf den ersten Blick einen düsteren Eindruck. Das Schloß und seine Bewohner verdankten ihren Namen den zahlreichen Raben, die unter dem Dach nisteten. Selbst der schöne Garten mit den bunten Blumen konnte den tristen Eindruck nur mildern, aber nicht verwischen. Ursprünglich hatte mir der Anblick des Hauses und das Krächzen der Raben ein Schaudern verursacht. Doch solange Mark und Gabriel die dicken Mauern mit Leben erfüllten, barg das Schloß für mich weder Schatten noch Geister.

Gabriel, mein Sohn! Was hätte ich dafür gegeben, ihn wieder lachen zu hören und sein Gewicht auf meinen Knien zu spüren. Er schien das Talent meines Vaters geerbt zu haben; sooft er einen Stift in Händen hielt, begann er Männchen zu zeichnen, und im Freien tat er dasselbe mit einem Stock in der weichen Gartenerde. Und was Mark betraf...! Ich unterdrückte ein aufsteigendes Schluchzen und lenkte die Stute vor die Toreinfahrt des Hauses.

Sofort erschien William, um Pferd und Wagen in Empfang zu nehmen. Ich betrat das Haus, begrüßte Fenner, meine Zofe, und stieg die Freitreppe hinauf. Ich hatte es eilig, in das kleine, blau tapezierte Boudoir zu kommen, das als mein Refugium diente. Hierher waren Mark und Gabriel selten gekommen, hier schmerzte die Erinnerung an sie weniger als in den anderen Räumen, die an ihre fröhliche Gesellschaft mahnten.

Ich legte Hut und Mantel ab und setzte mich an meinen Rokoko-Schreibtisch. Das war der Platz, an dem ich stets ungehindert meinen Gedanken nachhängen konnte.

Tat ich Annabelle unrecht? Ich fand es nicht richtig, daß sie Peter bevorzugte, aber durfte man eine Mutter tadeln, deren Herz an einem benachteiligten Kind hing? Sie hatte gesagt: ›Peter ist derjenige, der im Leben zu kurz kommen wird.‹ Wenn er so standesbewußt aufwuchs, wie es die Erziehung seiner Mutter erwarten ließ, würde er unter dem erzwungenen Verzicht auf das Gerrick-Erbe leiden müssen.

Gab es keinen Weg, ihn für die Enttäuschung zu entschädigen? Mein eigener Sohn lebte nicht mehr, und Peters Schicksal lag mir am Herzen. Ich überlegte, ich weiß nicht mehr, wie lange, denn die Uhrzeit hatte ihre frühere Bedeutung für mich verloren.

Schließlich schloß ich die Lade meines Schreibtischs auf und holte ein in rotes Leder gebundenes Buch hervor. Mark hatte es mir zu meinem Geburtstag geschenkt. Es war nicht eigentlich ein Tagebuch – ich fand es altmodisch, Tag für Tag belanglose Vorfälle zu notieren –, aber es gefiel mir, Begebenheiten zu notieren, die mir erwähnenswert schienen, und auch meine Gedanken dazu in Kommentaren zu formulieren. Vor meiner Heirat hatte ich Kurzgeschichten und auch einen Roman geschrieben, die in verschiedenen Zeitungen abgedruckt worden waren. Man sagte mir nach, daß ich Talent zum Schreiben hatte, und ich wollte diese Fähigkeit trotz Hausfrauen- und Mutterpflichten nicht verkümmern lassen.

Ich begann zu schreiben. Was hatte dieser Tag gebracht? Besuch bei Annabelle, Auseinandersetzungen mit meiner Schwägerin, Colins Bericht über Plymouth, Damons Erscheinen am Parktor. Wie auch meine Gedanken kehrten dann auch meine Zeilen zum Problen von Peters Zukunft zurück.

Ein Klopfen an der Tür ließ mich die Feder aus der Hand legen. Es war Fenner, die mit einem großen Tablett erschien.

»Ihr Lunch, Madam. Gerstensuppe, kalte Hühnerbrust, Plumpudding und frisch gebrauter Tee.«

»Ich habe keinen Hunger, Fenner.«

»Aber Sie müssen etwas zu sich nehmen, Madam. Sie haben zuviel Gewicht verloren. Schlank ist schön, aber mager...«

Ich unterdrückte ein Lächeln. Fenner war nämlich eine Frau, die nur aus Haut und Knochen zu bestehen schien. Mit ihrer langen Nase erinnerte sie mich an einen Pelikan, den ich einmal in Regents Park gesehen hatte. Aber sie hatte mich in ihr Herz geschlossen und hielt es für ihre vornehmste Aufgabe, für mein Wohlergehen zu sorgen.

»Ich werde die Suppe essen. Mehr nicht.«

»Wie Madam wünschen.« Der Ton ihrer Stimme verriet ihre Mißbilligung, aber sie verließ das Zimmer ohne weiteren Protest.

Ich konnte ungestört weiterschreiben – und ich notierte

schwarz auf weiß, was ich mir in der vergangenen halben Stunde zurechtgelegt hatte:

Ich habe mich heute entschieden, meinen Neffen Peter in meinem Testament mit meinem Anteil an der Raven-Linie und mit dem Stadthaus in der Mount Street in London zu bedenken. Da er niemals Earl of Raven werden kann, ist dies als bescheidene Entschädigung für sein verlorenes Erbrecht gedacht. Da ich nicht wieder heiraten werde, ist er derjenige, der diese Hinterlassenschaft vor allen anderen verdient. Aber mein Entschluß soll bis zu meinem Tod geheim bleiben. Peter darf keinesfalls verwöhnter werden, als er schon ist.

Jetzt hatte ich niedergeschrieben, was ich mir vorgenommen hatte. Ich klappte das Buch zu und ließ die Feder zwischen den Seiten als Lesezeichen. Dann setzte ich mich an das Tischchen, auf das Fenner das Tablett gestellt hatte. Die Suppe war heiß, sie stärkte und wärmte mich.

Wieder wurde an die Tür geklopft. Ich nahm an, es wäre nochmals Fenner, doch zu meiner Überraschung kam Annabelle in mein Boudoir. Sie trug einen eleganten Reitdreß, den ich noch nicht kannte. Ganz in Schwarz. Anscheinend hatte sie ihn sich gleich nach dem Tod ihres Bruders anfertigen lassen, um sich auch in Trauer sehen lassen zu können.

»Was für eine nette Überraschung!« rief ich.

»Es tut mir leid, Nora, falls ich dich stören sollte. Speziell, da du doch gerade aus dem Schlößchen gekommen bist. Aber Peter hat begonnen, auf ›Star‹ zu springen, und er ist so stolz darauf, daß er darauf besteht, Tante Nora soll ihm zusehen.«

Wie üblich setzte Annabelle alles daran, jeden Wunsch ihres Lieblings erfüllt zu sehen. Aber ich hatte nichts dagegen, das Haus zu verlassen und eine Stunde im Freien zu verbringen, auch wenn es in der Zwischenzeit kalt geworden war.

»Ich komme natürlich«, sagte ich. »Das erste Springen ist

ein Markstein im Leben eines jungen Gentleman. Warte bitte einen Moment, ich hole mir einen Mantel.«

Ich ging in mein Schlafzimmer und holte aus dem Kleiderschrank einen Mantel aus dickem Wollstoff. Dann holte ich Annabelle aus dem Boudoir.

Peter erwartete uns bereits ungeduldig auf seinem Pony. Sein Sitz im Sattel war untadelig, und seine Sprünge für einen Anfänger erstaunlich. Wie auch immer er sich in Zukunft entwickeln würde, er würde ein ausgezeichneter Reiter werden.

Später, nach dem Abendessen, informierte ich die Haushälterin, Mrs. Harkins, über meine geplante Reise.

»Wie lange gedenken Sie fortzubleiben, Madam?«

Ich zuckte etwas ratlos die Schultern. »Vielleicht für immer...«

Sie drückte ihr Bedauern aus.

»Ich habe einen speziellen Wunsch, Mrs. Harkins. Das Arbeitszimmer von Lord Raven und – und auch das Kinderzimmer werden abgeschlossen werden und sollen auch verschlossen bleiben. Niemand soll die Räume betreten, auch nicht, um sauberzumachen.«

Etwas gekränkt erwiderte sie: »Aber Madam – niemand hat die Räume betreten, seit die Handwerker die Brandspuren entfernt haben.«

»Ich weiß, Mrs. Harkins. Aber ich kenne Ihren bewundernswerten Hang zur Reinlichkeit. So löblich er sein mag, aber in diesem Fall müssen Sie sich damit abfinden, daß sich Staub ansetzen wird.«

Sie versagte sich jedes Wort des Protests, sondern nickte gehorsam. »Sehr wohl, Madam.«

Damit ging sie, und ich war allein. Diese einsamen Abende bedrückten mich am meisten. Während des Tages fehlte mir vor allem Gabriel, aber nachts mußte ich unentwegt an Mark denken, an seine Stimme, an sein Lächeln, an seine Umarmung.

Allein im Schlafzimmer überkam mich die Sehnsucht nach ihm wie ein Fieber. Ich trank schweren Wein, um meine Schlaflosigkeit zu bekämpfen. Ich war imstande, ein Kleidungsstück von ihm, das noch nach seiner Rasierseife roch, aus dem Schrank und zu mir ins Bett zu nehmen. So schlief ich schließlich ein, meinen Arm um einen Mantel oder eine Jacke geschlungen.

Das Erwachen war stets bitter. Und wenn ich das Kleidungsstück am nächsten Morgen in den Schrank zurück hing, schämte ich mich und sagte mir, ich sei nicht weniger verrückt als der arme Damon.

Die nächsten Tage vergingen mit Reisevorbereitungen.

Sonntag morgen, nach dem Kirchgang, galt es, Abschied zu nehmen. Annabelle umarmte mich, und Colin küßte mich auf beide Wangen. Die beiden Jungen kämpften mit den Tränen, und Peter vermied es bei diesem Anlaß sogar, seinen Bruder zu schikanieren. Ich war gerührt.

Am Nachmittag ließ ich William, den Stallburschen, Mustafa aus dem Stall holen. Mustafa war ein Araberhengst, den Mark großgezogen hatte. Obwohl er bereits zehn Jahre alt war, war er äußerst nervös und der Umgang mit ihm nicht einfach. Er hatte nie einen anderen Herrn gekannt als Mark, und so sollte es auch bleiben. William vermochte das unruhige Tier kaum zu halten. Er wußte bereits von meinem Vorhaben.

»Sind Sie Ihrer Sache sicher, Lady Raven? Ich kenne viele, die ein Vermögen geben würden, um ein solches Pferd zu besitzen.«

»Nein, William. Nach Lord Raven soll Mustafa niemandem gehören.«

Ich hielt dem Pferd eine Karotte hin, die es erst nach einigem Überlegen gnädig akzeptierte. Dann stiegen wir zu dritt auf den Hügel, von dem aus man das Moor überblicken konnte. Wie oft an solchen Tagen, schien es sich in eine grenzenlose Ferne zu erstrecken, denn der Horizont verlor sich in weißlichem Dunst.

Ich gab William ein Zeichen, und er nahm dem Hengst das Zaumzeug ab. Das Tier sah mich jetzt an, und ich glaubte in seinen großen, dunklen Augen eine Frage zu erkennen.

»Geh, Mustafa«, sagte ich. »Du bist jetzt frei.« Und ich schlug ihm sanft auf die Kruppe.

Der Hengst machte einen Sprung, dann blieb er unschlüssig stehen. Er wieherte. Nur langsam begriff er, daß ihn keine Bande mehr hielten. Erst gemächlich, aber dann immer schneller galoppierte er den Hügel hinauf. Scharf zeichnete sich seine Silhouette gegen den Abendhimmel ab. Dann hatte er die Kuppe erreicht, hob noch einmal den Kopf wie zum Abschied und verschwand hinter dem Hügel.

William räusperte sich. »Ich hoffe, niemand wird ihn stehlen. Lord Riordan hat schon lange ein Auge auf ihn geworfen.«

»Er soll es nur versuchen«, erwiderte ich herausfordernd, überzeugt, daß kein Mensch imstande wäre, sich Mustafa ungestraft zu nähern.

Am nächsten Morgen war es dann soweit. Ich erreichte Plymouth mit Fenner und unserem Gepäck kurz nach elf. Der Zug nach London sollte erst in einer halben Stunde einfahren. Der Träger stapelte unsere Koffer und Taschen auf dem Bahnsteig, und Fenner und ich schickten uns an zu warten.

Etwa ein Dutzend Menschen befanden sich auf dem Perron. Die Frauen, die mich in Trauer und verschleiert sahen, warfen mir mitleidige Blicke zu.

Doch nicht nur Frauen schienen Interesse an mir zu haben. Fenner beugte sich zu mir und flüsterte: »Madam, der Herr dort drüben starrt Sie an, schon eine ganze Weile.«

Ich wandte meinen Kopf möglichst unauffällig in die angegebene Richtung. Ich sah einen hochgewachsenen, breitschultrigen Mann. Obwohl die Hutkrempe sein Haar verdeckte, konnte ich vermuten, daß es vom gleichen hellen Braun war wie sein buschiger Schnurrbart. Er hatte eine fein geschwungene Nase und etwas breite, sinnliche Lippen. Man hätte ihn schön nennen können, wären nicht die Pockennarben in seinem Gesicht gewesen. Doch er versuchte die Entstellung nicht – wie viele eitle Männer – durch einen Bart oder Koteletten zu verbergen. Diese Trotzhaltung imponierte mir.

Er machte einen intelligenten, energischen Eindruck, aber es gab etwas, was keine rechte Sympathie für ihn aufkommen ließ. Eine gewisse Überheblichkeit, eine zur Schau getragene Reserve. Das war ein Mann, der es verstand, seine Mitmenschen auf Distanz zu halten, und der häufige Blick auf seine Uhr verriet, daß Geduld nicht zu seinen Vorzügen zählte.

Und warum bedachte er mich mit seiner Aufmerksamkeit? Der schwarze Schleier bedeckte mein Gesicht; überdies gab es mehrere jüngere, hübsche Frauen, die auf dem Bahnsteig standen, und denen er keinen Blick schenkte.

Unterdessen hatte ich ihn mit mehr Interesse angesehen, als mir bewußt geworden war. Unsere Blicke kreuzten sich einen Moment. Er lächelte amüsiert und nickte mir kurz zu, mit einer Vertrautheit, die mich verärgerte. Brüsk wandte ich meinen Kopf ab. Als ich später Fenner nach ihm fragte, hatte er den Perron verlassen.

Schließlich fuhr der Zug nach London ein. Der Träger kümmerte sich um das Gepäck, und Fenner fand nach einigem Suchen das für uns reservierte Abteil. Als ich nach dem Türgriff faßte, hörte ich hinter mir eine tiefe Männerstimme: »Sie gestatten, Madam.« Und jemand zog zuvorkommend für mich die Tür auf.

Ich fuhr herum und stand jetzt Auge in Auge mit dem fremden Mann. Auch durch den Schleier konnte ich sehen, daß er grüne Augen hatte, die mit den dunkleren Brauen seltsam kontrastierten. Er musterte mich intensiv, was mir Unbehagen bereitete; unwillkürlich fragte ich mich, ob mein Kragen zerknittert war oder ob an meinem Mantel ein Knopf fehlte.

»Danke«, murmelte ich.

Daraufhin fragte er dreist: »Hätten die Damen etwas dagegen, wenn ich mich zu ihnen setze?«

»Aber sicher«, erwiderte ich spontan und ohne zu zögern. »Dieses Abteil ist reserviert, damit ich mit meiner Zofe ungestört bleiben kann.«

Wieder umspielte ein amüsiertes Lächeln seine Lippen.

»Ich bitte um Verzeihung«, sagte er, aber es klang keineswegs reumütig. Mit übertriebener Grandezza zog er seinen Hut und machte eine knappe Verbeugung. Dann mischte er sich unter die anderen Reisenden und verschwand aus meinem Blick.

Mit einem Seufzer der Erleichterung betrat ich mein Abteil. Ich legte den Mantel ab und machte es mir bequem. Ich schlug den Schleier zurück, und als der Zug sich in Bewegung setzte, blickte ich durch das Fenster und sah die grünen Hügel von Devonshire vorübergleiten.

Obwohl ich die Landschaft liebgewonnen hatte, hoffte ich, sie lange, lange Zeit nicht wiedersehen zu müssen. Diese Hoffnung trog mich.

2

Das Stadthaus in Mount Street.

Ich stand am Fenster meines Schlafzimmers und sah hinaus auf die Straße. Gefährte aller Art, elegante Häuser, gepflegte Vorgärten. Die Stiegen waren gefegt, die Fenster geputzt, in dieser Umgebung war Unsauberkeit gleichbedeutend mit Sünde. Lachende Kinder spielten hinter Gartenmauern unter dem aufmerksamen Blick ihrer Gouvernanten.

Unwillkürlich mußte ich an eine Straße in Eastend denken, deren Eindruck so verschieden gewesen war. Eine Reihe niedriger Häuser von monotoner Häßlichkeit. Zerbrochene Fensterscheiben, abbröckelnder Putz. Auf den Treppenstufen häufte sich der Müll, und unbeaufsichtigte, hungrige Kinder spielten mitten auf der Straße, jagten hinter einem Fetzenball her und liefen Gefahr, von den Lieferwagen mit ihren schweren Pferden niedergefahren zu werden.

Fenner, die mir den Tee brachte, sah mich fragend an. »Gibt es etwas auf der Straße, das Ihr Mißfallen erregt, Madam?«

Ich schüttelte den Kopf. »Nur eine trübe Erinnerung.« Ich setzte mich an den Teetisch. »Ich mußte an eine andere Straße denken, in der ich einmal gewohnt habe.«

»In Chelsea, nicht wahr? Bei Ihrem Vater?«

»Nein, Fenner. New Holborn Street in Eastend, bei den Mietkasernen von St. Giles.«

Sie runzelte die Stirn. »Ich kenne die Gegend nicht, aber ich weiß, daß die Schutzleute dort Tag und Nacht patrouillieren, und immer zu zweit. Was haben *Sie* dort gemacht, Madam?«

Ich antwortete nicht gleich, aber da ich seit Jahren mit niemandem über meine Vergangenheit gesprochen hatte, konnte ich dem Drang, mein Herz auszuschütten, nicht wiederstehen. Und Fenner war eine treue Seele; ich war ihr nicht weniger zugetan als sie mir.

»Sie wissen natürlich, daß Lord Raven mein zweiter Mann war?«

Sie nickte. »Ja. Unter der Dienerschaft sprach man davon, obwohl es niemanden etwas anging.«

»Ich war jung und unerfahren, als ich Oliver Woburn kennenlernte, einen Schauspieler, der auf Vorstadtbühnen kleine Rollen spielte. Ich verliebte mich Hals über Kopf in ihn, ich konnte und wollte nicht verstehen, daß er ein Tunichtgut war und ein Opportunist, der aus der Verbindung mit der Tochter eines berühmten Malers Kapital zu schlagen erhoffte. Doch gleich nach unserer Heirat zeigte sich sein wahrer Charakter. Er neigte zu Jähzorn, und wenn er getrunken hatte, schlug er mich.«

Fenner schlug die Hände zusammen; ihre Augen weiteten sich vor Entsetzen.

»Ich versuchte durchzuhalten. Ich log mir vor, daß ich ihn immer noch liebte und daß auch er mich liebte, trotz allem. Aber eines Tages stieß er mich die Treppe hinunter. Ich selbst kam mit einigen Schrammen davon, aber mein Kind – das Kind, das ich im Leib trug...«

»Sie verloren es?« fragte Fenner mit heiserer Stimme.

Ich nickte. »Mit dem Kind war auch jedes Gefühl für ihn erstorben. Ich verließ ihn. Und ich hatte niemanden, an den ich mich wenden konnte.«

»Ihr Vater...?«

»Mein Vater hatte mit mir gebrochen. Er hatte ihn natürlich durchschaut und mir gedroht, ich würde ihn nie wiedersehen, falls ich Oliver heiratete. Ich sollte wählen zwischen Oliver und ihm. Und ich – dumm wie verliebte Mädchen nun sind – traf eine falsche Wahl.« Ich schluckte und machte eine kleine Pause, ehe ich fortfuhr. »Ich zog in ein Armenviertel, wo die Miete billig war. Andere Frauen in einer solchen Situation sind gezwungen, sich in einem Arbeitshaus zu verdingen. Ich hatte das Glück, mich mit meinem Talent zu schreiben durchbringen zu können. Ich schrieb blutige Mordgeschichten für Revolverblätter und einen Liebesroman. Aber als Oliver erfuhr, daß ich Geld verdiente, wollte er, ich solle zu ihm zurückkehren und ihn erhalten. Und als ich mich weigerte, ließ er meine Einnahmen beschlagnahmen.«

Unmöglich...!«

»Doch, es war möglich. Er war immer noch mein angetrauter Gatte, und das Recht war auf seiner Seite.«

»Und sind Sie zu ihm zurückgekehrt?«

Ich schüttelte den Kopf. Ich mußte an den trüben Novembertag denken, an dem mich Oliver in meinem Haus überfiel und mich mit Gewalt zwingen wollte, wieder als seine Frau mit ihm zusammenzuleben. Meine Schreie schreckten Nachbarn auf, die mir zu Hilfe kamen. Verzweifelt suchte ich meinen Anwalt auf, der mir aber nicht weiterhelfen konnte.

Resigniert kehrte ich nach Hause zurück, ohne einen Penny in der Tasche, ohne Hoffnung für die Zukunft.

Als ich damals mein Haus in der New Holborn Street betrat, war ich entschlossen, meinem Leben ein Ende zu machen. Doch ich kam nicht dazu, mein Vorhaben auszuführen.

Im Wohnzimmer wartete ein Mann auf mich, ein Mann, den ich noch nie gesehen hatte. Bei meinem Eintritt erhob er sich höflich und musterte mich aufmerksam mit seinen stahlblauen Augen. Es war Mark. Er hatte eine dominierende Persönlichkeit, und seine bloße Anwesenheit schien Schutz und Sicherheit zu versprechen. Vom ersten Augenblick an war ich ihm verfallen.

Meine Situation war verzweifelt, Fenner, aber Lord Raven rettete mich. Er suchte für seine Schwester eine Gesellschafterin, möglichst eine gebildete Frau, die auch von Literatur und Musik etwas verstand. Und mein Verleger hatte mich, die Schriftstellerin Nora Woburn, empfohlen. Annabelle befand sich damals in einer schwierigen Lage, als Mutter eines unehelichen Kindes. Ihre Position regelte sich erst, als Mr. Trelawney aus Australien heimkam und sie ehelichte.

Lord Raven verlor kein Wort über die schreckliche Umgebung, in der ich damals hauste. Er bestand darauf, daß ich einen Vorschuß akzeptierte, um meine Garderobe aufzufrischen. Er war der verständnisvollste Mensch, den man sich denken kann – und später, in Devonshire lernten wir einander näher kennen und lieben.«

»Und dieser – dieser Oliver Woburn ...?«

»Er ist tot. Im Suff hat er einen Matrosen angestänkert, einen stadtbekannten Messerstecher. Ja, Fenner, ich bin zum zweiten Mal Witwe geworden.« Ich biß mir auf die Lippen. »Und zum zweiten Mal habe ich ein Kind verloren.«

Der Besuch meines Vaters unterbrach die traurigen Erinnerungen. Seit meiner Heirat mit Mark gab es keine Differenzen mehr zwischen ihm und mir. Ich lief die Treppe hinunter und warf mich in seine Arme. Das Kitzeln seines grauen Spitzbarts erinnerte mich an meine Kindheit, und der schwache Geruch von Terpentin, der ihn stets umgab, war mir vertraut und angenehm.

»Wie schön, daß du in London bist! Ich dachte, du seist noch in Paris.«

»Ich bin erst vorige Woche zurückgekommen. Nora, mein Mädchen, du bist blaß und mager geworden. Zu mager.«

Unwillkürlich mußte ich lächeln. »Ich weiß, Vater, du hast es immer vorgezogen, Frauen à la Rubens zu malen.«

Er hatte es mir nie übelgenommen, wenn ich ihn neckte. »Ich habe ein schlechtes Gewissen, Nora. Ich weiß, ich hätte in Devonshire bleiben müssen. Mark war doch wie ein Sohn für mich, und der kleine Gabriel...« Jetzt glänzten auch in seinen Augen Tränen. »Ich hielt es nach der Beerdigung einfach nicht aus. Ich bin nach Paris geflohen und malte und malte...«

Das war seit jeher seine Methode gewesen, jeder Art von Kummer zu entfliehen. Nach dem Tod meiner Mutter war er monatelang in Wien gewesen, und nach meiner Heirat mit Oliver und unserem Bruch hatte er zwei Jahre auf dem Kontinent verbracht.

»Wolltest du nicht bis zum Sommer in Paris bleiben?«

»Ja, das ist meine Absicht gewesen. Aber mit meiner Arbeit ging es nicht recht voran.« Er lächelte bedauernd. »Die Muse hat mich nicht mehr geküßt.«

Ich konnte es mir nicht versagen, ihn zu fragen: »Und wer war diese Muse? War sie schön? War sie mollig?«

»Beides«, bestand er. »Aber ihr Mann, ein Weinhändler aus Bordeaux, begann eifersüchtig zu werden und zwang sie, Paris zu verlassen.«

»Dafür bin ich ihm dankbar«, sagte ich. »Sonst hätte ich nicht Gelegenheit gehabt, dich in London zu sehen.«

Er lachte. Wir verstanden einander sehr gut, wie in längst vergangenen Tagen, als ich noch ein Kind gewesen war. Er blieb zum Frühstück und zwang mich, mehr zu essen, als ich es in den vergangenen Wochen getan hatte. Zum Abschied bot er mir noch an, in seine Villa in Chelsea zu übersiedeln, falls ich mich einsam fühlen sollte.

Ich stand vor dem Haus und winkte ihm zu, als er mit einem Mietwagen heimfuhr, als ein Dreirad auf das Haus zuhielt. Ein junger Bursche stieg ab, ein Botenjunge, der mir eine lange, schmale Schachtel überreichte.

»Für Lady Raven. Die Adresse stimmt doch...?«

Fenner beeilte sich mit dem Auspacken. Die Schachtel enthielt zwei Dutzend Lilien.

Lilien waren meine Lieblingsblumen. Seit Mark tot war, wußte nur mein Vater von meiner Vorliebe. Hatte er mir die Blumen geschickt?

Nein, sie kamen nicht von meinem Vater. Verblüfft starrte ich auf die Karte, die bei den Blumen lag. ›Von einem Bewunderer.‹

Unwillkürlich errötete ich. Wer konnte dieser mysteriöse Bewunderer sein, der meine Schwäche für Lilien kannte? Weder in Devonshire noch in London gab es einen Mann, der mir Avancen gemacht hatte.

Ich beauftragte Fenner, die Lilien in eine Vase zu stecken und in den Salon zu stellen. Die Blumen und das Rätsel ihres Spenders gingen mir nicht aus dem Kopf, auch nicht, als ich mich fürs Ausgehen ankleidete und zu meinem Notar fuhr. Dann vergaß ich sie eine Weile, denn ich mußte mich auf viele Details konzentrieren, als ich mein Testament aufsetzte und Peter, wie ich es mir vorgenommen hatte, als meinen Erben einsetzte.

Doch auf dem Heimweg mußte ich wieder an die Lilien denken. Hatte Colin Trelawney sie mir geschickt? Er war mir sicher zugetan, aber nichts hätte darauf schließen lassen, daß er für mich mehr empfand als ein liebevoller Schwager.

Als ich ins Haus kam, sagte mir der Butler: »Im Salon sitzt ein Herr, der Sie sprechen möchte.«

»Sie wissen doch, daß ich keine Besucher empfange«, erwiderte ich streng. »Ich bin in Trauer.«

»Es ist Mr. Darwin, Madam.«

Das änderte die Sachlage. Lewis Darwin war ein alter Freund, der gewissermaßen zur Familie gehörte. Er war ein literarischer Agent, der viele junge Schriftsteller entdeckt und ihnen auf den Weg geholfen hatte, nicht nur mit Vorschüssen, sondern auch mit verständnisvollem Rat. Er hatte ein untrügliches Gespür dafür, was der Markt verlangte, und in der Zeit, da ich gezwungen war, vom Schreiben zu leben, war er mir eine unschätzbare Hilfe gewesen.

Ich eilte in den Salon und begrüßte ihn freudig. »Haben Sie mir diese Lilien geschickt, Lewis?«

Er warf nur einen kurzen Blick auf die Vase. »Lilien ...! Was für eine Zumutung!«

Darwin war nämlich Rosenzüchter und ließ neben seinen Lieblingsblumen keine anderen gelten.

Sein Vorurteil amüsierte mich. »Verzeihen Sie, Lewis. Es war nicht beleidigend gemeint.«

Er zwinkerte mir zu. »Es sei Ihnen verziehen. Aber unter einer Bedingung ...«

»Und die wäre ...«

»Ein neues Buch von Ihnen!« Seine Augen blitzten erwartungsvoll. »Es sind jetzt fast vier Jahre her, daß Sie den ›Untergang der Monfalcone‹ geschrieben haben, und Ihre Leser erwarten ein neues Werk aus Ihrer Feder mit Ungeduld.«

»Oh, meine Leser haben mich in der Zwischenzeit vergessen.«

»Wie können Sie so etwas behaupten! Nora Woburn ist unvergessen. Ich garantiere Ihnen einen Abdruck in einem erstklassigen Tageblatt. Und was den Vorschuß betrifft – nun, darauf sind Sie ja nicht länger angewiesen.«

Lewis Darwin verstand es, die Eitelkeit von Schriftstellern auszuspielen.

»Als ich nach Devonshire zog, hatte ich die Idee zu einer

größeren Arbeit«, gestand ich. »Liebe und Abenteuer in einem exotischen Milieu.«

»Das ist genau das, was der Markt heute verlangt.«

»Aber nachdem Gabriel geboren war, widmete ich ihm meine ganze Zeit«, fuhr ich fort, »und dachte nicht mehr ans Schreiben.«

»Aber jetzt haben Sie Zeit, Ihren Plan von damals in die Tat umzusetzen, Nora.«

Es kam ihm gar nicht in den Sinn, daß die Umstände, die mir jetzt Zeit ließen, tragisch waren. Wenn sein Instinkt ihn ein erfolgsträchtiges Buch wittern ließ, kannte er keine Skrupel. In Fragen seines Berufs war Lewis Darwin ein richtiger Tyrann, und er verließ mich nicht, bevor ich ihm nicht versprochen hatte, sofort nach Regelung meiner dringlichsten Angelegenheiten mit meiner Arbeit zu beginnen.

Nachdem er gegangen war, fand ich Zeit zu überlegen. Also, auch Darwin hatte die Blumen nicht geschickt. Nicht Darwin, nicht Vater, nicht Colin. Aber wer...?

Das Geheimnis der Lilien beschäftigte mich auch in den folgenden Tagen. Denn jeden Morgen erschien ein Bote mit zwei Dutzend der weißen Blumen, und jedesmal war auf der beiliegenden Karte der stereotype Text zu lesen: ›Von einem Bewunderer.‹

Wer auch immer mein mysteriöser Verehrer war, es mußte ein hartnäckiger Mann sein.

Am fünften Tag nach meiner Ankunft in London stand ich wieder einmal an einem Fenster des oberen Stockwerks und starrte niedergeschlagen auf die Straße hinaus, als der Butler ins Zimmer kam.

»Madam, unten ist ein Herr, der Sie zu sprechen wünscht«, sagte er mit steinerner Miene. »Sein Name ist Turner. Drake Turner.«

»Drake Turner! Was hat er hier zu suchen?« Meine trübe Stimmung wich sofort aufsteigendem Ärger. »Sagen Sie ihm, ich bin in Trauer und empfange keine Besucher.«

»Das habe ich ihm bereits gesagt«, meinte der Butler ungerührt. »Aber er ließ sich nicht abweisen. Er – erdreistete sich ...« Er sprach nicht weiter, sondern hüstelte.

»Nun, sagen Sie schon«, forderte ich ihn auf.

»Wenn Sie ihn nicht empfingen, würde er täglich wiederkommen, sagte er. Bis Sie sich schließlich erweichen ließen. Und er fragte mich, ob Ihnen die Blumen gefielen, die er Ihnen sandte.«

Jetzt war das Geheimnis gelüftet, die Blumen stammten von Drake Turner. Wie kam er dazu, sich mein Bewunderer zu nennen; ich hatte ihn noch nie im Leben gesehen. Oh, er war zweifellos schlau und ausdauernd. Dachte er, mich mit Schmeicheleien und Blumen gefügig zu machen. Er sollte sich verrechnen. Ich duldete es nicht, daß ein Mann mir seinen Willen aufzuzwingen versuchte, speziell nicht, wenn er ein Feind meines verstorbenen Gatten war.

Unwillig ging ich zum Schreibtisch und warf einige Zeilen auf mein schwarz umrandetes Briefpapier. Ich dankte mit gebührender Höflichkeit für die Lilien, bedauerte aber in unmißverständlichen Worten, keine Besucher empfangen zu können. Heute nicht, und auch nicht in absehbarer Zeit. Dann unterzeichnete ich mit schwungvoller Unterschrift und übergab die Botschaft dem Butler.

Minuten später stand ich hinter dem Fenstervorhang und sah auf die Straße hinunter. Vor dem Haus stand eine zweirädrige Kutsche, vor die ein großer Rappe mit elegantem Geschirr gespannt war. Einen Augenblick sah ich Drake Turner, der aus dem Haus kam und schnell seinen Wagen bestieg. Obwohl ich außer einem dunklen Mantel und einem breitrandigen Hut wenig sehen konnte, hatte ich das unbestimmte Gefühl, diesem Mann bereits einmal begegnet zu sein.

Turner hielt sein Wort. Tag für Tag, pünktlich wie die Blumen, kam auch er in mein Haus. Natürlich wurde er ebenso regelmäßig abgewiesen. Nach einer Woche stellte ich mir die Frage, wann dieser hartnäckige Mensch endlich aufgeben würde. Später erst erfuhr ich, daß Drake Turner ein Mann war, der niemals aufgab, wenn er sich etwas in den Kopf gesetzt hatte.

Am sechsten Tag, nachdem der elegante Hansom mit Turner wieder fortgefahren war, ging ich in meinen kleinen Garten, um Annabelle einen Brief zu schreiben. Ich hatte ein schlechtes Gewissen; Annabelle hatte mir bereits geschrieben, und meine Antwort war überfällig. Ich setzte mich an den Gartentisch, tauchte die Feder ins Tintenfaß und begann zu schreiben. Es fiel mir nicht leicht, die richtigen Worte zu finden. Es hätte zwar viel zu berichten gegeben – meine Tage in London waren keinesfalls unausgefüllt gewesen – doch ich wollte weder den Besuch bei meinem Notar und mein Testament erwähnen noch die hartnäckigen Annäherungsversuche Drake Turners.

So beschränkte ich mich schließlich darauf, vom Besuch meines Vaters zu berichten und daß mein Agent darauf bestand, ihm eine größere schriftstellerische Arbeit zu liefern.

Ich war gerade bei der Beschreibung von Lewis Darwin, als ich hinter meinem Rücken ein Geräusch hörte. Ich fuhr herum und sah einen Mann, der von der Gartenmauer sprang und katzengleich, beinahe lautlos, in einem Hyazinthenbeet landete. Dann richtete er sich auf, sah, daß ich ihn betroffen anstarrte, und lächelte.

Es war der Mann vom Bahnhof in Plymouth.

Ich erkannte auch seine tiefe Stimme, als er schwungvoll seinen Hut mit der breiten Krempe lüftete und sagte: »Guten Morgen, Lady Raven. Sie sind schwieriger zu erreichen als der Prime Minister.« Er verbeugte sich. »Ich bin Drake Turner.«

Einen Moment lang war ich von seiner Dreistigkeit so überrascht, daß ich stumm dastand. Dann aber hatte ich mich gefaßt und erwiderte in scharfem Ton: »Ihr Eindringen ist unentschuldbar. Sie wissen, Mr. Turner, daß ich in Trauer bin und keine Besucher empfange. Und selbst, wenn ich es täte, würde ich gerade Sie nicht empfangen, und Sie wissen sehr gut, warum nicht. Und würden Sie mich jetzt bitte von Ihrer Gegenwart befreien und gehen, woher Sie gekommen sind.«

Er blickte spöttisch auf die hohe Gartenmauer. »Ich fürchte, das wird nicht möglich sein. Ich möchte keineswegs vorschlagen, daß Sie mich mit Ihren zarten Händen in die Höhe heben...«

Ich hatte keinen Sinn für seine Art von Humor. »Ich werde meinen Butler beauftragen, eine Leiter holen zu lassen.«

Ich war aufgestanden und im Begriff, ins Haus zu gehen, doch er eilte hinter mir her: »Ich bitte Sie, Lady Raven...«

»Ich ziehe es vor, Mrs. Gerrick genannt zu werden.«

»Mrs. Gerrick, bitte verzeihen Sie meine Unverschämtheit, aber ich muß Sie dringend sprechen, und da Sie sich hartnäkkig weigern, mich zu empfangen, zwingen Sie mich zu außergewöhnlichen Maßnahmen.«

»Mr. Turner, mein verstorbener Gatte war Ihnen nicht gewogen, und ich vermute, daß die Antipathie auf Gegenseitigkeit beruhte. Ich kann mir nicht erklären, was Sie veranlaßt, in sein Haus einzudringen und seine Witwe zu belästigen. Und Sie erwarten noch, daß ich Sie unter diesen Umständen willkommen heiße? Ihre plumpen Schmeicheleien und die lächerlichen Lilien...«

»Aber die meisten Frauen lieben Blumen«, unterbrach er mich.

»Ich bin nicht ›die meisten Frauen‹, Mr. Turner. Guten Tag.« Und energisch legte ich die letzten Schritte zum Haus zurück.

Ich spürte seine Hand an meinem Arm und fuhr zornig herum. »Was erlauben Sie sich?!«

»Bitte vergeben Sie mir, Mrs. Gerrick. Was Sie sagen, ist nur zu wahr. Lord Raven und ich waren erbitterte Konkurrenten und – um es gelinde auszudrücken – besaßen auch persönlich keine Vorliebe füreinander.« Er ließ mich los. »Ich habe mich schlecht benommen, und ich bitte deshalb nochmals um Verzeihung. Aber glauben Sie, ich würde mich nicht zu solchen Schritten hinreißen lassen, wenn es nicht außerordentlich wichtig wäre.«

Ich unterdrückte meine Regung, die Dienerschaft zu rufen und Mr. Turner aus dem Haus werfen zu lassen. Aber seine Niedergeschlagenheit und seine zur Schau getragene Zerknirschung bewogen mich, einzulenken.

»Also gut, ich akzeptiere Ihre Entschuldigung. Kommen Sie mit mir ins Haus, und wir können miteinander reden.«

Verärgert sah ich, daß er ein Grinsen unterdrückte. »Vielen Dank, Lady – Mrs. Gerrick.«

Ich führte ihn in den Salon und ließ Tee servieren. »Sie sind doch der Mann, der mit mir in Plymouth den Zug bestieg.«

»Sie gaben mir keine Gelegenheit, mich vorzustellen«, entgegnete er. »Sie gaben mir ziemlich unumwunden zu verstehen, daß Sie ungestört bleiben wollten. Obwohl Ihr Gatte und ich einander nicht mochten...«

»Es war nicht bloße Antipathie, Mr. Turner. Es war Haß.«

»Wie Sie wünschen – also Haß«, meinte er freundlich. »Aber auch Haß würde mich nie dazu bringen, einem Mitmenschen den Tod zu wünschen. Bitte nehmen Sie mein Mitgefühl entgegen, Mrs. Gerrick. Und was den Verlust Ihres Sohnes betrifft...«

»Vielen Dank für Ihre Teilnahme«, sagte ich schnell, bevor meine Augen sich wieder mit Tränen füllen konnten. »Aber sagen Sie mir jetzt endlich, weshalb Sie mich sprechen wollen.«

»Ich dachte, Sie wüßten es bereits.«

»Ah. Die Raven-Linie!«

Er nickte. »Ja. Ich möchte sie kaufen, und ich bin bereit, eine angemessene Summe zu zahlen.« Und er nannte eine Summe, die mich staunen ließ. Sie war keineswegs angemessen, sondern weit höher, als ich erwartet hätte.

Trotzdem erwiderte ich energisch: »Ich bin nicht gewillt,

meinen Anteil zu verkaufen, Mr. Turner. Die Raven-Linie ist Familienbesitz, und mein Mann hinterließ sie mir zu treuen Händen. Und selbst wenn ich sie verkaufen würde – jedem, nur nicht Ihnen.«

Jetzt war er nicht länger der Charmeur, der eine Frau zu beeindrucken versuchte. Sein Blick war hart geworden. »Sie sind sehr freimütig, gnädige Frau. Offen und gerade heraus!«

»Das ist einer meiner Fehler, Sir.«

»Sie wollen – so verstehe ich – die Firma Ihres verstorbenen Gatten keinesfalls in die Hände seines Konkurrenten fallen lassen.«

»Jetzt verstehen wir uns endlich, Mr. Turner.«

»Und haben Sie die Absicht, die Geschäfte selbst in die Hand zu nehmen?«

»Ah. Sie halten eine Frau nicht für fähig, eine Reederei zu leiten...«

»Den meisten Frauen würde ich es sicher nicht zutrauen. Aber Sie, Mrs. Gerrick, sind ja keine von den ›meisten Frauen‹.« Jetzt lächelte er wieder sein schelmisches Lächeln, von dem ich annahm, daß er es für unwiderstehlich hielt.

»Versuchen Sie mir wieder zu schmeicheln? Sie sollten doch schon wissen, daß das bei mir nicht verfängt.«

»Es war nicht als Schmeichelei gedacht, Mrs. Gerrick. Ich habe nur meiner ehrlichen Meinung Ausdruck verliehen.«

»Ich will genauso ehrlich sein. Ich halte mich nicht für eine gute Geschäftsfrau. Aber John Belding, der Partner meines Mannes, und mein Schwager, Colin Trelawney, sind erfahrene und vertrauenswürdige Männer, die meine Interessen wahren werden.«

»Ich verstehe.« Einen Moment sah er aus wie ein Kind, dem man sein Spielzeug genommen hat. Doch einen Moment später waren seine Züge wieder von Härte und Rücksichtslosigkeit geprägt. »Für den Moment muß ich mich mit Ihrer Entscheidung abfinden.« Das klang wie eine Drohung.

»Es tut mir leid, daß Sie Ihre kostbare Zeit verloren haben,

Mr. Turner«, sagte ich und konnte einen ironischen Unterton kaum unterdrücken.

»Es ist niemals Zeitverlust, mit einer interessanten Frau zu konversieren«, erwiderte er und sah mich so intensiv an, daß ich mich in meinem eigenen Haus unbehaglich zu fühlen begann. Zum Glück kam jetzt Fenner mit dem Teeservice. Ich goß uns Tee ein und legte ihm eine Schnitte Aprikosenkuchen auf den Teller. Mit Staunen bemerkte ich, daß ich nervös war; um ein Haar hätte ich die Blumenvase umgestoßen.

»Die Lilien sind wunderschön«, sagte ich schnell. »Woher wußten Sie, daß es meine Lieblingsblumen sind.«

»Oh, ich weiß alles über Sie, Mrs. Gerrick«, meinte er, ohne mit der Wimper zu zucken. »Zum Beispiel, daß Sie Dickens verehren und Thackery geringschätzen.« Ohne auf meine Verblüffung zu achten, kostete er vom Kuchen und verzog sein Gesicht. »Der Kuchen läßt zu wünschen übrig«, kommentierte er. »Die Kruste ist nicht zart genug und die Füllung zu süß.«

Ich fand es nicht sehr höflich, Patisserie zu kritisieren, die ihm vorgesetzt wurde. Irritiert fragte ich: »Sie sind Feinschmecker, Sir...?«

»Oh, ich könnte es mit französischen Kennern niemals aufnehmen«, wehrte er bescheiden ab. »Aber ich liebe es, gut zu essen, und stimme nicht mit unseren Landsleuten überein, daß es ein Zeichen von Verweichlichung ist, auf gepflegte Küche Wert zu legen. Mein Koch, Antoine, kommt aus Marseille, und seine Aprikosenkuchen sind beinahe perfekt. Ich werde mir gestatten, Ihnen morgen eine Kostprobe zu schicken.«

»Ich werde meiner Köchin Bescheid sagen«, entgegnete ich sarkastisch, »und sie ermahnen, sich in Zukunft mehr Mühe zu geben.«

»Ja, das sollte sie.« Er ging auf meine Ironie nicht ein, sondern schob den Teller mit dem angebrochenen Kuchen zurück. »Jedermann sollte das, was er zu tun hat, perfekt tun, oder sich einen anderen Beruf suchen.« Dann entschuldigte er sich, weil er meine Zeit bereits über Gebühr in Anspruch genommen hatte. Ich begleitete ihn bis zur Haustür. Er nahm meine Hand und führte sie an seine Lippen, ehe ich sie zurückziehen konnte. Seine Berührung ließ mich erschauern, und ich fragte mich nach dem Grund.

Als er gegangen war und ich meinen Brief an Annabelle fertig schrieb, fiel es mir schwer, mich zu konzentrieren. Ich mußte immerfort an diesen Mann denken, dessen Ungehörigkeiten so seltsam mit seinen strengen Prinzipien kontrastierten. Ungezogenes Benehmen wechselten jäh mit ausgesuchten Liebenswürdigkeiten und eine gewinnende Art von spitzbübischem Lächeln mit einem harten, drohenden Gesichtsausdruck.

Noch beim Einschlafen mußte ich an ihn denken, und ich fürchtete schon, er würde mir im Traum erscheinen. Doch dem war nicht so.

Ein Schreckensschrei ließ mich auffahren. Im gleichen Moment war ich hellwach. Ich setzte mich im Bett auf, mein Herz klopfte wild, mein Nachthemd war von Schweiß durchtränkt. Meine ängstlichen Blicke durchdrangen das Halbdunkel meines Schlafzimmers. Natürlich lauerte nirgends Gefahr. Den Schrei hatte ich selbst ausgestoßen, wie so oft, wenn mich der Alptraum plagte, der mich in den letzten Wochen immer wieder peinigte.

Ich lief auf Schloß Raven zu, mit dem quälenden Gefühl, zu spät zu kommen. Eine ganze Gruppe von Menschen versuchte mich zurückzuhalten: mein Vater, Colin, Annabelle und sogar Oliver Woburn. Sie zerrten an meinem Kleid, das sie in Fetzen rissen, doch es gelang mir, mich von ihnen zu befreien und das Innere des Hauses zu erreichen, wohin mir niemand zu folgen vermochte. Ich wollte die Treppe hinauflaufen, doch meine Füße waren wie Blei, und nur mit äußerster Mühe konnte ich Stufe für Stufe erklimmen. Dabei war bewußt, daß

Eile geboten war, wenn ich meinen Mann und meinen Sohn retten wollte, denn sie schwebten in einer schrecklichen Gefahr, deren Ausmaße ich nur ahnte. Als ich schließlich mit letzter Kraft den Korridor erreichte, der zu den Schlafzimmern führte, war der Gang mit dichtem Rauch erfüllt, der mir den Atem raubte und mir den Weg versperrte. Das war der Moment, in dem ich begriff, daß ich meine Lieben nie mehr erreichen konnte – der Moment, in dem ich stets mit einem Schrei erwachte.

3

Ich konnte keine Ruhe mehr finden; ich verbrachte den Rest der Nacht zum großen Teil am Fenster stehend und auf die Straße starrend.

So ging es nicht weiter, ich mußte mich zusammenreißen. Ich setzte mich an meinen Schreibtisch und begann Notizen für das projektierte Buch zu machen. Ich wußte, Lewis Darwin würde mir keine Ruhe lassen, bevor ich ihm nicht zumindest einen Aufriß geliefert hätte.

Ich war mit meiner Arbeit noch nicht weit gekommen, als ich durch die Lieferung eines Körbchens unterbrochen wurde, in dem sich, in eine blütenweiße Serviette gewickelt, ein Aprikosenkuchen befand.

Beigelegt war eine Karte mit der lapidaren Aufforderung: ›*Bitte auf den Unterschied zu achten! Drake Turner.*‹

Der verrückte Mensch hatte sein Versprechen gehalten.

Ich ließ Fenner den Kuchen in Scheiben schneiden, dann kostete ich die Kreation des legendären Antoine. Und ohne ein besonderer Gourmet zu sein, mußte ich zugeben, daß die Qualität des Törtchens die meiner Köchin weit übertraf. Die Kruste war weich, und die Füllung untadelig. Unwillkürlich mußte ich lächeln. Turner war ein Mann, der von jedermann das Beste erwartete, auch von seinem Koch. Zweifellos würde er zu seinem Wort stehen und mir für die Raven-Linie die exorbitante Summe zahlen, die er erwähnt hatte. Wenn ich akzeptierte und das Geld vernünftig anlegte, durfte ich für den Rest meines Lebens mit einem beträchtlichen Einkommen rechnen. Doch es gab vieles, was mir wichtiger schien als Geld oder Sicherheit.

Nach dem Lunch beschloß ich, den Besuch meines Vaters zu erwidern. Ich kleidete mich an und ließ einen Mietwagen kommen, der mich nach Chelsea brachte. In Upper Cheyne Row stand das Haus, in dem ich meine Kindheit verbracht hatte. Die Tür stand offen. Das wunderte mich nicht. Ivar Stokes hatte stets ein offenes Haus geführt, in dem Freunde und Gäste – oft auch ungebetene – aus und ein gingen. Von Jugend auf gewohnt, von seinen Mitmenschen stets Bewunderung und Sympathie zu empfangen, brachte er ihnen übertriebenes Vertrauen entgegen.

Kaum hatte ich die Schwelle übertreten und meinen Schleier zurückgeschlagen, hörte ich laute Stimmen und fröhliches Gelächter. So war ich es gewohnt gewesen, als ich noch ein kleines Mädchen war.

Ein junger Mann kam aus dem Salon und trat auf mich zu. In der Hand hielt er ein Glas, das nur mehr halb gefüllt war. Anscheinend hatte er schon zu früher Stunde mit dem Trinken begonnen.

»Kommen Sie nur weiter, schöne Frau«, begrüßte er mich vergnügt. »Ich habe ein Auge drauf, wer hier reinkommt.« Dann sah er, daß ich in Schwarz gekleidet war. »Oh, Sie kommen von einer Beerdigung?«

»Nein. Ich bin in Trauer.«

Sogleich wurde er ernst. »Das tut mir leid, Madam. Aber treten Sie doch ein. Vielleicht kann unsere Gesellschaft Sie aufheitern.«

Ich folgte ihm in den Salon. »Ich bin Nora Gerrick«, erklärte ich. »Ich bin Mr. Stokes' Tochter.«

Verblüfft sah er mich an. »Seine Tochter...? Ich wußte gar nicht, daß er eine hat.«

»Jack, du bist ein Narr«, tadelte ihn ein älterer Herr mit angegrauten Koteletten. »Du hast doch genug Skizzen gesehen, die Ivar von ihr gemacht hat.« Er verbeugte sich vor mir, nannte seinen Namen und stellte mir zwei junge Damen vor, die sich ebenfalls im Salon befanden. Beide waren ausnehmend hübsch. Die eine füllte gerade ihr Glas nach, die andere lag hingegossen auf dem Sofa und spielte mit einem großen japanischen Fächer. Der junge Mann war der Sohn eines bekannten Kunsthändlers, den Namen des anderen hatte ich nicht verstanden. Auf dem Tisch standen bereits zwei geleerte Flaschen und eine offene Zigarrenkiste. Alle gehörten jedenfalls zur Londoner Boheme, wie sie seit jeher im Haus meines Vaters verkehrt hatte. Ich fühlte mich in meine Kindheit zurückversetzt und lächelte ihnen freundlich zu. Aber ich lehnte es ab, ein Gläschen mit ihnen zu trinken.

»Tut mir leid, aber ich habe wenig Zeit und möchte meinen Vater sprechen.«

»Er ist im Studio oben und arbeitet«, erklärte der junge Mann in einem respektvollen Ton, der meinen Vater sicher erheitert hätte. Ich ging die Treppe hinauf, und sogleich umfing mich der Geruch von Terpentin, den ich so lange vermißt hatte. Ich freute mich schon darauf, das Atelier wiederzusehen, in dem ich als Kind viel Zeit verbracht hatte. Ich wurde es niemals müde, meinem Vater bei der Arbeit zuzusehen.

Nie hatte er meine Gegenwart als störend empfunden, nie mir übelgenommen, wenn ich ihn bei seiner Arbeit unterbrach. Auch diesmal strahlte er und umarmte mich, als ich eintrat.

»Schön von dir, daß du deinem alten Vater einen Besuch abstattest! Sieh dir doch die Bilder an, die ich in Paris gemalt habe.«

Pflichtschuldig inspizierte ich die Gemälde. »Du bist in Paris sehr fleißig gewesen.«

»Ja, solange mich die Muse geküßt hat.« Er grinste. »Hast du unten meinen treuen Anhang getroffen?«

»Aber natürlich. Es sind vier. Alle sehr nett und sehr durstig.«

»Oxford-Studenten. Obwohl Mr. Beeton für einen Studenten ziemlich alt ist. Er studiert seit fünfundzwanzig Jahren Philosophie.«

»Dann muß er ja schon sehr weise sein. Und die Mädchen? Studieren die auch in Oxford?«

»Aber Nora, du weißt doch sehr gut, daß in Oxford keine weiblichen Wesen zugelassen sind. Nein, Louise und Peggy sind . . .«

»Kunstschülerinnen«, half ich ihm aus.

»So ist es. Und sie bessern ihr Taschengeld auf, indem sie Modell stehen.«

»Ich verstehe.« Lachend trat ich hinter ihn und warf einen Blick auf die Staffelei. Das Lachen gefror mir auf den Lippen. Obwohl das Porträt noch keinesfalls beendet war, ließ sich unschwer erkennen, wen es darstellen würde. Es war kein junges Mädchen, sondern ein erwachsener Mann.

»Drake Turner!« rief ich.

Mein Vater zog die Augenbrauen hoch. »Du kennst ihn?«

»Und ob ich ihn kenne!« Ich konnte meinen Ärger kaum unterdrücken. »Warum hast du mir nicht gesagt, daß du seinen Auftrag übernommen hast?«

»Warum hätte ich sollen? Ich hatte keine Ahnung, daß du ihn nicht magst.«

»Das ist stark untertrieben, Vater. Mark hat ihn gehaßt. Und ich – ich . . .« Und ich erzählte, mit welch skandalösen Methoden er mich bewegen wollte, ihm die Schiffahrtslinie zu verkaufen.

Vater strich nachdenklich seinen Bart. »Hätte ich das alles gewußt, hätte ich seinen Auftrag nie angenommen, das mußt du mir glauben, Nora.«

»Aber natürlich, ich kann dir keinen Vorwurf machen. Was geschehen ist, ist geschehen. Aber jetzt sag mir, Vater, was denkst *du* von Drake Turner?«

Er antwortete nicht gleich. Er blickte auf die Leinwand, als könne ihm der Mann, der dort vor einem Hintergrund von aufragenden Schiffsmasten stand, erschöpfend Auskunft geben. Dann fuhr er kurz mit dem Ende des Pinsels über sein Kinn. »Du weißt, mein Kind, ich bin ein Menschenfreund, und mit Ausnahme von Oliver Woburn bin ich eigentlich mit jedermann gut ausgekommen. Aber Drake Turner gehört zu den wenigen Menschen, denen ich keine Sympathie entgegenbringen kann. Ich weiß im Grunde nicht, warum. Er behandelte mich mit ausnehmender Liebenswürdigkeit; er war bereit, den verlangten Preis zu zahlen, ohne zu feilschen. Trotzdem – irgend etwas, was ich nicht näher beschreiben kann, erfüllte mich mit einem gewissen Vorbehalt, um nicht zu sagen Mißtrauen...«

Seine Beurteilung Turners ließ mich neugierig werden. »Hat er irgend etwas getan, was deine Antipathie rechtfertigte?«

»Ich würde sagen: nein. Er schien ein bißchen zu selbstsicher zu sein und seinen Reichtum hervorzukehren, aber ich vermute, das ist die Art all dieser Geldbarone. Er war stets sehr geduldig und versprühte manchmal sogar eine Art von spitzbübischem Charme. Aber...« Er unterbrach sich.

»Aber was?«

»Seine Neugier irritierte mich. Er wurde es nie müde, Fragen über dich zu stellen.«

»Über mich...?«

»Nun ja – ich weiß nicht mehr, wie und wann die Rede auf dich kam. Vermutlich hat er das Gespräch geschickt auf dich gelenkt. Etwa durch die Frage, ob ich Kinder hätte. Und ich – stolzer Vater – erzählte natürlich, daß meine Tochter eine erfolgreiche Schriftstellerin sei. Dann begann er mich, was mich verblüffte, über deinen ersten Mann auszufragen. Der zweite schien ihn nicht zu interessieren...«

»Klar. Er wußte bereits alles über Mark.«

»Dann stellte er auch eine Reihe von Fragen, die direkt deine Person betrafen. Aber als er merkte, daß ich stutzig wurde, wechselte er schnell das Thema, und so fiel mir sein Interesse an dir nicht weiter auf.«

Kein Zweifel, Turner war raffiniert und skrupellos. Er hatte gesagt: ›Ich weiß alles über Sie.‹ Damals konnte ich mir nicht erklären, wieso. Jetzt wußte ich es. Er hatte die Arglosigkeit meines Vaters ausgenützt.

»Er setzt also alles daran, die Raven-Linie zu kaufen. Ich nehme an, du wirst seinen Wunsch nicht erfüllen.«

»Ich denke gar nicht daran. Mark hätte das nicht gewollt.«

»Gut. Mir gefällt die Idee, daß der famose Mr. Turner etwas, woran sein Herz hängt, nicht bekommt.« Er lachte vergnügt. »Planst du eigentlich, die Geschäfte selbst zu führen?«

»Meine Kenntnisse vom Reedereigeschäft sind so gering, daß sie nicht mal einen Stecknadelkopf füllen könnten. Aber John Belding wird von mir Vollmacht erhalten, und ich bin sicher, er wird auch ohne Mark zurechtkommen.« Und dann fragte ich unvermittelt: »Bist du je in Turners Haus gewesen?«

»Aber ja, sicher.«

Er hatte über mich Erkundigungen eingezogen, jetzt gedachte ich ihm mit gleichen Waffen zu begegnen. »Erzähl mir, Vater, was deine Eindrücke gewesen sind. Alles, was du mir berichtest, kann möglicherweise von Nutzen sein.«

»Da gibt es nicht viel zu berichten. Das Haus eines reichen Mannes. Geschmackvoll möbliert, durchaus nicht protzig. Er hat einen französischen Koch, auf den er sehr stolz ist. Er liebt die Oper. Und Bücher. Er erwähnte, daß er vieles, was du geschrieben hast, gelesen hat.«

Ich runzelte die Stirn. »Da wird er kaum eine gute Meinung von mir haben.«

»Er hat sich nicht erlaubt, ein Urteil zu fällen.« Vater grinste. »Vielleicht wollte er mich nicht kränken.«

»Sehr klug von ihm.«

»Noch etwas fiel mir auf. Er ist eigentlich der Typ Mann, der sich mit großen Hunden umgibt. Aber seine ganze Liebe gehört einer Katze. Ein großes, schwarzes Biest namens Faust. Und er besteht darauf, daß das Tier mit auf sein Bild kommt. Nun, warum nicht? Tiere sind zwar nicht meine Spezialität, aber er zahlte einen großen Vorschuß. Ich wunderte mich nur. Ich habe immer geglaubt, Katzen seien die Lieblingstiere von Frauen.«

»Oh, dieser Turner steckt voll von Widersprüchen. Aber glaub mir, ich weiß, wie man diese Art Menschen zu behandeln hat.«

Ich ließ Turner meine Entschlossenheit fühlen. Als er am nächsten Tag wieder erschien, ließ ich ihn durch meinen Butler abweisen. Aber ich ließ ihm eine Nachricht zukommen, in der ich ihm mit sarkastischer Überschwenglichkeit für den Aprikosenkuchen dankte.

Auch in den folgenden drei Tagen erschien Drake Turner in meinem Haus, und stets bedauerte ich, ihn nicht empfangen zu können. Am vierten Tag blieb er weg, und auch am fünften. Ich dachte schon, ich wäre ihn losgeworden.

Auch am sechsten Tag kam er nicht persönlich in die Mount Street. Trotzdem gelang es ihm, mir einen Schock zu versetzen.

Ich war gerade dabei, Notizen für meinen neuen Roman zu machen, als der Besuch meines Anwalts angekündigt wurde. Clemens Oates war ein würdiger Mann mit etwas Bauch, über dem eine schwere, goldene Uhrkette hing. Ich mochte ihn gern; seine bloße Erscheinung flößte einem Vertrauen ein.

Ich begrüßte ihn herzlich. »Setzen Sie sich doch, Clement. Wie nett von Ihnen, mich zu besuchen!«

Er beugte sich etwas förmlich über meine Hand. »Sie werden bald wünschen, Lady Raven, daß ich nicht gekommen wäre. Ich habe Ihnen nämlich beunruhigende Neuigkeiten zu übermitteln.«

Seine ungewohnte Förmlichkeit ließ mich nichts Gutes ahnen. »Worum handelt es sich?«

»Um die Raven-Linie.«

Das überraschte mich. »Gibt es Schwierigkeiten? Verluste?«

Er schüttelte den Kopf. »Nein. Der Geschäftsgang läßt nicht zu wünschen übrig. Aber John Belding...« Er stockte.

»Was ist mit John?«

»Er hat verkauft. Er hat seine gesamten fünfzig Prozent abgestoßen. Und wissen Sie, an wen er verkauft hat...?« Clement mußte den Namen nicht nennen, ich hätte ihn erraten können. »An Drake Turner.«

Ich brauchte einen Moment, um meine Fassung zurückzugewinnen. Clement fuhr fort: »Turners Anwälte verständigten mich heute morgen von der Transaktion. Ich bin sofort zu Ihnen gefahren, um Sie zu informieren.«

»Aber John Belding kann doch unmöglich...«

»O doch, er kann. Es gibt keine Klausel, die ihn hätte daran hindern können. Natürlich war es ungehörig, daß er Sie nicht vorher in Kenntnis gesetzt hat, aber dem Gesetz nach war er dazu nicht verpflichtet.«

Clement sah mich besorgt an. Alles Blut war aus meinem Gesicht gewichen, und ich hatte das Gefühl, ich würde das Bewußtsein verlieren. Schon mein Vater und Lewis Darwin hatten mir geraten, einen Arzt aufzusuchen, aber ich hatte sie mit der Bemerkung beruhigt, daß ich mich ausgezeichnet fühlte. Das war natürlich gelogen, doch bis zu diesem Moment hatte ich ärztliche Hilfe nicht für nötig erachtet.

»Fühlen Sie sich nicht wohl?« fragte Clement.

»Es geht schon vorbei...«

»Sie sollten einen Arzt konsultieren, Lady Raven.«

»Das habe ich auch vor, Clement. An einem dieser Tage...« Ich riß mich zusammen. »Gibt es keine Möglichkeit, die Transaktion zu verhindern?«

»Ich fürchte, nein.«

»Normalerweise ist in einem Partnerschaftsvertrag vorgesehen, daß keiner ohne Zustimmung des anderen seine Anteile verkaufen darf.«

»Mark und John Belding sind Freunde gewesen. Sie hielten eine derartige Klausel wohl für unnötig, dachten nicht, daß sich eine solche Situation ergeben könnte.«

»Das ist immer noch kein Grund, mich vor vollendete Tatsachen zu stellen.«

Clement war ein erfahrener Anwalt, der alle Winkelzüge der City kannte. »Vielleicht«, sagte er langsam, »gehörte es zu den Bedingungen Turners, Sie erst zu informieren, wenn der Verkauf der Anteile nicht mehr rückgängig gemacht werden konnte.«

Zornig fuhr ich hoch. »Eine solche Gemeinheit hätte ich John nie zugetraut. Ich werde ihn sofort zur Rede stellen.«

Clement bot mir an, mich zu begleiten, aber ich lehnte ab. Ich fühlte mich stark genug, meinen Standpunkt ohne fremde Hilfe zu vertreten.

Mein Herz klopfte, als mich ein Mietwagen in die City brachte. Ich hatte die Büroräume von Gerrick und Belding kaum betreten, als ich zu John geführt wurde.

»Ich habe Sie bereits erwartet, Lady Raven.« Er seufzte.

John Belding war ein großer hagerer Mann mit einem Vogelgesicht. In den wenigen Jahren, in denen ich ihn kannte, war er merklich gealtert. Wenn ich ihn sah, hatte ich stets das Bedürfnis, sein Haar zu glätten, seine Krawatte zurechtzurükken und ein Tabakkrümel von seiner Weste zu entfernen. Doch sein saloppes Äußeres täuschte. Ich wußte von Mark, daß John ein sehr korrekter und fähiger Geschäftsmann war.

»Bitte sparen Sie sich alle Vorwürfe«, begann er, ehe ich noch das Wort an ihn richten konnte. »Ich habe sie alle verdient.«

»Sie sind doch von Colin informiert worden, daß Turner ein Interesse an der Firma hat und daß ich meinerseits nicht zu verkaufen gewillt bin.«

Er nickte niedergeschlagen. »Ich weiß, ich weiß...«

»Und trotz allem hielten Sie es nicht einmal für nötig, mich rechtzeitig in Kenntnis zu setzen, wie es die einfachste Höflichkeit geboten hätte?«

Wieder seufzte er. »Lady Raven, ich hatte keine andere Wahl. Sie wissen, daß ich nach dem Tod meiner ersten Frau gesundheitlich nicht mehr auf der Höhe bin. Auch Jessie ist nicht mehr die Jüngste. Und meine Töchter – nun, es wird nötig sein, sie mit einer ausreichenden Mitgift zu versehen...«

Er hatte vier Töchter aus der ersten, und drei aus seiner zweiten Ehe. Keine war besonders anziehend, und ich verstand, daß es einer verlockenden Mitgift bedürfen würde, sie unter die Haube zu bringen. Und was Jessie betraf, so wußte ich, daß sie zänkisch und anspruchsvoll war und sich stets beklagte. Das Haus war zu klein, die Rechnungen zu hoch, und der Jahresertrag der Firma nicht ausreichend.

»Die Geschäfte gehen gut, Mr. Belding. Sie haben bisher keinen Grund zur Klage gehabt und sind nie in Schwierigkeiten gewesen.«

»Seit Mark nicht mehr an meiner Seite ist, ist die Belastung zu groß für mich geworden«, erwiderte er. »Der Verkauf meines Anteils hat mich all meiner Sorgen enthoben. Ich werde mir ein Landhaus kaufen und meine Töchter verheiraten können. Die aufreibende Arbeit in der City nimmt ein Ende, ich werde mich um meinen Garten kümmern, um Blumen und Hunde und Pferde.«

»Wenn Sie es für richtig hielten zu verkaufen, Mr. Belding, kann ich Sie nicht kritisieren. Aber es gab eine Möglichkeit, die Raven-Linie als Familienbesitz zu erhalten. Colin Trelawney hätte sicher einen angemessenen Preis bezahlt...«

»Aber annähernd nicht soviel, wie Drake Turner geboten hat«, unterbrach er mich.

Das hatte ich mir schon gedacht. Turner in seiner Besessenheit war weit über den Marktwert des Anteils hinweggegangen.

»Es war eine nie wiederkehrende Gelegenheit«, erklärte John Belding kleinlaut. »Und Turner drohte, sein Angebot sofort zurückzuziehen, wenn ich auch nur ein Sterbenswörtchen verlauten ließe.«

Clement hatte recht gehabt. Drake Turner hatte alle seine Trümpfe ausgespielt, um seinen Willen durchzusetzen, und er hatte die Partie gewonnen.

»Ich verabschiede mich jetzt, Mr. Belding«, sagte ich hart. »Und ich glaube, wir werden uns nicht mehr wiedersehen. Jedenfalls vielen Dank für Ihre Loyalität.«

Damit rauschte ich hinaus und ließ einen ziemlich zerknirschten Mann zurück. Draußen im Büro bekam ich von einem Schreiber die Adresse von Drake Turner. Ich machte mich unverzüglich auf den Weg. Aber mein Mietwagen hatte alle Mühe, sich durch den Londoner Verkehr seinen Weg zu bahnen. Die Fahrt schien kein Ende nehmen zu wollen, und als wir schließlich in Grosvenor Street Nr. 39 ankamen, war es später Nachmittag. Ich lechzte danach, meinem Herzen Luft zu machen; wütend und ungeduldig klingelte ich an der Haustür.

Der Butler, der mir öffnete, hatte das Gebaren eines Parlamentssprechers. »Madam wünschen ...?«

Ich reichte ihm meine Karte. »Lady Raven möchte Mr. Turner sprechen.«

Der Mann zuckte nicht mit der Wimper, sondern entgegnete, ohne zu zögern: »Es tut mir leid, Mylady, aber Mr. Turner kleidet sich bereits zum Dinner um. Da er die Oper besuchen wird, bin ich sicher, daß er nicht aufgehalten werden möchte.«

Worauf ich knapp erwiderte: »Es ist dringend.«

»In diesem Fall, Mylady, werde ich mir erlauben, Mr. Turner von Ihrer Anwesenheit zu unterrichten. Wenn Sie so freundlich wären, sich einen Augenblick zu gedulden ...« Damit wies er auf einen Lehnstuhl und verließ die Halle.

Doch ich wollte Turner keine Gelegenheit geben, sich für meine Weigerung, ihn zu empfangen, zu revanchieren und mir Gleiches mit Gleichem zu vergelten. Ich folgte dem Butler in angemessener Entfernung in das obere Stockwerk; auf den dicken Teppichen waren meine Schritte nicht zu hören. Der Butler verschwand durch eine Tür, und gleich darauf stand auch ich vor ihr. Hatte er nicht durch einen Sprung über die Gartenmauer Eingang in mein Haus erzwungen? Nun, er sollte merken, daß er es mit einem ebenbürtigen Gegner zu tun hatte. Mit dem Mut, den mir mein gerechter Zorn verlieh, stieß ich die Türe auf und stürmte ins Zimmer, die personifizierte Entrüstung.

Drei Männer starrten mich an, verblüfft und indigniert: Der Butler, der Kammerdiener und Drake Turner, der zum Glück bereits seine dunkle Frackhose anhatte, aber noch kein Hemd.

Er benötigte nur eine Sekunde, um seiner Überraschung Herr zu werden. Er setzte sein strahlendstes Lächeln auf.

»Ich habe Sie bereits erwartet, Mrs. Gerrick, wenn auch nicht in meinem Ankleidezimmer.«

Ich ließ mich weder durch sein Lächeln noch durch den Anblick seiner kräftigen, behaarten Brust beirren. Ohne zu zögern schritt ich auf ihn zu und hob meine Hand.

Doch er war zu schnell für mich. Mit kurzem Griff packte er mein Handgelenk und hielt es eisern fest.

»Gewalttätigkeit bekommt einer zarten Dame nicht.«

»Ich bin keine zarte Dame! Das werden Sie noch merken, Mr. Turner!« Ich machte mich mit einiger Mühe frei, trat zurück und betrachtete ihn mit Abscheu. »Ich konnte es nicht erwarten, Ihnen zu sagen, was ich von Ihnen halte. In meinen Augen sind Sie der abgefeimteste, niederträchtigste ...«

»Ich bitte Sie, Lady Raven«, unterbrach er mich gelassen. »Wie sprechen Sie mit Ihrem Partner?«

Das unterbrach den Fluß meiner Worte. Ich starrte ihn sprachlos an, während er in sein Hemd schlüpfte und seine fassungslosen Diener mit einer Handbewegung aus dem Zimmer schickte.

»Sagten Sie: Partner –?«

»Ganz recht. Partner.«

Jetzt begriff ich. Durch den Kauf von Beldings Anteil war er mein Teilhaber geworden.

Dieser neue Schock war zuviel für mich. Alles Blut wich aus meinem Kopf, die Umrisse des Zimmers verloren ihre Konturen und verschwammen vor meinen Augen. Ich sah noch den erschrockenen Blick meines Gegenübers, aber es war mir nicht mehr bewußt, daß ich zu Boden sank.

Als ich aus der Ohnmacht erwachte, hörte ich, daß jemand meinen Namen rief. Erst achtete ich nicht darauf, aber schließlich öffnete ich meine Augen.

»Gottlob. Sie haben mich ehrlich erschreckt.« Ich erkannte Drake Turner, der sich über mich gebeugt hatte. »Wie fühlen Sie sich jetzt, Mrs. Gerrick?«

»Wie ich mich fühle, geht Sie nichts an.«

»Was sagen Sie da? Sie werden weiß wie die Wand und fallen ohnmächtig um – in meinem Ankleidezimmer – und sagen, es gehe mich nichts an? Solange Sie in meinem Haus sind, ist Ihr Befinden sehr wohl meine Angelegenheit, und ich habe mir erlaubt, meinen Arzt zu verständigen, der in Kürze hier sein wird.«

Meine Lebensgeister kehrten langsam zurück. Jemand hatte mir den Schleier abgenommen und meinen Mantelkragen aufgeknöpft. Ich lag auf einem Bett, ich fühlte ein weiches Kissen unter meinem Kopf. Abrupt versuchte ich mich aufzurichten, aber ich war zu schwach. Ich sank sofort wieder zurück, und wieder überkam mich ein Schwindelgefühl.

»Ich habe den Eindruck, Sie haben in letzter Zeit nichts als Tee zu sich genommen. Wann haben Sie das letzte Mal eine vernünftige Mahlzeit gegessen?«

»Auch das ist nicht Ihre Angelegenheit.«

»O doch. Wie schon gesagt, als Hausherr trage ich jetzt die Verantwortung für Ihr Wohlergehen. Ich bestehe darauf, daß Sie mit mir dinieren, und ich verspreche Ihnen eine ausgezeichnete Mahlzeit.«

Endlich gelang es mir, mich aufzusetzen und auf den rechten Ellbogen zu stützen. Ich sah ihn böse an. »Ich denke gar nicht daran. Und Sie haben kein Recht, für mich Entscheidungen zu treffen.«

Ich stand auf und wollte zur Türe gehen, aber bereits nach drei Schritten begann sich das Zimmer um mich zu drehen, und beinahe wäre ich wieder gefallen. Turner fing mich auf und trug mich zum Bett zurück. Ich spürte den Druck seiner starken Arme, und wie schon einmal, da er mich berührt hatte, durchlief mich ein Schauer.

»Lassen Sie mich sofort los!« rief ich.

»Selbstverständlich.« Er lächelte und ließ mich nicht allzu zart aufs Bett fallen. »Sie sind eine willensstarke Frau, Mrs. Gerrick, das muß ich anerkennen. Trotzdem – erst wird mein Arzt Sie untersuchen und dann werden Sie mit mir zu Abend essen. Ich will mir nicht vorwerfen lassen, ich hätte Sie in meinem Haus sterben lassen – nur um die Raven-Linie in meinen Besitz zu bekommen.«

Er zwinkerte mir zu und ging aus dem Zimmer.

Was sollte ich tun? Ich fühlte mich absolut hilflos, und Turner wußte es und nützte meinen Zustand aus.

Der Arzt, der bald darauf kam, untersuchte mich gründlich und fragte mich aus. Ich mußte ihm gestehen, daß ich seit längerer Zeit keine nahrhafte Mahlzeit mehr gegessen hatte. Er diagnostizierte eine Kombination von Erschöpfung und Melancholie. Er empfahl mir kräftige Mahlzeiten und händigte mir zwei Fläschchen mit stärkenden Tropfen aus. Gegen Schlaflosigkeit und Alpträume verschrieb er mir ein starkes Beruhigungsmittel.

Nachdem der Arzt gegangen war, kam Turner zurück. Er war jetzt für die Oper angezogen, und ich mußte mir eingestehen, daß er seinen Frack mit Grazie trug.

»Das Dinner wird in Kürze serviert werden«, sagte er und reichte mir seinen Arm. »Würden Sie mir die Ehre erweisen, mir Gesellschaft zu leisten?«

Es wäre kindisch gewesen, ihm jetzt noch eine Szene zu machen. So nickte ich schweigend und ließ mich von ihm die Treppe hinuntergeleiten. Der Tisch war für zwei gedeckt, mit erlesenem Geschirr und feingeschliffenem Kristall. Frische Blumen und Kerzenlicht verbreiteten eine intime Atmosphäre, und ich fragte mich unwillkürlich, wie viele Frauen Turner dadurch schon in Stimmung zu bringen versucht hatte.

Mich freilich konnte er durch solche Tricks nicht beeindrucken.

»Ich habe mit meinem Vater gesprochen, Mr. Turner«, sagte ich streng. »Es war sehr raffiniert von Ihnen, ihm einen Auftrag zu erteilen, um auf diesem Weg Informationen über mich zu sammeln.«

»Ich leugne nicht, daß das der Hauptgrund gewesen ist. Aber – wie gesagt – nicht der einzige. Jeder erfolgreiche Geschäftsmann möchte früher oder später sein Bild gemalt haben. – Und da es keinen besseren Porträtisten als Ivar Stokes gibt...«

»Erst haben Sie versucht, meine Sympathie zu gewinnen, indem Sie mir schmeichelten. Jetzt ist mein Vater an der Reihe.«

»Aber ich bewundere Ivar Stokes aus ganzem Herzen. Warum halten Sie immer für Schmeichelei, was als ehrliches Kompliment gemeint ist?«

Unterdes wurde eine Hummersuppe serviert, von der ich zugeben mußte, daß ich noch nie eine bessere gegessen hatte. Ich bewunderte auch die Treibhausrosen in der Vase.

»Hätte ich gewußt, daß Sie mein Gast sein würden, hätte ich Lilien bestellt«, sagte er.

»Sie haben von meinem Vater viel erfahren«, meinte ich nicht ohne Bitterkeit. »Sie haben seinen Hang zum Plaudern weidlich ausgenützt.«

»Ich erfuhr, was ich wissen wollte«, erwiderte er knapp.

Verärgert legte ich meinen Löffel hin.

»Bitte essen Sie doch auf. Antoine ist sehr empfindlich – wie alle Kochkünstler. Wenn die Suppe in die Küche zurückgeschickt wird, würde er untröstlich sein und mindestens eine Woche streiken. Und Sie werden mich doch nicht verhungern lassen wollen, nicht wahr?«

»Das wäre zumindest eine Methode, einen unerwünschten Partner loszuwerden«, entgegnete ich zynisch, aber ich ließ mich doch bewegen, die Suppe aufzuessen, und sie schmeckte vorzüglich. Auch der Fischgang war ausgezeichnet: Seezungenröllchen, mit Krabbenfleisch gefüllt. Der leichte Tischwein löste meine Zunge, und ich bemühte mich, Konversation zu machen, wie es der Gelegenheit zukam. Turner wußte so viel von mir und ich so wenig über ihn. Aber alle Männer sprechen gern von ihrem Werdegang, und so gab er mir bereitwillig Auskunft, als ich ihn nach seinem Lebensweg fragte.

»Ich habe ganz unten begonnen, im Alter von sechzehn Jahren, bei der Bidwell Company. Erst als Kopist, dann als Korrespondent, dann kam ich in die Buchhaltung. Ich gab mir alle Mühe; ich arbeitete auch an Sonn- und Feiertagen. Der alte Bidwell zollte meinem Fleiß und meinen Fähigkeiten Anerkennung, er wurde mein Mentor und weihte mich in die Geheimnisse der Branche ein, während seine Söhne Kricket spielten und Partys besuchten. Als er starb, hinterließ er mir einen kleinen Anteil an der Reederei. Wie in solchen Fällen üblich, versuchten seine Söhne mich loszuwerden; sie waren schon zu Lebzeiten des Alten eifersüchtig auf meine Position gewesen. Nun, ich tat ihnen den Gefallen, da sie mir einen überhöhten Preis boten.« Er grinste. »Ich sah mich in der Lage, eine eigene kleine Firma zu gründen, die aber den jungen Bidwells bald Konkurrenz machte.«

»Sie sind immer sehr ehrgeizig gewesen, Mr. Turner.«

»O ja, das leugne ich nicht. Ich hatte es aber nie leicht und habe es mir auch nie leicht gemacht. Ich komme aus kleinen Verhältnissen. Mein Vater war ein schlecht bezahlter Schulmeister in Nordfolk. Er konnte mir nichts bieten als eine gute Allgemeinbildung.«

»Die meisten guten Kaufleute kommen aus bescheidenen Familien«, meinte ich. »Die Söhne der Reichen sind verwöhnt und nicht so hart wie ihre Väter.«

»Es gibt Ausnahmen«, bemerkte er.

»Beziehen Sie das auf meinen verstorbenen Gatten?« wollte ich wissen.

Das war offensichtlich der Sinn seiner Bemerkung gewesen, doch er zögerte mit der Antwort. Seit ich Mark erwähnt hatte, war unsere Unterhaltung ins Stocken geraten, wir beendeten die Mahlzeit schweigend.

»Der Kaffee wird in meinem Arbeitszimmer serviert«, sagte er schließlich.

»Bitte richten Sie Antoine mein Kompliment aus. Das Dinner war exquisit.«

»Das werde ich gerne tun.« Er strahlte, als hätte ich ihm ein persönliches Lob gezollt. Er führte mich in sein dunkel getäfeltes Studio und bot mir einen bequemen Sessel an. Ich wollte mich auf etwas setzen, was ich für ein schwarzes Kissen hielt. Doch das vermeintliche Kissen begann sich zu bewegen und entpuppte sich als ein großer Kater.

»Mach Platz für die Dame, Faust«, befahl er.

Der Kater streckte sich behaglich und nahm sich Zeit, ehe er vom Sessel sprang. Doch kaum hatte ich mich gesetzt, als er auf den Platz zurückkehrte, von dem er sich nicht vertreiben lassen wollte. Er schnupperte einen Moment lang am Saum meines Kleides, schien mit dem Geruch einverstanden zu sein und sprang dann kurz entschlossen auf meinen Schoß.

»Was sind das für Manieren, Faust«, drohte Turner, während er Kaffee eingoß und mir Zucker und Sahne anbot.

Ich kraulte das seidenweiche Fell des Tieres und fragte: »Was für ein Mann zieht eine Katze Hunden vor?«

»Ein Mann, der Unabhängigkeit schätzt«, erwiderte Turner

bestimmt. »Hunde haben Sklavenseelen. Selbst wenn man sie schlägt, lecken sie einem die Hand. Eine Katze würde das nie tun.«

Ich mußte an den Jagdhund denken, den ich als Kind besessen und innig geliebt hatte. »Einem Hund kann man sein ganzes Vertrauen schenken, Mr. Turner. Aber Katzen sind launenhaft; manchmal schmeicheln sie einem, doch stets muß man vor ihren Krallen auf der Hut sein.« Beinahe hätte ich hinzugefügt: ›Ganz wie Sie, mein Bester‹, aber er hatte die Parallele ohnehin erraten und lächelte vergnügt.

»Soll sich das auf meine Person beziehen, Mrs. Gerrick? Nun gut, ich kann Sie nicht zwingen, mir Ihr Vertrauen zu schenken. Und was meine Krallen betrifft...«

»Sie haben mir einen üblen Streich gespielt.«

Sofort wurde er ernst. »Die City von London ist kein Kinderspielplatz. Wer nicht schnell zuzuschlagen versteht, zieht den Kürzeren. Natürlich wußte ich, daß auch Colin Trelawney bereit sein würde, Beldings Anteil aufzukaufen. Ich mußte schneller sein und Belding unter Druck setzen, damit er über die Transaktion Stillschweigen bewahrte. Im Vertrauen auf seine mißliche Lage, seine zänkische Frau und seine unverheirateten Töchter...«

»Sie kennen wohl keine Skrupel«, unterbrach ich ihn.

Darüber ging er mit einer Handbewegung hinweg. »Haben Sie sich nie etwas so sehr gewünscht, daß Sie zu allem bereit gewesen wären?«

»O doch. Um meinen ersten Mann loszuwerden, hätte ich auch vor einem Mord nicht zurückgeschreckt.«

Kaum hatte ich diese Worte ausgesprochen, bedauerte ich sie schon. Aber wenn ich dachte, ich hätte Turner schockiert, täuschte ich mich. Statt dessen betrachtete er mich mit unverhohlenem Respekt. Und er war nicht so selbstsicher wie sonst, als er mich fragte: »Da ich nun mal Belding ausgekauft habe, sind Sie jetzt bereit, mir Ihren Anteil der Raven-Linie zu überlassen?«

»Damit haben Sie gerechnet, nicht wahr? Ich bedaure, Sie enttäuschen zu müssen. Mein Entschluß ist unverändert.«

Er nickte kurz mit dem Kopf, als hätte er nichts anderes erwartet. »Sie wissen natürlich, was das bedeutet?«

»Sie meinen, daß wir von heute an Geschäftspartner sind.«

»Das ist unvermeidlich. Und da Sie mir weder Sympathie noch Vertrauen entgegenbringen, frage ich mich, ob das wirklich Ihr Wunsch sein kann.«

»Sicher nicht mein Wunsch, aber ich muß mich ins Unvermeidliche fügen. Und ich gedenke, meinen Teil der Verantwortung voll zu tragen. Bilden Sie sich ja nicht ein, daß Sie die Geschäfte nach Ihrem Gutdünken führen werden, ohne daß ich interveniere!«

Die Aussicht, in Zukunft mit mir rechnen zu müssen, schien ihm keineswegs zu gefallen, und ich genoß einige Augenblicke eines kurzen Triumphs. Er überlegte eine Weile, während er im Zimmer auf und ab ging.

Schließlich sagte er: »Wir werden gezwungen sein, *miteinander* zu arbeiten und nicht gegeneinander. Alle Gefühle beiseite zu lassen und nur an die Interessen der Firma zu denken. Wenn wir diese Marschroute nicht einhalten, wird die Raven-Linie bald Bankrott erklären müssen, und es wird uns beiden nichts bleiben, worüber wir streiten könnten.«

»Das ist mir klar«, erwiderte ich. »Und ich muß gestehen, daß Sie ein Fachmann sind und ich vom Reedereigeschäft so gut wie nichts verstehe. Trotzdem – ich bestehe auf meinem Recht, in alle Transaktionen eingeweiht zu werden und bei wichtigen Entscheidungen meine Zustimmung zu geben oder nicht.«

Er biß sich auf die Lippen, äußerte sich jedoch nicht dazu. Statt dessen warf er einen Blick auf eine Rokokouhr, die auf dem Kaminsims stand, und sagte unvermittelt: »Ich möchte nicht unhöflich sein, aber ich habe eine junge Dame in die Oper eingeladen und ich möchte sie nicht warten lassen.«

»Das könnte ich mit meinem Gewissen nicht vereinbaren«,

sagte ich ironisch und erhob mich. »Bitte lassen Sie sich nicht aufhalten, Mr. Turner. Und nochmals – vielen Dank für Ihre Fürsorge und für das Abendessen.«

Er brachte mich in seinem eleganten Hansom in die Mount Street, aber während der Fahrt wechselten wir kaum ein Wort. An der Schwelle meines Hauses verabschiedete er sich höflich, aber seine Gedanken schienen bereits bei der Dame zu sein, mit der er den Rest des Abends verbringen würde.

Fenner war enttäuscht, weil ich schon zu Abend gegessen hatte und die vorbereitete Mahlzeit zurückschicken ließ. Ich setzte mich unverzüglich an den Schreibtisch und schrieb an meinen Schwager Colin einen langen Brief, in dem ich ihm detailliert über die überraschenden Ereignisse berichtete.

Wie sehr bedauerte ich, daß ich ihm das alles nicht persönlich berichten konnte. Ich sehnte mich nach seiner rauhen Stimme, nach seiner beruhigenden Art. Doch Colin war weit weg in Devonshire; außerdem vermied ich nach Möglichkeit, von ihm abhängig zu sein. Er war ein attraktiver Mann und ich eine schutzlose Witwe – eine Kombination, die potentielle Gefahren enthielt und Annabelle beunruhigen mochte.

Am nächsten Tag informierte ich meinen Vater über alles, was geschehen war, und hinderte ihn mit Mühe daran, das begonnene Porträt von Drake Turner zu vernichten und diesem Auftrag und Vorschuß vor die Füße zu werfen. Unsere Verwandtschaft sollte seine künsterlische Arbeit ebensowenig behindern wie sein Einkommen.

Vom Haus meines Vaters fuhr ich direkt zum Büro von Clement Oates. Und in den folgenden Tagen verbrachte ich viel Zeit mit Clement. Er hatte lange genug Marks Interessen in der City vertreten, um das Reedereigeschäft gut zu kennen. Und ganz so unwissend, wie ich gesagt hatte, war ich gar nicht. Wenn man jahrelang mit Mark Gerrick verheiratet gewesen war, konnte man nicht umhin, eine ganze Menge über das Geschäft zu wissen, denn Schiffe und Schifffahrt hatten Marks Leben ausgefüllt und waren ein ständiges Thema unserer Gespräche gewesen.

Natürlich hatte ich noch viel zu lernen. Ich hatte keine Ahnung gehabt, daß die amerikanischen Clipper ganz aus Holz gebaut waren, während wir in England zwar langsamere, aber solidere Konstruktionen mit metallverstärkten Planken bevorzugten. Und ich mußte Frachtraten und Hafengebühren studieren und die Warensortimente, die in ferne Länder verschifft und von dort eingeführt wurden. Tee und Jute kamen aus China und Indien, Fleisch und Wolle gingen nach Baltimore und San Francisco.

Drake Turner suchte mich fast täglich auf, um mit mir die nötigsten Angelegenheiten zu besprechen. Natürlich merkte er sehr bald, daß ich von Tag zu Tag besser Bescheid wußte, aber er fragte mich nie danach, woher ich meine Kenntnisse nahm, und er vermied es, mir über mein maritimes Wissen Komplimente zu machen. Manchmal lächelte er zwar spöttisch über eine laienhafte Bemerkung von mir, aber im großen und ganzen akzeptierte er mich mit der Zeit wie einen Mann aus der Branche.

Von Colin erhielt ich einen langen Brief. Er verwünschte Turner und versprach mir, nach London zu kommen, sobald es ihm seine eigenen Geschäfte erlaubten. Aber als Woche um Woche verstrich, fragte ich mich, ob ich seine Anwesenheit tatsächlich benötigte. Ich kam mit Turner überraschend gut aus. Persönlich hielten wir zwar Distanz, aber geschäftlich verstanden wir uns gut; er war geduldig und kooperativ, ging auch auf meine Vorschläge und Bedenken ein, und ich sah kaum einen Grund, meine Drohung wahrzumachen und seine Entscheidungen zu konterkarieren.

Die Partnerschaft ließ sich besser an, als ich hatte erwarten können, und zum erstenmal seit langer Zeit begann ich, meine Zukunft in weniger düsteren Farben zu sehen.

Bis zu dem Tag, an dem die Fremde kam, die sich Mrs. Gerrick nannte.

4

Der Tag begann schon mit einem Mißklang, nämlich mit einer ernsten Differenz zwischen Turner und mir.

Er war wie gewöhnlich gegen neun Uhr erschienen, untadelig gekleidet, mit einer dunkelblauen Jacke, karierten Hosen und einer schwungvoll gebundenen, burgunderroten Seidenschleife. Er hatte bereits gefrühstückt – Antoine sorgte ja für sein leibliches Wohl –, aber er akzeptierte ein Glas Sherry.

Seine Miene war ernst. »Ich habe mir die Heuerliste unserer Schiffe vorgenommen«, begann er, »und mußte feststellen, daß ziemlich große Summen unverständlicherweise verschwendet werden.«

»Wie das?«

»Die Schiffe sind überbemannt. Fast jede Einheit mit drei bis vier Mann. Sie können selbst ausrechnen, was das bei acht Schiffen ausmacht.«

»Und was schlagen Sie vor, Mr. Turner?« fragte ich, obwohl ich seine Antwort erraten konnte.

»Wir müssen uns der überzähligen Männer entledigen, sowie sie in einem englischen Hafen an Land gehen.«

»Dazu gebe ich nicht meine Einwilligung«, erwiderte ich kampfbereit.

Ich mußte an die Seeleute denken, die für Mark gearbeitet hatten, seit er sich selbständig gemacht hatte, und die ihm treu ergeben waren. Viele hatten Frauen und Kinder, die sie oft monatelang nicht sahen, wenn sie für uns nach fernen Häfen segelten.

Turner war überrascht, denn bislang war er bei mir noch nie auf einen so entschiedenen Widerstand gestoßen.

»Und warum nicht, wenn ich fragen darf? Unnötige Heuerkosten verringern den Gewinn der Firma.«

»Das mag richtig sein. Aber diese Männer haben Familie. Und wenn die Ernährer ihre Arbeit verlieren…«

»Sie können anderswo anheuern.«

»Können Sie das garantieren?«

»Was entlassene Seeleute tun, kann nie die Sorge einer Reederei sein.«

»Dann bildet die Raven-Linie eine Ausnahme«, rief ich. »Mein Mann hat selbst als einfacher Seemann angefangen, und von ihm habe ich gelernt, daß Matrosen Menschen sind und nicht Nummern auf einer Lohnliste.«

Sein gönnerhaftes Lächeln irritierte mich. »Ich fürchte, Mrs. Gerrick, Sie sind zu weichherzig für einen harten Geschäftsbetrieb.«

»Und ich fürchte, Sir, daß Sie die Leute entlassen wollen – nicht, weil sie überflüssig sind –, sondern weil Sie für meinen Mann jahrelang gearbeitet haben und meiner Familie ergeben sind.«

Er fuhr hoch und beherrschte sich nur mit Mühe. »Diesen Vorwurf kann ich entkräften, Madam. Ich habe nicht vorgeschlagen, die Kapitäne und Offiziere zu entlassen, die seit langem für die Raven-Linie arbeiten, sondern nur etwa ein Dutzend Männer, deren Fehlen die Effizienz und Sicherheit unserer Schiffe nachweislich nicht beeinträchtigen würde.«

»Wenn wir die Raven-Linie gemeinsam führen wollen, so bestehe ich darauf, daß dies auch nach moralischen und menschlichen Grundsätzen geschieht.«

Über sein Gesicht fiel ein Schatten; er starrte mich böse an. Ich war in Zorn geraten; wir standen uns feindselig gegenüber. Ich verstand. Er hatte sich lange gezwungen, mit mir Geduld zu haben, und erwartet, ich würde bei allen wichtigen Entscheidungen seiner Meinung sein. Doch sowie ich ihm widersprach, kehrte er sein herrisches Wesen hervor. Aber ich war entschlossen, mich nicht einschüchtern zu lassen. Während meiner Ehe mit Oliver Woburn war ich gezwungen gewesen, die Überlegenheit der Männerwelt anzuerkennen. Doch jetzt war ich reich und unabhängig und konnte selbst einem Drake Turner die Stirn bieten, und diese Sicherheit erfüllte mich mit einer wohltuenden Genugtuung.

»Sentiments haben in der Londoner City keinen Platz«, grollte er. »Sie sind nicht nur lächerlich, sondern auch gefährlich.«

»Unsinn. Unsere Firma wird nicht gleich zugrunde gehen, weil wir ein paar verdiente Männer behalten, ohne dazu gezwungen zu sein.«

»Eine Schiffahrtslinie ist kein Wohltätigkeitsinstitut, Mrs. Gerrick. Nächstens werden Sie noch vorschlagen, die Löhne zu erhöhen, damit sich die Töchter unserer Seeleute gut verheiraten und ihre Söhne in Oxford studieren können.«

Ich nahm ihm seinen Zynismus übel und beharrte auf meinem Standpunkt. Wir hätten wahrscheinlich noch den ganzen Vormittag debattiert, aber unser erhitzter Wortwechsel wurde von meinem Butler unterbrochen, der an die Tür klopfte. Er war sichtlich verwirrt und verlegen, als er eintrat.

»Verzeihung, Madam, aber draußen ist eine Dame, die Sie zu sehen wünscht. Eine Dame in Begleitung, aber...« Er unterbrach sich und erst, als ich ihm befahl, weiterzusprechen, stammelte er: »Sie sagt, sie sei Mrs. Gerrick.« Und unsicher fügte er hinzu: »Mrs. Mark Gerrick.«

Streng sah ich ihn an. »Soll das ein Scherz sein?«

»Nein, Madam. Sie sagt, sie sei Mrs. Mark Gerrick.«

Jetzt wurde ich böse. »Sagen Sie dieser – dieser Dame, die wahre Mrs. Mark Gerrick fordert sie auf, sofort ihr Haus zu verlassen. Und sehen Sie zu, daß das auch geschieht.«

»Sehr wohl, Madam.«

Als der Butler gegangen war, wandte ich mich wieder Drake Turner zu. »Wo sind wir stehengeblieben...?«

Er sah mich prüfend an. »Sind Sie gar nicht neugierig, was das alles zu bedeuten hat?«

»Nicht im geringsten«, antwortete ich. »Anscheinend erlaubt sich jemand einen üblen und geschmacklosen Scherz. Ich habe für diese Art Humor nichts übrig und...«

In diesem Moment hörte ich laute Stimmen im Nebenraum, und dann wurde die Tür aufgestoßen. Vergeblich versuchte der Butler einen Mann zurückzuhalten, der in die Bibliothek eindrang. Er schüttelte den schmächtigen Butler mühelos ab, kam ins Zimmer und pflanzte sich vor mir auf.

Er mißfiel mir auf den ersten Blick. Sein massiger Körper stand in einem grotesken Gegensatz zu seinem kleinen Kopf. Sein Gesicht war schmal, und ein gezwungenes Lächeln gab ihm einen wieselhaften Ausdruck. Er hatte sich mit roher Gewalt seinen Eintritt erzwungen, sein Bemühen um Freundlichkeit schien unangebracht.

»Sie sind nicht sehr gastfreundlich, Madam«, sagte er mit einer liebenswürdigen Verbeugung. »Meine Schwester ist über den Ozean gekommen, um Sie zu sehen, und Sie weisen sie ab wie einen lästigen Dienstboten.«

Er sprach mit starkem amerikanischen Akzent. Das erklärte einiges; es ist ja bekannt, daß unsere Vettern von jenseits des Atlantik nicht die besten Manieren haben.

Ich musterte ihn hoheitsvoll. »Sie haben es nicht für nötig gehalten, sich vorzustellen, Sir. Ich bin Lady Raven. Und wer sind Sie?«

»Ich bitte um Verzeihung, Madam. Mein Name ist Mason, Seth Mason. Ich habe meine Schwester Ella nach England begleitet, Sie ist die wahre Mrs. Mark Gerrick.«

Ich wurde wütend. »Mr. Mason, ich kenne nicht den Grund Ihres Kommens, aber ich nehme Ihr Eindringen in meine private Sphäre äußerst übel.«

»Meine Schwester und ich hatten die Absicht, die Angelegenheit in Ruhe zu besprechen – wie ziviliserte Menschen. Aber wenn Sie uns nicht zu Wort kommen lassen, werden wir gezwungen sein, unsere Anwälte damit zu betrauen.«

»Und was gäbe es zwischen uns zu diskutieren?« fragte ich.

Er erwiderte mit einem freundlichen Lächeln, das auf seinen Lippen festgefroren zu sein schien: »Meine Schwester ist mit Mark Gerrick verheiratet gewesen, viele Jahre, bevor er Sie ehelichte, Madam. Auch wenn Sie mir nicht glauben – wir können es beweisen.«

Ich wünschte, ich wäre Medusa, und mein Blick hätte ihn zu Stein werden lassen. »Was für eine absurde Unterstellung!«

»Es ist die reine Wahrheit. Meine Schwester wird Ihnen alles erklären.«

»Ich weiß nicht, was Sie mit dieser Art von dreisten Lügen gewinnen wollen, Mr. Mason, aber...«

»Ich verstehe, daß Sie mir nicht gleich Glauben schenken«, sagte er treuherzig. »Damit habe ich gerechnet. Ich würde mich an Ihrer Stelle wahrscheinlich ebenso verhalten. Aber, bitte, sprechen Sie doch mit meiner Schwester. Sie kann alles erklären.«

Ich mißtraute seinem Lächeln von Anfang an, mußte aber seiner Beharrlichkeit Rechnung tragen. Ich würde diesen Mann nicht loswerden können, ehe ich seinen Wunsch nicht erfüllte.

»Also gut, wenn Sie darauf bestehen...«

»Sie sind sehr gütig, Madam.«

Ich gab dem Butler ein Zeichen, und er führte Mr. Mason aus der Bibliothek. Ich folgte den beiden. Da hörte ich, wie Drake Turner, der dem Wortwechsel schweigend gefolgt war, hinter mir fragte: »Soll ich mit Ihnen kommen?«

»Wie Sie wünschen«, murmelte ich. Masons Behauptung war so lächerlich, daß ich sie keinen Moment ernst nahm. Ich wollte aber wissen, was für ein Spiel dieses Geschwisterpaar aus Übersee spielte, bevor ich es endgültig aus dem Haus werfen ließ. Außerdem war ich inzwischen neugierig geworden, wie die Frau aussah, die behauptete, Marks Gattin gewesen zu sein.

Sie war sehr schön, das mußte ich zugeben. Ihr schwarzes Haar umrahmte ein ebenmäßig geschnittenes Gesicht mit hellem Teint, das meinen Vater gewiß entzückt hätte. Aber das Kinn war eckig und ließ eine gewisse Brutalität ahnen. Meist verbreiten rehbraune Augen ein Gefühl von Wärme; nicht so bei ihr. Ihr Blick war starr und bedrohlich wie der einer Schlange. Aber ich hielt ihm stand. Sie musterte mich und ich sie. Sie trug Trauer wie ich auch. Ich merkte sofort, daß ihr schwarzes Kleid nicht eigens angefertigt, sondern gefärbt war. Auch die Kleidung ihres Bruders ließ zu wünschen übrig. Mir war klar, daß die beiden nicht in guten Verhältnissen lebten; wahrscheinlich hatten sie sich das Geld für die Überfahrt borgen müssen.

Ich zwang mich, höflich zu sein. »Ich bin Nora Gerrick. Das hier ist Mr. Turner, mein Partner.«

»Ich bin Ella Gerrick«, sagte sie leise, mit einem leidenden Tonfall, der in krassem Gegensatz zu ihrer kalten, entschlossenen Miene stand.

Ich zügelte meinen Zorn. »Bitte setzen Sie sich und sagen Sie mir, was Sie auf dem Herzen haben, bevor Sie wieder gehen.«

Ihr Bruder setzte sich an ihre Seite und tätschelte ihre Hand. »Auch wenn es dir schwerfällt, Ella – du mußt diesen Leuten alles erzählen.«

Es bedurfte keiner Ermunterung; sie begann bereitwillig zu sprechen. Ihre Stimme war sanft, und ihre Sprechweise kultivierter als die ihres Bruders. »Mein Bruder und ich, wir leben in New York. Mein Vater war ein einfacher Kaufmann, er versorgte Schiffe, die im Hafen lagen, mit Lebensmitteln. Eines dieser Schiffe war die NEPTUN aus Plymouth. So lernte ich Mark Gerrick kennen, der auf der NEPTUN Dienst tat; er kam einmal in unser Haus, um mehrere Kisten abzuholen. Mark war anders als andere Seeleute, nicht derb und ungehobelt, sondern wohlerzogen und gebildet. Meinem Vater fiel dies gleich auf, und er lud ihn zum Essen ein. Es war ...« Sie machte eine kurze Pause, die sie dazu benutzte, um ihr Taschentuch an die Augen zu führen. »Es war Liebe auf den ersten Blick. In den folgenden Tagen besuchte er mich, sooft er Landurlaub hatte.«

»Meine liebe Miß Mason«, sagte ich mit Sarkasmus. »Wollen Sie mich wirklich glauben machen, daß mein Mann sich in Sie verliebte, während sein Schiff einige Tage im Hafen lag?«

Sie betrachtete mich kühl, ohne jedes Zeichen von Erregung. »So ist es, Mrs. Woburn.« Ich zuckte zusammen, sie hatte also in Erfahrung gebracht, wie ich vor meiner Ehe mit Mark geheißen hatte. »Wir waren damals – vor elf Jahren – jung und impulsiv. Ich war sechzehn Jahre alt und Mark einundzwanzig. Die NEPTUN lag vierzehn Tage im Hafen. Vor Ablauf dieser zwei Wochen heirateten wir.«

Ich lachte, aber mein Lachen klang heiser. »Ich glaube kein Wort von dieser Geschichte.«

Die Frau, die mir gegenüber saß, sah mich mit hochgezogenen Augenbrauen an. »Wollen Sie mich eine Lügnerin nennen?«

»Ja, das will ich.«

Sie war im Begriff aufzufahren, aber ihr Bruder hielt sie zurück. »Wir können alles beweisen«, sagte er. »Meine Schwester besitzt den Trauschein, den Mark Gerrick unterschrieben hat.«

Ich streckte meine Hand aus. »Den möchte ich sehen.«

»Sie werden ihn sehen, Madam. Er befindet sich in Obhut unserer Anwälte. Unsere Interessen werden von Shriver und Appleby vertreten. Wenn Sie so gut wären, sich morgen um zehn Uhr in deren Kanzlei einzufinden, kann die rechtliche Seite der Angelegenheit geregelt werden.«

»Und ich werde *meinen* Anwalt einschalten«, rief ich. »Und der wird den Schwindel entlarven.«

»Ich verstehe Ihre Feindseligkeit«, sagte die Frau jetzt mit einer sanften Überlegenheit, die mich maßlos erzürnte. »Aber Sie müssen auch meine Gefühle begreifen. Sie müssen sich vorstellen, was ich empfunden habe, als ich erfuhr, daß Mark sich elf Jahre lang nicht um mich gekümmert hat, mir nicht einmal schrieb – und schließlich eine andere heiratete.«

Jetzt mischte sich Drake Turner zum ersten Mal in die Konversation. »Und warum melden Sie sich jetzt erst, Madam? Wie erklären Sie, daß Sie elf Jahre lang nie an ihren rechtmäßig angetrauten Gatten herangetreten sind?«

Ich beobachtete sie mißtrauisch. Hatte Turner sie in die Enge getrieben?

Doch sie zuckte nicht mit der Wimper. »Das läßt sich sehr einfach erklären. Ich hielt ihn für tot.«

Ein Moment Schweigen. Dann fuhr sie fort: »Einige Monate nach unserer Heirat erfuhren wir, daß die NEPTUN in einem Sturm vor dem Kap der Guten Hoffnung gesunken war. Die Zeitungen behaupteten, es hätte keine Überlebenden gegeben...«

Es überlief mich kalt. Mark hatte mir einmal erzählt, daß sein Schiff untergegangen war und er sich als einziger hatte retten können, indem er sich an einen Balken klammerte, bis ihn ein Fischerboot fand.

»Sie hielten ihn also für tot«, sagte Drake Turner. »Aber er war nicht tot. Warum setzte er sich mit Ihnen nicht in Verbindung, nachdem er England erreichte?«

»Es ist die Schuld unseres Vaters«, erwiderte Mason für seine Schwester. »Er war ein heftiger, selbstgerechter Mann. Anfangs fand er Mark sympathisch, aber als die Sache ernst zu werden begann, verbot er ihm das Haus. Er hatte für Ella große Pläne; er wollte nicht, daß sie einen Seemann heiratete. Als mein Vater starb, gestand er uns auf seinem Totenbett, daß er anfangs alle Briefe Marks unterschlagen und zerrissen hatte. Schließlich hatte er nach England geschrieben, Ella sei an einer Fehlgeburt gestorben. Daraufhin sandte Mark Gerrick noch einen Kondolenzbrief, dann meldete er sich nicht mehr.«

»Sie hielten also ihn für tot«, sagte ich schneidend, »und er Sie. Wenig überzeugend.«

»Und trotzdem die Wahrheit«, entgegnete Seth Mason. »Wir hatten wenig Geld, und gewiß nicht genug, um nach Mark Gerrick Nachforschungen anstellen zu lassen. Ich arbeite für eine New Yorker Zeitung, und es gehört zu meinem Aufgabenbereich, die Londoner TIMES zu lesen und brauchbare Nachrichten auszuschneiden. So hatte ich zufällig Gelegenheit, seine Todesanzeige zu lesen...«

»Und Mark hat nie von seiner aristokratischen Familie gesprochen? Vom Schloß in Devonshire, vom Vermögen der Gerricks?«

Sie schüttelte den Kopf. »Nein. Er sagte nur, er habe sich mit seiner Familie überworfen und sei deshalb zur See gegangen.«

Wieder verlor ich einen Moment lang meine Sicherheit, denn das zumindest war die Wahrheit. Mark war erst nach dem Tod seiner Eltern nach Devonshire zurückgekehrt.

»Jetzt, da wir wissen, daß Mark Gerrick ein Lord Raven war«, erklärte Mason, »stellt meine Schwester natürlich Ansprüche. Die Erbfolge ist eindeutig.«

»Verzeihen Sie, wenn ich widerspreche«, erwiderte ich mit süßlichem Lächeln, »aber als Amerikaner kennen Sie die englischen Erbschaftsgesetze nicht gut. Frauen und Töchter werden übergangen, nur Brüder und Söhne zählen. Da Mark Gerrick und sein Sohn nicht mehr am Leben sind, fällt der Nachlaß an seinen jüngeren Bruder Damon. Diese Dame würde leer ausgehen, selbst wenn sie – was ich bezweifle – mit Mark verheiratet gewesen war.«

»Oh, das wissen wir sehr gut«, rief Mason triumphierend. »Aber es gibt etwas, was *Sie* noch nicht wissen. Die Fehlgeburt, von der ich gesprochen habe, war ja eine Erfindung meines Vaters. In Wahrheit gebar Ella einen gesunden Sohn. Marks Sohn.«

Marks Sohn! Mein Herzschlag setzte aus.

»Egbert Gerrick«, verkündete die Frau mit echtem Stolz.

Wieder erschrak ich. Egbert war Marks Mittelname gewesen; er hatte ihn lächerlich gefunden und nie von ihm Gebrauch gemacht. Woher wußte diese Frau Bescheid?

Ich ertrug die Spannung nicht länger. Ohne mich zu verabschieden, lief ich aus dem Raum und schloß mich in mein Schlafzimmer ein.

Es konnte nicht wahr sein, es durfte nicht wahr sein! Mark würde es mir nie verheimlicht haben. Unmöglich, daß der Mann, den ich geliebt und dem ich vertraut hatte, mir nie von seiner ersten Ehe gesprochen hätte.

Als ich in dieser Nacht einschlief, war ich überzeugt, der kommende Tag würde die Lösung aller Rätsel bringen.

Doch tief in meinem Inneren keimte die erste Saat eines Zweifels.

5

Mein Vater sah mich erschrocken an.

»Was ist los mit dir, Nora? Du bist ja weiß wie die Wand.«

Ich kam gerade aus der Kanzlei von Shriver und Appleby. Mein eigener Anwalt, Clement Oates, hatte mich begleitet. Er hatte mich auch nach Chelsea gebracht, zum Haus meines Vaters. Allein wäre ich wohl kaum dazu imstande gewesen, alles um mich herum schien sich zu drehen. Erst als mich Vater mit einem Glas Portwein gestärkt hatte, konnte ich mich zusammenreißen und ihm erzählen, was geschehen war.

Erst war er sprachlos. Dann goß er sich einen Whisky ein und später noch einen zweiten. Schließlich sagte er: »Die beiden sind zweifellos Schwindler. Und was ihre Winkeladvokaten betrifft...«

Ich schüttelte den Kopf. »Shriver und Appleby haben einen ausgezeichneten Ruf. Clement meint, sie würden nie ein Mandat übernehmen, für das sie sich nicht einsetzen könnten.«

»Clement Oates hat die Unterlagen natürlich geprüft.«

»Ja. Der Trauschein trug Marks Unterschrift.«

»Die könnte gefälscht sein.«

»Und die Geburtsurkunde des Kindes? Egbert Gerrick, geboren neun Monate nach dem Auslaufen der NEPTUN aus dem Hafen von New York.«

Mein Vater strich seinen Bart. »Hm – theoretisch wäre er Marks Erbe.«

»Ja. Er würde alles erben. Den Titel, das Schloß, die Reederei, das Vermögen.«

»Und du...?«

»Ich würde nichts behalten. Ich würde dastehen wie damals – als ich Oliver Woburn verließ.«

»Du weißt, daß mein Haus dir immer offensteht.«

»Ja, sicher weiß ich das, Vater. Aber du glaubst doch nicht, daß ich diesen Leuten alles kampflos überlassen werde?«

»Welche Schritte gedenkt Oates zu unternehmen?«

»Er besteht auf einer Untersuchung, die von unserer Seite in New York durchgeführt werden soll. Sonst würde er unverzüglich zu Gericht gehen. Die Masons wollten es darauf ankommen lassen, aber ihre Anwälte erklärten den Vorschlag als billig und rieten abzuwarten. Aber – aber...«

»Was für ein ›aber‹?«

»Weißt du, wo sie die Zeit bis zur Klärung der Angelegenheit verbringen werden?«

»Wahrscheinlich in London.«

»Eben nicht! In Devonshire. Auf Schloß Raven!«

»Und damit erklärte sich Oates einverstanden?«

»Er protestierte natürlich, aber die gegnerischen Anwälte blieben hart. Sie waren dazu gezwungen, denn die Masons haben nicht genügend Geld, um in London so lange zu warten. Und da noch nicht entschieden ist, wer der rechtmäßige Erbe von Mark ist... Appleby meint, sie hätten in der Zwischenzeit genausoviel Recht, auf Schloß Raven zu wohnen wie ich. Clement sagte mir, ich könnte ihnen den Zutritt verweigern und gleich die Gerichte anrufen. Aber dazu konnte ich mich nicht entschließen. Ich will nicht, daß die Öffentlichkeit davon erfährt. Ich will nicht, daß Marks Name durch alle Zeitungen geschleift wird. Was glaubst du, wie die Presse die Geschichte ausschlachten würde!«

»Ich kann dich verstehen. Vorläufig bleibt die Sache in der...« Er unterbrach sich und hüstelte. »In der Familie.«

Ich biß mir auf die Lippen. »Ja, in der Familie. Aber noch bin ich überzeugt, daß sich die Sache in New York zufriedenstellend aufklären wird. Dann werden die Masons froh sein, wenn sie diskret aus London verschwinden können. Vielleicht wird man mit ein paar Pfund nachhelfen müssen – aber das Dekor wird erhalten bleiben und auf Marks Name kein Schatten fallen.«

»Und du – was gedenkst du in der Zwischenzeit zu tun?«

»Ich fahre natürlich mit nach Devonshire. Glaubst du, ich werde die Masons auf dem Schloß ohne Aufsicht lassen.«

»Das klingt sehr vernünftig, Nora. Aber du hast schwierige Wochen vor dir.«

»Das ist mir klar, Vater. Doch bevor keine Entscheidung gefallen ist, werde ich ohnehin keine ruhige Minute verbringen können.«

Darauf trat mein Vater auf mich zu, legte mir schützend seinen Arm um die Schulter und preßte mich fest an sich, wie er es seit meiner Kindheit nicht mehr getan hatte.

So blieben wir einen Moment fest umschlungen und schwiegen. Schließlich sagte er mit unsicherer Stimme: »Und wenn diese Frau die Wahrheit sagt! Wenn Mark wirklich eine Jugendtorheit begangen hat! Viele junge Männer heiraten voreilig und bereuen es später.«

»Ich kann es nicht glauben. Er hätte mir doch davon erzählt. Er hatte keinen Grund, es zu verschweigen. Er hielt die Frau doch für tot.«

»Wie auch immer, Nora – selbst wenn Mark diese Ella Mason vor elf Jahren geheiratet hat, darf das deine Liebe zu ihm nicht erschüttern. Du darfst nicht daran zweifeln, daß in den fünf Jahren eurer Ehe nur du in seinem Herzen gewesen bist. Deine Erinnerung an diese Zeit darf nicht leiden.«

Ich nickte. »Es waren wundervolle Jahre. Jeder Tag auf dem Schloß ruft die Erinnerung an mein Glück schmerzhaft zurück. Deshalb beschloß ich auch, für immer fortzugehen. Und jetzt bin ich dazu gezwungen, wieder nach Devonshire zu fahren.« Und niedergeschlagen fügte ich hinzu: »Sie sagen dort: ›Wer einmal über das Moor geritten ist, kehrt immer wieder.‹«

Wir nahmen voneinander Abschied, und Vater versicherte mir, ich könne stets mit seinem Beistand rechnen. Ich wußte, er meinte es ehrlich, aber er war ein Künstler und gewohnt, den Schwierigkeiten des täglichen Lebens möglichst aus dem Wege zu gehen.

Erst als ich jetzt in die Mount Street fuhr, wurde mir bewußt, daß ich den ganzen Tag nicht an die Raven-Linie und an Drake Turner gedacht hatte.

Er erwartete mich ungeduldig in der Bibliothek.

»Ich warte seit über einer Stunde«, sagte er vorwurfsvoll. »Ich möchte natürlich wissen, was sich bei der Unterredung mit den Anwälten ergeben hat.«

Seine Vertraulichkeit ärgerte mich. »Und aus welchem Grund, Sir? Das sind meine privaten Angelegenheiten. Und unsere Beziehungen beruhen auf rein geschäftlicher Basis.«

Gereizt erwiderte er: »Zugegeben – unsere Beziehungen sind nicht freundschaftlicher Natur. Trotzdem – als Ihr Partner habe ich alles Recht, Näheres zu erfahren. Ich kann es mir nicht leisten, daß Ihre privaten Schwierigkeiten unsere gemeinsamen Geschäftsinteressen gefährden.«

»Das wird nicht der Fall sein, Mr. Turner.« Ich überlegte einen Moment, dann fuhr ich fort: »Ich gebe mich geschlagen. Sie haben gewonnen.«

Er sah mich mißtrauisch an, denn der herausfordernde

Ton meiner Stimme strafte meine Worte Lügen. »Wie meinen Sie das?«

»So wie ich es sage. Ich muß London verlassen und nach Devonshire fahren. Ich bin gezwungen, Ihnen für diese Zeit Vollmacht zu erteilen. Ich werde Ihre Entscheidungen zur Kenntnis nehmen müssen, ohne sie kritisieren zu können. Das ist es doch, was Sie sich wünschen, nicht wahr?«

Damit hatte ich gesagt, was ich mir vorgenommen hatte, und wandte mich ab.

Er ging so schnell auf mich zu, daß ich mir nicht bewußt war, wie dicht er hinter mir stand. »Was hat sich ergeben?«

Der Ton seiner Stimme, besorgt und freundschaftlich, war so ungewohnt, daß ich herumfuhr. Ich stieß beinahe mit ihm zusammen und trat einen Schritt zurück. »Vorläufig können sich die Masons auf handfeste Unterlagen stützen. Auf Marks Trauschein und die Geburtsurkunde des Sohnes.«

»Nora, es tut mir so leid...«

Seine Anteilnahme überraschte mich derart, daß ich im Augenblick gar nicht bemerkte, daß er mich bei meinem Vornamen nannte. Statt ihn für seine Vertraulichkeit zu rügen, dankte ich ihm für sein Mitgefühl. Und dann berichtete ich ihm von den Einzelheiten der Besprechung. »Es bleibt mir keine Wahl. Ich muß mit den Masons auf dem Schloß bleiben, sonst sind sie imstande, Bilder und Silberzeug zu stehlen und noch zu behaupten, das sei ihr Recht. Sie haben also in nächster Zeit freie Hand, Mr. Turner. Sie können Seeleute entlassen oder einstellen, unsere Schiffe rot oder grün anstreichen – ich werde Sie nicht hindern können.«

Er runzelte die Stirn. »Ich hätte nicht gedacht, daß Ihr Interesse an der Raven-Linie so schnell erlahmen würde.«

Ich entgegnete verärgert: »Sie werden es vielleicht nicht verstehen, aber die Wahrheit über meinen verstorbenen Mann zu erfahren ist mir wichtiger als alles andere.«

»Und wenn ich darauf bestehe, daß Sie die Geschäfte auch weiter mit mir zusammen führen?«

Seine Worte überraschten mich, aber ich war auf der Hut und sah ihn skeptisch an.

»Ich bitte Sie nicht, in London zu bleiben. Aber warum laden Sie nicht auch mich nach Devonshire ein?« Jetzt bekamen seine Züge jenen spitzbübischen Ausdruck, dem ich zwar mißtraute, dem ich mich aber nur schwer entziehen konnte. »Da Sie ohnehin unerwünschte Gäste akzeptieren müssen, kommt es auf einen mehr oder weniger nicht an.«

Einen Moment war ich sprachlos. Dann stammelte ich: »Sie wollen mit auf Schloß Raven kommen?«

»Warum nicht? Wir können unsere Entscheidungen auch in Devonshire treffen, und Plymouth, wo Mark Gerrick sein Hauptquartier hatte, ist nahe.« Er lächelte. »Niemand soll mir nachsagen, daß ich die privaten Schwierigkeiten einer Lady ausnütze.«

»Nun, Sie sind ja auch bisher nicht von Skrupeln geplagt gewesen«, erwiderte ich vorwurfsvoll. »Sie haben sich von meinem Vater porträtieren lassen, um über mich Informationen herauszuholen. Sie haben John Belding hinter meinem Rücken ausgekauft...«

»Das war, bevor ich Sie näher gekannt habe«, sagte er.

Darauf wußte ich nicht gleich etwas zu entgegnen. Immer wieder verstand er es, mich zu verwirren. Aber ich faßte mich schnell und sagte sarkastisch: »Sie würden sich in Devonshire tödlich langweilen. Es ist eine einsame Gegend. Keine Oper, keine französische Küche. Und...« Ich zögerte einen Moment, ehe ich fortfuhr: »...und keine Damen, die Ihnen Gesellschaft leisten könnten.«

Sofort wurde er abweisend und arrogant. »Ihre Besorgnis, Madam, ist zwar rührend, aber unangebracht. Für mein Wohlergehen wird bestens gesorgt sein. Ich werde nicht nur meinen Kammerdiener mitnehmen, sondern auch Antoine und meinen Kater. Und was weibliche Gesellschaft betrifft – nun, diese Amerikanerin ist gar nicht übel, und auch Ihre Schwägerin, die unweit wohnt, soll sehr attraktiv sein.«

Seine Frivolität täuschte mich nicht. Ein Mann wie Turner mußte gewichtige Gründe haben, wenn er die Chance ausschlug, über die Raven-Linie allein zu verfügen.

Aber welche...?

Drake Turner war schwer zu durchschauen, aber ich traute mir zu, daß es mir mit der Zeit gelingen würde. Außerdem gefiel mir der Gedanke, mit den Masons nicht allein im Haus sein zu müssen.

»Also gut«, sagte ich, auf seinen leichtfertigen Ton eingehend. »Ich will es nicht darauf ankommen lassen, daß Sie während meiner Abwesenheit die Firma zugrunde richten. Und – wie Sie selbst sagten – auf einen unerwünschten Gast mehr oder weniger kommt es nun auch nicht mehr an.«

6

Als die grüne Landschaft von Südengland am Fenster meines Abteils vorbeiglitt, mußte ich an die Zeiten denken, da Mark mit mir gereist war, wenn wir nach längerem Aufenthalt in London oder Europa nach Devonshire heimgekehrt waren. Er hatte nicht mir gegenüber gesessen wie jetzt Drake Turner, der in den Wirtschaftsteil der TIMES vertieft war, sondern an meiner Seite. Selbst nach fünf Ehejahren benahmen wir uns wie Jungverheiratete, saßen Hand in Hand und küßten uns. Einmal versuchte er mich sogar zu überreden, daß wir zwischen Exeter und Plymouth den Liebesakt vollzogen, und als ich mich weigerte, amüsierte er sich über meine Prüderie.

Ich hörte ein Männerlachen. »Jetzt sind Sie errötet«, sagte eine Stimme mir gegenüber. Drake Turner hatte die Zeitung beiseite gelegt und mich beobachtet. »Ich biete einen Penny, wenn Sie mir Ihre Gedanken verraten.«

»Nicht mal für eine Guinee«, erwiderte ich verwirrt. Ich

mag es nicht, beobachtet zu werden, ohne mir dessen bewußt zu sein.

Drake Turner schmunzelte. »Ich hoffe, meine Gesellschaft stört Sie nicht.«

»Nicht im geringsten! Da ich sonst mit den Masons hätte fahren müssen...«

»...haben Sie mir den Vorzug gegeben. Sehr schmeichelhaft.«

Ich korrigierte ihn nicht. Die Wahrheit war, daß ich die Masons wissen ließ, ich würde einen Tag für meine Vorbereitungen brauchen, und den nächsten Zug genommen hatte. So hatte ich einen Tag Vorsprung gewonnen, um auf Schloß Raven alles vorzubereiten.

»Werden sie den Jungen mitbringen?« wollte er wissen.

»Darüber wurde nicht gesprochen. Aber ich zweifle nicht daran. Sie können ihn ja nicht gut im Hyde Park lassen.«

Ich hätte gern darauf verzichtet, den Jungen zu sehen, der angeblich Marks Erstgeborener war. Für mich hatte Mark nur einen Sohn gehabt, und das war Gabriel gewesen. Ich sah Mark vor mir, wie er Gabriel lachend in die Höhe warf, beinahe bis zur Decke des Kinderzimmers, und dann auffing, während der Kleine mit den Füßen strampelte und kreischte.

»Weiß man auf Schloß Raven, daß mit mehreren Gästen zu rechnen ist?«

Ich nickte. »Ich habe Mrs. Harkins, meine Haushälterin, telegrafisch informiert.«

»Und Ihr Schwager – Mr. Trelawney...?«

»Er wird es noch rechtzeitig erfahren.«

Er hob die Augenbrauen und sah mich fragend an. »Sie halten doch sonst engen Kontakt mit ihm. Ich dachte, er würde uns auf dem Bahnhof von Sheepstor erwarten...«

»Nein, das wird er nicht.«

Ich hatte meine Gründe dafür, daß ich Colin nicht auf dem Bahnhof sehen wollte. Die Erinnerung war zu schmerzlich. Es war Winter gewesen, als ich damals aus Plymouth heimkam.

Der Schnee fiel in dicken Flocken. Natürlich erwartete ich, daß Mark mich abholen würde, aber es war Colin, der auf dem Bahnsteig stand. Als ich sein Gesicht sah, wußte ich sofort, daß etwas Schreckliches geschehen war.

Ich schlug meine Hände vors Gesicht.

»Nora?« rief er erschrocken. »Was haben Sie?«

Ich riß mich zusammen.

»Es geht schon vorbei«, murmelte ich. Aber ich wußte, daß dem nicht so war.

Er sah mich prüfend an, aber er war taktvoll genug, keine weiteren Fragen zu stellen. Dafür war ich ihm dankbar.

Das Umsteigen in Plymouth war etwas kompliziert, denn wir hatten ziemlich viel Gepäck. Aber Fenner und Turners Kammerdiener kümmerten sich um die zahlreichen Koffer und Taschen, während Antoine, der französische Koch, es unter seiner Würde fand, auch nur eine Hutschachtel anzufassen.

In Sheepstor nahm ich alles in die Hand, wie ich geplant hatte. Ich schickte Dienerschaft und Gepäck in einem Landauer voraus ins Schloß. Fenner wußte Bescheid, was sie Mrs. Harkins zu sagen hatte. Dann mietete ich einen Hansom und wies den Kutscher an, ins Schlößchen zu fahren. Drake Turner war etwas erstaunt, aber er hatte meine Anordnungen schweigend zur Kenntnis genommen, und auch jetzt stellte er keine Fragen.

Die Trelawneys waren überrascht, mich zu sehen, und noch dazu in Begleitung eines fremden Mannes. Neugierig musterten sie Turner.

»Es tut mir leid, euch unangemeldet ins Haus zu fallen«, erklärte ich, »aber was geschehen ist, konnte ich unmöglich in einem Telegramm erklären. Und da mich die Umstände zwingen, einige Zeit in Devonshire zu bleiben, hat sich mein Partner erboten, mich zu begleiten. Mr. Turner, gestatten Sie, daß ich Ihnen Annabelle und Colin Trelawney vorstelle.«

Colin sah aus, als hätte ihn ein Blitz gestreift. Auch Annabelle konnte im ersten Moment nicht glauben, daß der Mann, den ihr Bruder so sehr gehaßt hatte, plötzlich in ihrem Wohnzimmer stand. Aber sie hatte Etikette stets vor ihren Gefühlen Vorrang gegeben und faßte sich schnell.

»Willkommen, Mr. Turner«, sagte sie in einem Ton, der ihre Worte Lügen strafte.

Über Turners Züge glitt ein kurzes Lächeln; er schien mit der Wirkung, die sein Erscheinen zur Folge hatte, zufrieden zu sein. Dann verbeugte er sich mit vollendeter Höflichkeit. »Mr. und Mrs. Trelawney – es ist mir ein Vergnügen.«

Colin bemühte sich, sein Mißtrauen nicht zur Schau zu tragen. Er bot Turner Platz an, und Annabelle ließ Tee kommen.

Ich begann nervös im Zimmer auf und ab zu gehen.

»Nora, du bist uns eine Erklärung schuldig«, sagte meine Schwägerin.

Ich nickte. »Vor einigen Tagen tauchten in meinem Haus zwei Amerikaner auf, Bruder und Schwester.« Es fiel mir nicht leicht, das Zittern meiner Hände zu verbergen, und ich mußte tief Atem holen, ehe ich weitersprach. »Die Frau nennt sich Mrs. Mark Gerrick. Sie behauptet, daß Mark vor elf Jahren, als er in New York gewesen ist...« Ich schluckte. »Sie gibt vor, daß er sie damals geheiratet hat.«

Annabelle starrte mich entgeistert an, sie fand keine Worte. Colin war aufgesprungen. »Nora, das ist – das ist unglaublich!«

»Sicher, Colin. Auch ich wollte es zuerst nicht glauben...«

Annabelle fand ihre Sprache wieder. »Die Frau lügt!«

»Sie besitzt eine Heiratsurkunde mit Marks Unterschrift. Die könnte natürlich gefälscht sein, aber ihre Anwälte sind von der Echtheit überzeugt, und ich bin nicht in der Lage, das Gegenteil zu beweisen.«

Jetzt erzählte ich noch den Rest der Geschichte, so wie man sie mir berichtet hatte. Colin schüttelte verstört den Kopf, aber Annabelle kam sofort zum Punkt, der ihr am wichtigsten war.

»Selbst wenn das alles wahr ist«, sagte sie langsam, »selbst wenn sie die Frau meines Bruders war, ist sie nicht erbberechtigt.«

Unwillkürlich füllten sich meine Augen mit Tränen. »Annabelle – diese Frau hat einen Sohn.«

Sie zuckte zusammen. »Was sagst du da...?«

»Er ist zehn Jahre alt, und er heißt Egbert. Das war Marks Mittelname. Und dieser Egbert Gerrick ist der sechste Earl of Raven, wenn wir nicht das Gegenteil beweisen.«

Aufgeregt lief Annabelle zu ihrem Mann und klammerte sich an seinen Arm. »Das kann nicht wahr sein. Das darf nicht wahr sein. Der Earl of Raven ist Damon, und eines Tages wird es Timothy sein.« Der Gedanke, die Erbschaft könnte ihrem Sohn entgehen, war ihr unerträglich. »Colin, wir müssen etwas unternehmen!«

Der Eintritt des Mädchens, das den Tee servierte, unterbrach das Gespräch. Aber kaum waren wir wieder unter uns, als Colin murmelte: »Man muß die Polizei einschalten.«

»Und den Skandal an die große Glocke hängen...?« rief ich. »Warum, glaubt ihr, habe ich eingewilligt, die Masons bis zur Klärung der Angelegenheit auf Schloß Raven zu empfangen?«

Colin legte seinen Arm schützend um die aufgeregte Annabelle. »Ich kann es nicht glauben«, stammelte er.

»Ich auch nicht«, rief ich. »Was glaubt ihr, wie mir zumute war, als ich hörte, mein Mann wäre mit einer anderen verheiratet gewesen und hätte ein Kind von ihr?«

Colin senkte den Kopf, und Annabelle, die sonst nie um Worte verlegen war, war zu schockiert, um sprechen zu können. Drake Turner, der noch kein Wort gesagt hatte, nutzte die Pause aus, um eine Tasse Tee einzugießen. Er trank sie aber nicht selbst, sondern reichte sie mir. Ich hatte das heiße Getränk dringend nötig, ich nahm die Tasse aus seiner Hand und dankte ihm.

Einen Moment war es still im Raum. Dann schrie Annabelle hysterisch: »Was gedenkt ihr zu tun? Stillzusitzen und Schloß

Raven und das Vermögen der Gerricks einem Paar Gaunern zu überlassen? Es muß doch eine Möglichkeit geben, zurückzuschlagen.« Verzweifelt blickte sie ihren Gatten an, doch dieser wußte im Moment nichts zu sagen.

»... und dein Anwalt, Nora? Weiß er keinen Rat?«

»O doch. Er besteht auf einer gründlichen Untersuchung, bevor wir die Ansprüche dieser Leute anerkennen. Aber die müßte in New York geführt werden, und ich will mich nicht auf das Gutachten irgendwelcher Anwälte in Übersee verlassen.«

Und dann rückte ich mit dem Plan heraus, den ich mir während der Fahrt zurechtgelegt hatte. »Colin, wärest du bereit, nach New York zu fahren und die Ermittlungen eigenhändig durchzuführen?«

Colin runzelte die Stirn; mein Vorschlag traf ihn völlig unvorbereitet. »Das wäre nicht so einfach, Nora. Drei Wochen hin, und drei zurück. Und es mag lange dauern, um eine solche Untersuchung mit der gebotenen Gründlichkeit durchzuführen.«

»Ich weiß, ich habe nicht das Recht, das von dir zu verlangen, Colin. Frau und Kinder allein zu lassen und deine Geschäfte zu vernachlässigen. Aber du bist nicht irgendein Anwalt in einem fremden Land. Ich kenne dich, du wirst nicht nachlassen, bevor du nicht die ganze Wahrheit kennst. Und wo andere schon aufgeben würden, wirst du erst recht verbissen nachstoßen.«

Meine Worte ließen Colin nicht ungerührt. Man sah ihm an, wie er mit sich kämpfte. Aber noch konnte er sich zu keinem Entschluß durchringen.

Der Anstoß kam von unerwarteter Seite. Plötzlich meldete sich Drake Turner zu Wort: »Ich brauche Sie wohl nicht darauf hinzuweisen, Mr. Trelawney, daß Ihre eigene Familie von einem Erfolg Ihrer Enquete profitieren würde.«

»Mr. Turner!« rief ich indigniert. Aber ich konnte nicht umhin, zu bewundern, wie schnell er die Situation erfaßt hatte. Annabelle würde den Ausschlag geben, und es war ihr Interesse, Colin nach Amerika zu schicken.

Colin reagierte gereizt. »Nein, Mr. Turner, Sie brauchen mich nicht daran zu erinnern.«

Doch jetzt ergriff Annabelle die Initiative, ganz wie Turner erwartet hatte. »Laß uns doch vernünftig sein. Mr. Turner hat nur ausgesprochen, was uns allen am Herzen liegt.« Sie griff nach der Hand ihres Gatten und drückte sie liebevoll. »Colin, mein Lieber – wenn es dir gelingt, diese Leute als Schwindler zu entlarven, werden unsere Söhne davon profitieren.«

Colin sah seine Frau eindringlich an. »Ich sehe schon, es bleibt mir keine Wahl...«

»Dann wirst du also fahren?« rief ich aufgeregt.

Er zuckte die Achseln. »Wenn meine Frau dafür ist...«

»Du weißt, wie schwer es mir fällt, auf deine Gesellschaft zu verzichten«, beteuerte Annabelle. »Aber ich fürchte, unter diesen Umständen müssen wir alle Opfer bringen.«

Ich hatte das Gefühl enormer Erleichterung. Wenn Colin die Sache in die Hand nahm, würde sich alles zum Guten wenden.

»Danke, Colin, danke. Du weißt, ich habe unbegrenztes Vertrauen zu dir. Du hast mich noch nie im Stich gelassen.«

Vielleicht hatte ich meinem Enthusiasmus zu vehement Ausdruck verliehen. Ein Schatten fiel über Annabelles Gesicht, und sie warf mir einen sonderbaren Blick zu. Nicht zum erstenmal fiel mir auf, daß sie das Vertrauensverhältnis zwischen ihrem Mann und mir und die Sympathie, die wir füreinander empfanden, im Grunde mißbilligte.

Sollte sie etwa eifersüchtig sein? Das konnte ich mir beim besten Willen nicht vorstellen.

Viel später erst erfuhr ich, daß das tatsächlich der Fall gewesen war. Sie hatte zwar nicht mit ihrem Mann, aber mit ihrem Bruder darüber gesprochen.

Jedenfalls fühlte ich plötzlich eine gewisse Spannung aufkommen und beeilte mich, uns zu verabschieden. Colin stellte uns seinen Wagen zur Verfügung, um uns zum Schloß zu bringen.

Kaum waren wir allein, wandte ich mich vorwurfsvoll an Turner. »Es war nicht sehr höflich von Ihnen, sich in eine Familienangelegenheit einzumischen.«

Er machte keineswegs einen reuigen Eindruck. »Mrs. Trelawney sagte selbst, ich hätte nur laut ausgesprochen, was alle dachten.«

»Das stimmt. Trotzdem – es gibt Gebote der Höflichkeit.«

Er parierte lächelnd: »Ich bin nicht so weit gekommen, wie ich bin, indem ich immer höflich war und getan habe, was man von mir erwartete.«

»Das weiß niemand besser als ich, Mr. Turner«, erwiderte ich unwillig. Auch diese Bemerkung nahm er lächelnd hin, was meine Entrüstung noch steigerte.

Als wir die Halle von Schloß Raven betraten, beobachtete ich ihn genau. Würde er seine Genugtuung, das Haus seines verstorbenen Feindes als Gast betreten zu dürfen, offen zur Schau tragen? Wenn ich das erwartet hatte, sah ich mich enttäuscht. Er benahm sich nicht anders als die meisten Besucher, wenn sie zum erstenmal in die geräumige Halle kamen. Er sah sich neugierig um, bestaunte die Größe des Raumes und bewunderte die mittelalterlichen Rüstungen und die mit frischen Blumen geschmückten Messingtöpfe.

Unterdes war Mrs. Harkins auf uns zugetreten. Ihr Schlüsselbund klirrte, und ihre Mundwinkel waren tief hinuntergezogen. Zeichen ihres Unmuts!

Sie verbeugte sich höflich und hieß mich und meinen Gast willkommen.

»Danke, Mrs. Harkins. Ich nehme an, Sie haben meine Anordnungen ausgeführt.«

»Selbstverständlich, Madam. Für Mr. Turner wurde das Grüne Zimmer vorbereitet. Seine Angestellten habe ich im obersten Stockwerk untergebracht. Aber dieser – dieser Ausländer in seinem Gefolge – er bestand darauf, sofort in die

Küche geführt zu werden und benahm sich ziemlich – ziemlich ungehörig. Mrs. Baker ist in Tränen aufgelöst, und die Küche in einem chaotischen Zustand...«

Drake Turner räusperte sich.

Ich hatte Schwierigkeiten erwartet, aber nicht, daß sie so schnell und heftig auftreten würden. Ich sagte schnell: »Mr. Turner ißt nur Speisen, die sein französischer Küchenchef zubereitet. Ich werde nachher selbst in die Küche gehen und alles in Ordnung bringen.«

»Da wäre noch etwas...«

»Und zwar?«

»Als ich Mr. Turners Kammerdiener ins Grüne Zimmer führte, öffnete er einen Korb und – und ein großes Tier sprang heraus und schnüffelte in allen Ecken.«

Ich war um Strenge bemüht. »Sie haben in Ihrem jungen Leben wohl schon Katzen gesehen, Mrs. Harkins.«

»Nicht in einem Schlafzimmer, Madam.«

»Dieser Kater ist Mr. Turners ständiger Begleiter. Er ist also Gast in unserem Haus wie er selbst. – Sonst noch etwas, Mrs. Harkins?«

Sie schüttelte eingeschüchtert den Kopf. »Nein, Madam.« Dann entfernte sie sich indigniert.

Jetzt erst gestattete Turner sich ein Lächeln. »Tumult auf Schloß Raven«, sagte er amüsiert. »Antoine hat die Küche übernommen, und Faust den Rest des Hauses.«

»Skrupellos wie sein Herr«, antwortete ich kühl. Dann zeigte ich ihm das Grüne Zimmer und bat ihn, mit mir in die Küche zu kommen. Ich wollte Mrs. Baker, die stolz auf ihre schottischen Kochkünste war, nicht verlieren. Es gelang uns mit einiger Mühe, sie zu besänftigen und Antoines Pariser Schule anzuerkennen, speziell nachdem er ihr versprach, ihr geheime Rezepte zu verraten.

Dann konnte ich endlich ein Bad nehmen und mich entspannen. Fenner war zufrieden, daß ich das Abendessen nicht, wie gewohnt, auf meinem Zimmer einnahm. Ich hatte im Gartenzimmer decken lassen, von dem aus man einen Ausblick auf Terrasse und Garten hatte. Ich hatte ein schwarzes Taftkleid gewählt, das Annabelle einmal mit mir ausgesucht hatte. Ich fand es etwas überladen, es entsprach eher ihrem Geschmack als meinem. Aber Drake Turners anerkennender Blick überzeugte mich schließlich, daß ich die richtige Wahl getroffen hatte.

Das Abendessen war so erlesen, wie ich erwartet hatte, doch Turner entschuldigte sich für einige Mängel, die mir entgingen. Antoine brauche stets einige Zeit, ehe er sich in einer ungewohnten Küche eingearbeitet hatte.

Nach dem Dinner führte ich ihn durch das Haus. Ich zeigte ihm das Gainsborough-Zimmer, in dem ein Bild des Meisters hing, und die große Bibliothek. Am besten gefiel ihm der Chinesische Salon; er bewunderte eine elfenbeingeschnitzte Pagode und einen Wandschirm aus durchsichtiger Seide.

Auf dem Weg zur Ahnengalerie mußten wir einen langen, unbeleuchteten Korridor passieren. Die Lampen, die hier einst allnächtlich gebrannt hatten, wurden seit der Unglücksnacht nicht mehr angezündet.

An Marks Arbeitszimmer waren wir bereits früher vorbeigekommen. Ich war schnell vorbeigegangen; diese Türe hatte ich nicht geöffnet. Turner hatte keine Fragen gestellt. Hatte ihm mein Vater auch von den beiden Räumen erzählt, die ich für immer verschlossen hatte?

Doch jetzt näherten wir uns dem Kinderzimmer, und meine Hand, die die Lampe hielt, begann zu zittern.

Er nahm sie mir aus der Hand, bevor sie zu Boden fiel. »Ist etwas nicht in Ordnung?«

»Das Kinderzimmer...«

Jetzt zitterte ich am ganzen Körper. Er legte schützend seinen Arm um mich, und ohne nach rechts oder links zu schauen, führte er mich schnell den Korridor entlang, an dessen Ende sich die Ahnengalerie befand.

Er widmete den meisten Bildern geringe Aufmerksamkeit,

zweifellos hatte er schon zahlreiche ähnliche Galerien besucht. Er interessierte sich nur für die beiden letzten Gemälde. Das erste zeigte drei Kinder, zwei Jungen und ein Mädchen. Es waren Mark und Damon und Annabelle in jungen Jahren. Das zweite hatte mein Vater nach unserer Hochzeit gemalt; ich saß im Brautkleid auf einem Stuhl, und hinter mir stand Mark im Frack.

»Eine wunderschöne Braut!« bemerkte er. Mark erwähnte er nicht.

Mein Herz schlug schmerzhaft gegen meine Rippen. »Das ist Lord Raven«, sagte ich leise. Und wie unter einem geheimen Zwang stellte ich die Frage: »Haben Sie ihn persönlich gekannt?«

»O ja«, erwiderte er knapp. »Wir sind einander mehrfach begegnet.«

Mehr sagte er nicht, und wir beendeten unseren Rundgang. Da ich wußte, daß sich neue Besucher in Schloß Raven nicht leicht zurechtfinden konnten, brachte ich ihn zu seinem Zimmer.

Einen Moment standen wir schweigend vor der Tür zum Grünen Zimmer. »Eine interessante Führung«, sagte er. »Ich bedanke mich.«

»Gute Nacht.«

Er öffnete die Tür. Unwillkürlich erschrak ich. Ein schwarzer Wollknäuel schoß aus dem Zimmer in den Korridor und verschwand um die Ecke.

Er lachte. »Faust geht auf seinen nächtlichen Beutezug. Ich hoffe, Mrs. Harkins wird nichts dagegen haben, wenn die Mäusebevölkerung von Schloß Raven dezimiert wird.«

»Ich werde sie darauf hinweisen. Vielleicht wird es ihre Abneigung gegen den Kater mildern. Nochmals – gute Nacht, Mr. Turner.«

Ich wandte mich zum Gehen, doch er hielt mich zurück. »Ich habe eine Bitte.«

»Und die wäre?«

»Nennen Sie mich doch Drake. Bei ›Mr. Turner‹ habe ich das Gefühl, hundert Jahre alt zu sein, und ich bin erst zweiunddreißig.«

Ich unterdrückte den Wunsch, ihm den Gefallen zu tun, und meine Haltung versteifte sich.

»Ich ziehe es vor, Sie weiter Mr. Turner zu nennen«, sagte ich, »und ich erwarte die gleiche Förmlichkeit von Ihnen.«

Er biß sich auf die Lippen.

»Wie Sie wünschen, Mrs. Gerrick.«

Damit ging er in sein Zimmer und schloß die Türe hinter sich etwas geräuschvoller als nötig.

7

Als ich dann in meinem Bett lag, konnte ich lange nicht einschlafen. Ich wurde den Gedanken an Mark nicht los – ich sah ihn vor mir wie an unserem Hochzeitstag, so wie mein Vater ihn auf dem Gemälde verewigt hatte.

In seiner Jugend hatte er Abenteuer gesucht; Abenteuer zur See und sicher auch mit jungen Frauen. Aber daß er eines dieser Mädchen nach flüchtiger Bekanntschaft geheiratet und dann sträflich vernachlässigt hätte, paßte nicht zu ihm. Noch weniger, daß er – nachdem er seine Frau für tot hielt – nie ein Wort über seine frühere Heirat verloren hatte.

Auf diese und viele andere Fragen fand ich keine Antwort. Schließlich trank ich ein Glas Wasser mit dem Schlafmittel, das mir Turners Arzt verschrieben hatte. In jener Nacht nahm ich nicht zu meinem üblichen Hilfsmittel Zuflucht, indem ich eines von Marks Kleidungsstücken aus dem Schrank holte und neben mich legte.

Am nächsten Morgen erwachte ich früh und kleidete mich zu einem Ausritt an. Ich verließ das Haus durch die Gartentür. Als ich an der Küche vorbeikam, hörte ich Antoine und Mrs.

Baker friedlich miteinander sprechen. Es roch nach gebratenem Speck und starkem Kaffee, doch das Frühstück konnte warten.

Auf den Feldern lag noch Frühnebel; die frische Morgenluft war scharf und erfrischend. Ich ging zu den Stallungen und befahl William, Drossel für mich zu satteln. Drossel war eine vierjährige Stute, braun mit einer weißen Blesse. Sie begrüßte mich mit freudigem Wiehern.

Als der Stallbursche mir in den Sattel half, fragte ich ihn: »Hast du Mustafa gesehen?«

Er schüttelte den Kopf: »Schon seit langem nicht, Mylady. Früher sah man ihn noch manchmal übers Moor galoppieren. Aber in letzter Zeit...«

Ich runzelte die Brauen. »Was mag aus ihm geworden sein?«

»Die Leute meinen, Lord Riordan hätte ihn doch schließlich eingefangen.«

»Dann hätte man davon erfahren.«

Drossel schnaubte ungeduldig. Obwohl sie natürlich auch in meiner Abwesenheit geritten worden war, fühlte sie doch, daß wieder ihre Herrin im Sattel saß. Ich ließ sie im Schritt aus den Stallungen traben, dann durfte sie nach Herzenslust über die Felder jagen, was ihr genausoviel Vergnügen machte wie mir.

Sie galoppierte über einen niedrigen Hügel. Dann kam eine Stelle mit weichem Grund, über den ich sie springen ließ. Es war die übliche Route, die ich bei meinem Morgenritt zu nehmen pflegte.

Zur Rechten ragte jetzt die Ruine von der Abtei St. Barnaby zackig zum Himmel. Wie immer an dieser Stelle, verminderte ich das Tempo und nahm die Zügel kürzer, denn Drossel mochte den Platz nicht, und manchmal bäumte sie sich auf und scheute, wenn ich hier vorbeiritt.

Ich konnte sie verstehen. Das düstere Gemäuer mit den eingestürzten Wänden strahlte eine unheimliche Aura aus, und ich wußte, daß sich unter den Trümmern lange, dunkle Keller hinzogen. Die Landbevölkerung behauptete, daß die Geister längst verstorbener Mönche in manchen Nächten ihre steinernen Zellen aufsuchten. Auch wenn ich nicht daran glaubte, erfaßte mich beim Anblick der Ruine oft ein gewisser Schauder, und meine Unruhe übertrug sich auf das Pferd.

Ich klopfte sie auf die Kruppe und beruhigte sie. Vor uns lag jetzt das endlos erscheinende Moor, und ich wollte schon zu einem schneidigen Galopp ansetzen, als eine Reiterin auf mich zukam.

Es war Annabelle auf ihrem Wallach.

Ich hielt an und wartete, bis sie mich erreichte. »Es ist noch früh am Morgen«, bemerkte ich.

»Ich konnte kaum schlafen. Nach dem, was du uns gestern erzählt hast... Es war wie ein Alptraum.«

»Leider kein Traum, sondern Wirklichkeit.«

»Diese Leute müssen lügen«, sagte sie verzweifelt. »Und ich werde ihnen niemals überlassen, was rechtens meiner Familie gehört.«

Und ich –? An mich dachte sie keinen Moment. Sie würde immer noch das Schlößchen haben und das Vermögen ihres Mannes. Aber ich würde vollkommen leer ausgehen. Doch ich sprach nicht darüber, sondern dankte ihr, daß sie Colins Reise nach Amerika keine Hindernisse in den Weg legte.

»Du kennst mich doch, Nora«, gestand sie mit unvermuteter Offenherzigkeit. »Meine Motive sind nicht ganz selbstlos.«

»Oh, das weiß ich, Annabelle.«

Sie warf mir einen neugierigen Blick zu. »Da wir gerade bei Selbstbekenntnissen sind – aus welchem Grund hast du Drake Turner mitgebracht?«

Diese Frage hatte ich natürlich erwartet. »Da ich nicht in London bleiben kann, sahen wir uns gezwungen, die Raven-Linie gemeinsam von hier aus zu führen.«

Sie schüttelte ungläubig den Kopf. »Sag mir ehrlich – ist er dein Liebhaber?«

Jetzt war ich ehrlich schockiert. »Annabelle – wie kannst du nur auf einen solchen Gedanken kommen! Ich bin noch in Trauer um deinen Bruder – und schon eine solche Andeutung ist beleidigend.« Seit Tagen hatte ich nicht mehr geweint, aber jetzt rannen Tränen über meine Wangen.

Sofort bereute sie ihre Worte. »O Nora, bitte vergib mir. Ich wollte dich nicht kränken, und du weißt, ich traue dir nichts Unschickliches zu.« Sie holte ein Taschentuch aus der Tasche ihrer Reitjacke und reichte es mir. »Es fiel mir nur auf, daß Drake Turner dich manchmal ansah – nun, nicht wie man einen Geschäftspartner anschaut.«

»Du mußt dich irren. Turner ist ein reicher Junggeselle, und in London gibt es sicher mehr als genug Frauen, die sich für ihn interessieren. Außerdem weiß ich zufällig von einer Freundin, mit der er in die Oper geht.«

»Sicher hast du recht – und ich muß mich nochmals bei dir entschuldigen.« Sie überlegte einen Moment, dann fuhr sie fort: »Er ist ein gutaussehender Mann – mit einem Flair von Rücksichtslosigkeit, das Frauen anziehend finden. Sie lachte leise. »Colin allerdings ist empört über seine Skrupellosigkeit. Er kann ihm nicht verzeihen, wie er John Belding überrumpelt hat. Colin würde natürlich nie so rücksichtslos handeln – und schon gar nicht, wenn eine Frau im Spiel ist.«

»Natürlich nicht«, sagte ich, aber ohne rechte Überzeugung. Schließlich war auch Colin nicht gerade zimperlich, wenn es um seine Interessen ging. Schließlich war er, als die Schafwollpreise jäh anstiegen, Hals über Kopf nach Australien gefahren, um seine Ländereien gewinnbringend loszuschlagen, und Annabelle war gezwungen gewesen, ihren Sohn Peter unehelich zur Welt zu bringen. Das war Colin Trelawney von allen Seiten zum Vorwurf gemacht worden. Doch anscheinend nicht von Annabelle. Sie war dem frischgebackenen Millionär strahlend zum Altar gefolgt. Sie hatte Geld und Einfluß stets höher geschätzt als die Gebote der Schicklichkeit.

Und ich? Hatte ich Colins Skrupellosigkeit damals verurteilt oder hatte sie mir imponiert? Ich war mir darüber selbst nie klargeworden.

Daran mußte ich denken, als ich am folgenden Nachmittag in Colins Studio trat, um mit ihm Kriegsrat abzuhalten. Während ich auf meinen Schwager wartete, trat ich an das große französische Fenster, von dem aus man den Rasen überblicken konnte. Zu meinem Erstaunen sah ich, daß Drake Turner mit Peter und Timothy und ihrer Gouvernante Krocket spielte. Er war in Hemdsärmeln, trug aber einen breitrandigen Hut gegen die starke Nachmittagssonne.

»Er scheint sich hier ganz zu Hause zu fühlen«, sagte eine Stimme hinter mir.

Ich wandte mich um. »Das sehe ich«, sagte ich, und meine Stimme klang nicht weniger mißbilligend als die von Colin. Dann fragte ich: »Wann hat er sich denn mit den Kindern angefreundet?«

»Heute vormittag, auf dem Moor«, erwiderte er. »Peter kam ihm zu Hilfe, als er von Damon überfallen wurde.« Und grollend fügte er hinzu: »Dieses Mal tut es mir leid, daß Damons Gewehr nicht geladen war.«

Eine solche Bemerkung hätte ich von Colin nie erwartet. »Du magst ihn sowenig wie ich...«

Er nickte. »Mark muß seine Gründe gehabt haben, ihm nicht über den Weg zu trauen. Und hat dieser Turner nicht bewiesen, wie recht dein Mann gehabt hat? Heimlich Informationen zu sammeln, John Belding auszukaufen, dich zu einer Partnerschaft zu zwingen...« Er seufzte. »Es tut mir leid, daß ich dir in den nächsten Monaten nicht zur Seite stehen kann, Nora.«

»Ich werde mich zu verteidigen wissen«, sagte ich. »Und du kannst nicht an zwei Stellen gleichzeitig sein, Colin. Und ich hoffe, du wirst mir in Amerika von größerem Nutzen sein.«

Er bot mir Platz an und setzte sich mir gegenüber. »Ich brenne schon darauf, diese Masons kennenzulernen. Wie gedenkst du sie zu behandeln, Nora? Wie Dienstboten – oder wie Gäste?«

»Wie ungebetene Gäste. Das sind sie ja auch.«

»Hältst du das für klug, Nora? Ein Sprichwort sagt, man fängt Fliegen mit Honig und nicht mit Essig.«

»Du meinst, ich könnte ihnen eine Falle stellen?«

Ein breites Lächeln erschien auf seinen Lippen. Er nickte. »Nach allem, was du erzählt hast, sind diese Masons gerissen, und es wäre ein Fehler, sie zu unterschätzen. Irgendwo müssen sie eine Achillesferse haben.«

»Sicher nicht die Frau. Ich habe den Eindruck, höchstens ein Erdbeben könnte sie erschüttern.«

»Und der Bruder?«

»Er gibt sich liebenswürdig. Und er bemüht sich, seine Schwester als verfolgte Unschuld erscheinen zu lassen. Ich glaube, er ist nicht weniger gefährlich als sie, bloß ein besserer Schauspieler.«

Ich reichte Colin die Mappe, die ich aus London mitgebracht hatte. »Das sind die Unterlagen, die Clement Oates gesammelt hat. Wenn du dir die Mühe machst, sie durchzulesen ...«

»Selbstverständlich. Dann werde ich gerüstet sein, das nächste Schiff nach New York zu nehmen. Vielleicht kann ich noch die CALPURNIA erreichen.«

Das brachte mich auf eine Frage, die mir am Herzen lag. »Sag mal, Colin, bist du der Ansicht, daß die Schiffe der Raven-Linie mehr Mannschaft haben als nötig?«

Ohne zu zögern erwiderte er: »Ganz bestimmt. Ich würde sagen: drei oder vier Mann pro Schiff. Mark hat das natürlich gewußt, aber es schien ihm nichts auszumachen.«

»Und wenn man diese Leute entläßt ...?«

»Nun, es sind erfahrene Seeleute. Sie würden in Plymouth sicher bei einer anderen Reederei unterkommen.« Er sah mich prüfend an. »Falls du dich um ihre Familien sorgst, ist das unnötig.«

Ich nickte. »Danke, Colin. Ich danke dir für alles, was du für mich tust.« Unterdes war Annabelle ins Zimmer getreten. Schon seit einiger Zeit fiel mir auf, daß sie stets – wenn ich mit Colin allein war – nach einiger Zeit auftauchte.

»Wir haben bereits alles besprochen«, erklärte ich schnell. »Jetzt will ich mal sehen, was sich auf dem Rasen abspielt.« Damit verließ ich das Studio und ging in den Garten hinaus.

Peter sprang gerade triumphierend in die Luft. »Ich habe gewonnen, ich habe gewonnen!«

»Aber du hast auch sehr gut gespielt, Tim«, meinte Drake Turner und strich liebevoll über das Haar des Kleinen.

»Wirklich, Mr. Turner?« Timothy strahlte.

»Sicher. Wenn du mal groß bist, wirst du auch mich schlagen können.«

Peter sah in jedem Kompliment, das dem kleinen Bruder zuteil wurde, seinen eigenen Wert vermindert. »Aber gewonnen habe *ich*.«

Die Gouvernante schickte sie jetzt ins Haus zurück. Peter schlug einen Wettlauf vor und begann zu rennen, ehe Timothy bereit war.

Turner sah ihnen nach. »Mir gefällt es nicht, wie Peter den kleinen Bruder behandelt«, meinte er.

»Mir auch nicht. In diesem Punkt zumindest sind wir uns einig.«

Darauf erwiderte er nichts, und wir machten uns schweigend auf den Weg zum Schloß. Schließlich sagte ich: »Ich hoffe, Damon hat Sie nicht erschreckt.«

Er zuckte die Achseln. »Nun, ich bin es nicht gewohnt, daß ein Mann mir in den Weg springt und mich mit einem Gewehr bedroht. Aber als er von Sepoys sprach, die die Gegend unsicher machen, wußte ich gleich Bescheid.« Er seufzte. »Eine traurige Geschichte! Wird Damon je wieder gesund werden?«

»Die Ärzte bezweifeln es. Aber Miß Best behauptet, daß sich sein Zustand unter ihrem Einfluß bessert.«

»Hoffen wir, daß sie recht behält.« Dann wechselte er das Thema. Er sprach von der Raven-Linie und erörterte geschäftliche Fragen, die sich in den letzten Tagen ergeben hatten. Mr. Featherstone, sein Sachwalter in London, würde ihm zweimal wöchentlich ausführlich Bericht erstatten, notfalls nicht nur brieflich, sondern per Telegramm.

»Danke, Mr. Turner. Ich habe nicht gezweifelt, daß Sie alles bestens organisieren würden.«

»Ein großes Lob aus Ihrem Munde«, meinte er ironisch.

Doch ich ging auf seinen Sarkasmus nicht ein, sondern sagte ernst: »Übrigens – ich bin damit einverstanden, daß die überflüssigen Seeleute entlassen werden.«

Abrupt hielt er inne und sah mich erstaunt an. »Was veranlaßte Sie, Ihre Meinung zu ändern?«

»Ich habe die Angelegenheit mit Colin Trelawney besprochen, und er vertrat Ihren Standpunkt.«

»Ich verstehe. Sie vertrauen dem Urteil Ihres Schwagers mehr als meinem.«

Er hatte den leichten Tonfall seiner Stimme nicht verändert, aber ich merkte, daß er ernsthaft gekränkt war. Ich konnte ein Lächeln kaum unterdrücken. Annabelle war anscheinend nicht die einzige Person, die auf Colin eifersüchtig war.

Unterdes waren wir beim Schloß angekommen, und Mrs. Harkins informierte mich, daß die Masons in der Zwischenzeit eingetroffen waren. Sie erwarteten mich im Chinesischen Salon.

Vor der Tür blieb ich einen Moment stehen und holte tief Atem. Zorn und Empörung drohten mich zu übermannen, aber ich durfte die Masons nicht wissen lassen, daß sie mich außer Fassung bringen könnten.

Als ich schließlich ins Zimmer trat, wirkte ich äußerlich ganz gelassen, wie es der Schloßherrin von Raven Chase zukam.

Wir begrüßten einander kühl, aber höflich. Dann sagte die

Frau: »Egbert, mein Liebling, wo bist du? Komm, du sollst Lady Raven kennenlernen.«

Der Junge, ganz in Schwarz gekleidet, kam hinter einem chinesischen Wandschirm hervor.

Er mißfiel mir auf den ersten Blick.

Er war zu groß für sein Alter und zu mager, um gesund zu sein. Seine Haut war blaß, beinahe weiß. Irgendwie stimmten die Proportionen nicht, die Arme schienen mir zu lang zu sein und der Kopf zu groß für den Rest des Körpers. Seine großen Augen betrachteten mich mit einem abschätzenden Interesse, das für seine Jahre unangebracht war. Wenn ich daran dachte, daß dieses Kind Marks Sohn sein sollte, überlief mich eine Gänsehaut.

Er verbeugte sich vor mir mit übertriebener Höflichkeit und sagte mit einer Fistelstimme: »Erfreut, Sie kennenzulernen, Lady Raven. Ich bin Egbert Gerrick.«

Waren diese Phrasen eingelernt oder war dieses seltsame Kind unheimlich frühreif? Jedenfalls gedachte ich Colins Rat und gab mir keine Blöße. Ich zwang mich zu einem Lächeln. »Willkommen auf Schloß Raven, Egbert.« Dann wandte ich mich wieder an die Masons. »Ich werde Ihnen jetzt meine Haushälterin, Mrs. Harkins, vorstellen. Sie wird Ihnen Ihre Zimmer zeigen.«

Ella Mason erhob sich. »Und wo befinden sich diese Räume, Lady Raven? Im Dachgeschoß? Oder im Dienertrakt?«

»Wie kommen Sie darauf«, erwiderte ich freundlich. »Sie werden in Gästezimmern wohnen, mit denen unsere Besucher stets sehr zufrieden gewesen sind.«

»Aber sicher, aber sicher«, beeilte sich Seth Mason zu beteuern. »Ich hätte mir nie erlaubt, daran zu zweifeln.« Er bemühte sich um einen versöhnlichen Ton und zeigte bei seinem andauernden Lächeln seine großen, gelblichen Zähne. Die feindselige Haltung von Ella Mason war mir sympathischer als die heuchlerische ihres Bruders. Doch ich mußte gegen beide gewappnet sein.

»Und haben Sie etwas dagegen, wenn wir das Schloß besichtigen?« fragte er.

Wollte er die erwartete Beute in Augenschein nehmen?

»Natürlich nicht«, entgegnete ich. »Mrs. Harkins wird Sie nach dem Lunch bei einem Rundgang begleiten. Sie wird Sie auch darüber informieren, wo und wann die Mahlzeiten eingenommen werden.«

Damit verließ ich den Salon.

Als ich später an einem der Gästezimmer vorbeikam, stand die Tür offen. Ich sah, daß Ella Mason mit dem Auspacken einer Reisetasche beschäftigt war. Ich wollte schnell vorbeigehen, doch sie hatte mich schon gesehen und rief mich bei meinem Namen.

Ich blieb in der offenen Tür stehen. »Sie wünschen...?«

»Ich hätte erwartet, daß Sie uns einen Wagen zum Bahnhof schicken würden. Daß Sie uns selbst durch das Schloß führen würden, statt diese Aufgabe einem Dienstboten zu übertragen. Daß Sie uns nicht eine Stunde lang auf Ihr Erscheinen warten lassen würden.« Ihre Stimme war kalt, aber zum erstenmal war in ihrem Blick ein Zeichen einer Gefühlsregung zu merken. Es war Haß.

Sie kam langsam auf mich zu und betrachtete mich mit einem abschätzenden Blick. »Ich kann nicht recht verstehen, warum Mark Sie geheiratet hat. Sie sind nicht besonders hübsch. Und Ihr Haar...« Sie griff nach meinem Haar und hätte es berührt, wäre ich nicht zurückgezuckt. Das machte sie lächeln, ehe sie fortfuhr: »Wild gelockt, wie Schafwolle...«

»Sind Sie fertig, Miß Mason?« fragte ich scharf.

»Nein, Lady Raven«, erwiderte sie mit gleicher Schärfe. »Ich bin darüber unterrichtet, daß Ihr sogenannter Geschäftspartner, Mr. Turner, ebenfalls Gast auf Schloß Raven ist. Ist das nicht der Gipfel der Heuchelei? Sie geben vor, um Ihren Gatten zu trauern, und noch während Sie Schwarz tragen, leben Sie mit Ihrem Liebhaber in seinem Haus.«

Um ein Haar wäre ich auf sie losgegangen; ich hatte gute Lust, ihr die Augen auszukratzen. Doch offensichtlich war es das, was sie beabsichtigte: mich zu provozieren. So beherrschte ich mich und entgegnete kühl: »Diese Behauptung ist so absurd, daß sie keiner Erwiderung wert ist. Und ich bedaure, Miß Mason, daß Sie in New York nicht die einfachsten Regeln der Höflichkeit gelernt haben.«

Damit wandte ich ihr den Rücken und entfernte mich. Ich war zufrieden, mich zur Ruhe gezwungen zu haben. Nichts, was diese Frau sagte oder tat, durfte mich die Kontenance verlieren lassen. Nur eines beunruhigte mich. Auch sie hatte – wie vorhin Annabelle – angenommen, Drake Turner sei als mein Liebhaber nach Devonshire gekommen. Ich hatte ihn doch stets mit äußerster Reserve behandelt. Was bot den Frauen Anlaß, unsere Beziehungen derart mißzuverstehen?

Etwa zwei Stunden später ließ ich Mrs. Harkins rufen. Sie war nicht bester Laune und sah mißbilligend auf den Kater, der zusammengerollt auf meinem Schoß lag.

»Sie haben die neuen Gäste durch das Schloß geführt, Mrs. Harkins«, begann ich. »Ich möchte gerne, daß Sie mir über Ihre Eindrücke berichten.«

»Wenn Sie so wünschen, Mylady, will ich ehrlich sein. Diese beiden Amerikaner haben nicht die besten Manieren. Sie waren zwar sichtlich beeindruckt von dem, was sie sahen, aber die Dame machte oft abschätzende Bemerkungen, was ihr nicht zustand, während Mr. Mason dauernd Fragen nach dem Wert aller Dinge stellte, ob es sich um Porzellan oder Bilder oder Silber handelte. Kunst oder Respekt vor dem Alter scheinen ihm fremd zu sein; er ist offenbar nur an einem interessiert: an Geld.«

Das überraschte mich nicht. Fühlte er sich bereits als Besitzer; dachte er daran, alle Kunstgegenstände, die die Gerricks seit langer Zeit gesammelt hatten, in bare Münze zu verwandeln?

Doch meine Neugier war noch nicht befriedigt. »Und die

Dame...? Wie reagierte sie, als sie in der Galerie zum Porträt von Mr. Gerrick kam?«

»Sie schien sehr gerührt zu sein. Sie weinte.«

Diese Heuchlerin! Ich war überzeugt, ihr Taschentuch war trocken geblieben. Instinktiv hatte ich gehofft, sie würde Mark auf dem Bild nicht gleich erkannt haben. Aber da er hinter mir stand und ich ein Brautkleid trug, war es ihr wohl nicht schwergefallen, richtig zu reagieren.

»Haben Sie ihnen die Hausordnung erklärt, Mrs. Harkins?«

»Jawohl, Mylady. Ich habe auch ausdrücklich darauf hingewiesen, daß niemand Mr. Gerricks Arbeitsraum und das Kinderzimmer betreten dürfe. Aber die Räume sind ja ohnehin abgeschlossen.«

»Danke, Mrs. Harkins. Bitte sagen Sie der Dienerschaft, man möge die Masons zwar mit gebührender Höflichkeit behandeln, aber jede Zumutung von Vertraulichkeit entschieden zurückweisen.«

Die Masons waren von Schloß Raven gebührend beeindruckt gewesen. Nun, ich beschloß, sie noch weiter einzuschüchtern. Ich befahl Antoine und Mrs. Baker, ein superbes Abendessen aus fünf bis sechs Gängen zuzubereiten. Ich lud Annabelle und Colin ein. Und ich ließ im großen Speisesaal decken, was Mrs. Harkins Erstaunen hervorrief, denn sie wußte, daß ich den Raum mit den hohen Wänden, die jedes Geräusch widerhallen ließen, für ungemütlich hielt. Der große Speisesaal ließ keine animierte Stimmung aufkommen, und das war mir diesmal nur recht.

Annabelle enttäuschte mich nicht. Sie trug ein Abendkleid, das auch bei Hof Furore gemacht hätte. Sie sah überwältigend aus, schön und mondän, und ihr Collier und ihre Ringe funkelten. Mit Vergnügen erwartete ich, wie sie auf Ella Mason wirken würde.

Ich erzählte den Trelawneys kurz, was sich seit der Ankunft von Seth und Ella Mason ereignet hatte.

»Ich verstehe, Nora, daß es dir schwerfallen mag, ihnen

nicht die kalte Schulter zu zeigen«, sagte meine Schwägerin. »Aber ich halte Colins Plan für gut, ihnen ohne Voreingenommenheit zu begegnen. Vielleicht kann man sie zu einer Unvorsichtigkeit veranlassen.« Sie strahlte über das ganze Gesicht. Sie liebte Winkelzüge und Intrigen über alles, und ich hatte schon bei verschiedenen Gelegenheiten feststellen können, daß sie eine ausgezeichnete Schauspielerin war.

Es war Drake Turner, der die Masons in den Salon führte. Er schien sich in meiner Abwesenheit bereits mit ihnen bekannt gemacht zu haben. So blieb mir nichts zu tun, als sie den Trelawneys vorzustellen.

Seth lächelte verbindlich wie immer. Ella musterte die Trelawneys mit unverhohlenem Interesse. Selbst wenn sie mich loswerden konnte, mit ihnen würde sie auch in Zukunft rechnen müssen.

»Mr. Mason«, stellte ich vor. »Und – und Miß Mason ...«

»Mrs. Gerrick«, verbesserte sie mich.

Die Spannung im Raum war beinahe fühlbar. Ella Mason, die ziemlich bescheiden gekleidet war, beäugte Annabelles Abendkleid mit einer Mischung aus Bewunderung und Neid. »Ich wollte, wir hätten uns unter erfreulicheren Umständen getroffen, Mr. und Mrs. Trelawney«, sagte sie, »da wir doch Verwandte sind.«

»Möglicherweise«, meinte Colin.

Annabelle reagierte perfekt. »Sie müssen entschuldigen, wenn wir nicht ohne weiteres bereit sind, diese Verwandtschaft zu akzeptieren. Aber Sie würden sich selbst sicher nicht anders verhalten, wenn plötzlich eine Dame behauptete, die Frau ihres Bruders zu sein.«

Sie hatte anscheinend den richtigen Ton getroffen, denn Ella Mason nickte verständnisvoll. »Ich verstehe Sie nur zu gut, Mrs. Trelawney. Mark hat nie gut über seine Familie gesprochen, aber seine Schwester bildete eine Ausnahme. Ich bin sehr froh, Sie nach so langer Zeit endlich kennenzulernen.«

»Das beruht ganz auf Gegenseitigkeit«, sagte Annabelle mit liebenswürdigem Lächeln. Ich bewunderte ihre Verstellungskunst, zweifelte jedoch daran, daß die gerissene Ella Mason sich von ihr beeindrucken ließ.

Dann wurde gemeldet, daß das Abendessen serviert war. Wir begaben uns in den großen Speisesaal. Die Lüster verbreiteten helles Licht, die Tafel war mit kostbarem Silber und Kristall gedeckt, und livrierte Diener standen bereit, zu servieren.

Wenn die Masons von der Pracht überwältigt waren, zeigten sie es nicht. Zu meiner Enttäuschung taten sie, als wären sie allabendlich zu einem Galadiner geladen. Wenn ich diese beiden einschüchtern wollte, mußte ich wohl zu anderen Mitteln greifen.

Die Masons hatten Schwierigkeiten, während des Essens die richtigen Gabeln und Löffel zu finden, aber sie orientierten sich geschickt an den anderen. Doch diese Schwäche bot mir nur geringe Genugtuung. Ich trug wenig zur Konversation bei und überließ diese Aufgabe gern meiner Schwägerin.

»Ich höre, ich habe einen Neffen«, sagte sie mit entwaffnender Freundlichkeit.

»Ja«, antwortete Ella. »Er ist fast elf Jahre alt. Er heißt Egbert.«

»Marks Mittelname. Offen gesagt wundere ich mich, daß Sie Ihren Sohn so genannt haben, denn Mark hat diesen Namen immer verabscheut.«

Ella mochte fühlen, daß ihr hier eine Falle gestellt wurde, denn sie erwiderte schnell: »Davon hat er nie gesprochen. Als er zum erstenmal in unser Haus kam, hat er sich als Mark Egbert Gerrick vorgestellt, und als unser Sohn geboren wurde, hielt ich es für richtig, ihn nach seinem Vater zu nennen.«

Doch Annabelle ließ nicht locker. »Es muß schwierig sein, meine Liebe, ein Kind ohne Vater großzuziehen.«

»O ja.« Sie fuhr sich mit der Serviette über ihre Lippen. »Speziell, da er ein so außergewöhnliches Kind ist.«

Ich verschluckte mich beinahe, aber Annabelle sah ihre Tischnachbarin mit unschuldigem Augenaufschlag an. »In welcher Beziehung?«

»Er ist überdurchschnittlich intelligent, wie es sein Vater gewesen ist. Und frühreif, sehr frühreif. Manchmal wirkt er wie ein Erwachsener.«

»Ich habe zwei Söhne«, erwiderte Annabelle. »Und auch ich bin überzeugt, sie seien etwas Besonderes. Wahrscheinlich denken alle Mütter so.«

»Wenn sie ihrer Mutter nachgeraten sind«, sagte jetzt Seth Mason galant, »müssen es reizende Jungens sein. Ich hoffe, Egbert wird sich mit ihnen anfreunden. Schließlich sind sie ja Vettern.«

Colin hüstelte. »Das ist noch nicht sicher, Mr. Mason. Der Anspruch Ihrer Schwester ist noch nicht bewiesen worden.«

»Oh, er wird es werden«, meinte Seth. »Das kann nicht mehr lange dauern. Ich kenne mich in Rechtsfragen ein wenig aus. Ich habe als Gerichtsreporter für die TRIBUNE gearbeitet.« Er stellte sein Weinglas ab und wandte sich an mich. »Und was ich geschrieben habe, fand stets den Beifall meiner Leser. Sie sehen, Lady Raven, wir haben einiges gemeinsam. Wir sind sozusagen Kollegen.«

Ich konnte meine Indignation nicht länger unterdrücken. »Auch eine Krähe und eine Nachtigall sind beide Vögel, Mr. Mason. Aber trotzdem sind sie sehr verschieden.«

Einen Moment lang biß er sich auf die Lippen, aber gleich darauf lächelte er wieder wie sonst. Immerhin hatte ich erreicht, daß er für den Rest der Mahlzeit nicht mehr das Wort an mich richtete.

Am nächsten Morgen fuhr ich zum Schlößchen, um mich von Colin zu verabschieden. Er machte sich auf den Weg nach Plymouth, um sich nach Amerika einzuschiffen. Annabelle begleitete ihn zum Hafen. Ich winkte dem Wagen der Trelawneys nach, bis er um eine Wegbiegung verschwand.

Colin war meine letzte Hoffnung.

Als ich auf Schloß Raven zurückkehrte, erwartete mich Drake Turner schon ungeduldig, mit der Uhr in der Hand. Aus London war wichtige Post gekommen, und er brannte darauf, die anfallenden Fragen mit mir zu besprechen.

»Sie wissen, warum ich mich verspätet habe«, erklärte ich ihm. »Halten Sie es für nötig, daß ich mich entschuldige?«

Er sah mich kurz an, dann steckte er die Uhr in die Tasche. »Natürlich nicht. Colin Trelawney ist Ihnen natürlich wichtiger als ich. *Ich* habe mich zu entschuldigen für meine Ungeduld.«

Dann machten wir uns an die Arbeit. Wir schafften es gerade noch, daß der Botenjunge mit unserem Postpaket den Nachmittagszug erreichen konnte.

Wir hatten kaum ein privates Wort miteinander gewechselt. Dabei hätte ich jetzt, da Colin abgereist war, mehr denn je seine Unterstützung benötigt. Doch ich hatte Angst, man könne jede Vertraulichkeit zwischen uns falsch auslegen. Ich war gewohnt gewesen, auf Schloß Raven von Liebe und Zärtlichkeit umgeben zu sein. Jetzt fühlte ich mich wie von lauter Feinden umzingelt.

Dessen wurde ich mir doppelt bewußt, als ich am Nachmittag die Bibliothek betrat.

Ella Masons Sohn stand auf einem Stuhl und angelte nach einem Buch, das sich außerhalb seiner Reichweite befand.

Ich ging an ihm vorbei, als wäre er nicht vorhanden, und holte mir jetzt selbst ein Buch aus einer höheren Reihe.

Er starrte mich erwartungsvoll an, doch ich ignorierte ihn.

»Würden Sie mir bitte helfen«, sagte er schließlich, »ich habe Schwierigkeiten, diesen speziellen Band zu erreichen.«

»Sag doch deiner Mutter, sie soll ihn für dich herunterholen. Ich bin in Eile. Außerdem sind die Bücher in dieser Reihe viel zu schwierig für dich.«

Er sprang vom Stuhl und ging langsam auf mich zu. »Sie hassen mich, nicht wahr?«

Seine Offenheit verwirrte mich, ich starrte ihn an, in das Gesicht eines alten Mannes. »Warum sagst du so etwas?«

»Meine Mutter hat es mir gesagt«, antwortete er gelassen. »Sie hat mir auch gesagt, warum.«

»Und das wäre?«

»Weil ich in Wahrheit der sechste Earl of Raven bin, und weil dieses Schloß mir gehört.« Er verzog seinen Mund zu einem Grinsen und zeigte dabei eine Reihe kleiner, spitzer Zähne. »Vielleicht sollten Sie eigentlich mich um Erlaubnis fragen, bevor Sie ein Buch aus der Bibliothek nehmen.« Und bevor ich ihn zurechtweisen konnte, fuhr er fort: »Sie hassen mich auch, weil Ihr eigener Sohn gestorben ist, und ich am Leben bin.«

Das brachte mich aus der Fassung, und ich stammelte: »Du hast aber eine lebhafte Fantasie.«

»Ja, ja, das mag stimmen«, erwiderte er. »Wissen Sie, ich bin ziemlich fortgeschritten für mein Alter und klüger als die meisten Kinder. Ich sehe die Welt mit den Augen eines Erwachsenen.«

Darauf wußte ich nichts zu sagen. Ich schaute ihn nur an wie ein exotisches Lebewesen.

Er rückte jetzt seine Jacke und seinen Binder zurecht und fragte: »Wie ist mein Vater eigentlich gestorben? Es war ein Feuer hier im Haus, das weiß ich, aber ich würde gern die näheren Umstände erfahren. Mutter sagt, sie weiß es selbst nicht, aber das glaube ich nicht. Sie weiß immer sehr gut Bescheid. Ich nehme an, sie will mir schauerliche Einzelheiten ersparen.«

Ich mußte mich beherrschen, ihn nicht an den Schultern zu packen und zu schütteln, bis seine ekelhaften Zähne aneinanderschlugen.

»Da deine Mutter immer Bescheid weiß«, zischte ich, »frag doch sie und nicht mich!«

Damit rauschte ich aus der Bibliothek.

Doch ich sollte an diesem Tag Egbert nochmals begegnen.

Ich hatte mich mit meinem Buch in die Gartenlaube zurückgezogen, um in Ruhe lesen zu können. Nach einer Weile kam Ella Mason mit ihrem Sohn vorbei. Wir nickten einander kurz zu, wie es die Höflichkeit erforderte. Egbert sah mich mit seinen großen Augen durchdringend an, eher abschätzend als feindselig. Sein bloßer Anblick machte mich schaudern; er wirkte wie ein alter Mann, der im Körper eines Kindes gefangen war.

Nein, dieser Egbert konnte nicht Marks Sohn sein!

Schrille Schreie rissen mich aus meinen Gedanken. Ich sprang auf und lief aus dem Garten ins Freie. Hinter einem Gebüsch stieß ich auf Damon, der mit seinem Gewehr auf die erschrockene Frau zielte. Ihr Sohn hatte hinter dem Rücken seiner Mutter Zuflucht gesucht.

Ich rannte auf die Gruppe zu.

»Damon!« rief ich scharf.

Auf den Klang meiner Stimme wandte er sich mir zu und senkte den Lauf seiner Waffe.

»Dieser Mann wollte mich erschießen«, keuchte Ella Mason.

»Aber nein«, beteuerte Damon. »Um Gottes willen, nein. Ich versuchte die Dame nur vor den Sepoys zu schützen.«

»Hier ist niemand, vor dem man uns schützen muß«, schrie Egbert, der jetzt hinter den Röcken seiner Mutter hervorkam. »Sie haben mit dem Gewehr auf uns gezielt und ...«

»Still!« rief ich, denn ich sah, daß Damon eingeschüchtert und am Rand eines Weinkrampfs war. Jedermann sprach stets freundlich mit ihm; daß man ihm widersprach und ihn in scharfem Ton beschuldigte, war er nicht gewohnt.

Ich trat energisch zwischen ihn und Ella. »Das ist Damon Gerrick, der nach dem Tod seines Bruders Earl of Raven wurde«, erklärte ich. »Er ist nicht normal und muß rücksichtsvoll behandelt werden. Sein Gewehr ist nicht geladen; er hat noch nie jemanden verletzt.«

»Oh, er ist verrückt«, rief Egbert und sah Damon mit neu erwachtem Interesse prüfend an.

Damons Atem ging schnell, man konnte das Weiße seiner Augen sehen. »Ehrlich, ich wollte die Dame retten, bevor die Sepoys sie ins Frauenhaus schleppten.«

Das Frauenhaus –! Das war der Platz, an dem er die verstümmelte Leiche seiner Braut gefunden hatte.

»Du hast völlig recht, Damon«, sagte ich und klopfte ihm auf die Schulter. Ich behandelte ihn wie ein Pferd, das im Begriff ist, zu scheuen. »Du hast sie gerettet. Niemand wird sie verschleppen. Du hast die Sepoys verjagt.«

»Ich sah sie kommen«, rief er außer Atem. »Hunderte! Sie brüllten und schossen aus ihren Gewehren...«

»Ja, auch ich habe sie gesehen«, nickte ich. »Aber schau dich doch um! Sie sind fort. Du hast sie vertrieben.«

Er befolgte meinen Rat und blickte um sich. »Du hast recht, Nora. Sie sind abgezogen.«

Ich wußte, fortan würde Damon friedlich sein. »Miß Mason«, wandte ich mich förmlich an Ella, »ich möchte Sie mit Damon Gerrick bekannt machen. Möglicherweise ist er Ihr Schwager. Und jedenfalls hat er Sie aus einer großen Gefahr gerettet.«

Ella fand sich überraschend schnell in die gewiß ungewohnte Situation, einen Geisteskranken standesgemäß zu begrüßen. Sie ging auf ihn zu und streckte ihre Hand aus. »Lord Raven – oder darf ich Sie Damon nennen? Ich bin Ella Gerrick, und das ist mein Sohn Egbert. Ich danke Ihnen herzlich, daß Sie unser Leben gerettet haben.«

»Es ist mir ein Vergnügen gewesen«, sagte Damon artig, nahm ihre Hand und beugte sich über sie.

Dann machte Ella kehrt und ging zum Haus zurück. Doch Egbert blieb einen Moment stehen und betrachtete Damon mit krankhafter Faszination.

Damon liebte es nicht, angestarrt zu werden. Er warf Egbert einen bösen Blick zu, der den Jungen bewog, hinter seiner Mutter her zum Schloß zu laufen.

8

Die folgenden drei Wochen vergingen relativ friedlich – zumindest im Vergleich zu dem, was später geschah.

Ich gab mir alle Mühe, mit den Masons in Kontakt zu kommen. Ich wich ihrer Gesellschaft nicht aus, nahm sogar gelegentlich meine Mahlzeiten mit ihnen ein. Doch wenn ich erwartete, sie würden gedankenlos einen Fehler machen oder ein Geheimnis enthüllen, sah ich mich enttäuscht. Seth zeigte sich unerschütterlich von seiner liebenswürdigsten Seite, und seine Schwester sprach nicht viel, sondern zog es vor, mich mit kalter Distanz zu beobachten.

Mrs. Harkins und Fenner konnten mir wenig über die Masons berichten, obwohl sie Augen und Ohren offenhielten. Egbert spielte mit den Trelawney-Kindern, sofern er seine Mutter nicht bei Spaziergängen über das Moor begleitete oder mit ihnen im Schatten der St.-Barnaby-Abtei an einem Picknick teilnahm. Sie waren vorbildliche Hausgäste, und falls sie unter sich über ihre schändlichen Pläne sprachen, achteten sie darauf, daß niemand sie hören konnte.

Auch Annabelle, die zweifellos geschickter war als ich, kam mit ihren Freundschaftsbezeugungen nicht weiter. Ich war sicher, daß die Masons viel zu schlau waren, um sich von ihr täuschen zu lassen.

Mit Drake Turner gab es gelegentlich Konflikte, wenn ich seine Entscheidung nicht kritiklos akzeptierte. Doch das war selten der Fall; meist waren seine Vorschläge logisch und vernünftig. Ich hatte genügend Muße, mich mit meinem Roman zu beschäftigen. Wiederholt empfing ich Briefe von Lewis Darwin, in denen er mich ermahnte, fleißig zu sein, und mich bat, ihn vom Fortschritt des Manuskripts zu verständigen. Ich konnte ihn beruhigen. Die Abenteuer der unglücklichen, aber tapferen Waise Cordelia wurden von Kapitel zu Kapitel spannender.

Auch von meinem Vater erhielt ich einen Brief. Aus Paris.

Er hatte Peggy, sein Lieblingsmodell, nach Frankreich begleitet, um ihr bei ihrem Studium französischer Malerei behilflich zu sein. Unwillkürlich mußte ich lächeln. Die Welt rings um mich mochte in den Grundfesten erschüttert sein, mein Vater änderte sich nicht.

In der dritten Woche konnte ich mich ganz meinem Schreiben widmen, denn Drake Turner mußte unvermittelt nach London abreisen. Ein Schiff seiner eigenen Reederei, die TRAVIATA, war in einem Sturm vor der indischen Küste gesunken.

Ich hoffte, wenigstens einige Tage nicht an Schiffe und Ladungen denken zu müssen, als mir Fenner eines Tages nach dem Frühstück eröffnete, ihre beiden jüngeren Brüder hätten sich entschlossen, nach Australien zu emigrieren.

»Sie sind jung und rüstig, und dort unten gibt es mehr Möglichkeiten für sie als hier auf einer kleinen Farm. Vielleicht hätte ich ihnen nicht erzählen sollen, wie weit es Mr. Trelawney gebracht hat.« Und dann fuhr sie fort: »Sie hätten die Überfahrt gern auf einem Schiff der Raven-Linie gebucht, aber die hat keine Passagierschiffe auf der Route.«

»Nein«, klärte ich sie auf. »Passagierschiffe sind anders gebaut als die schnellen Frachter. Man kann Menschen nicht unter Deck zusammenpferchen wie Vieh, obwohl das in der Zeit der Sklaverei getan wurde. Ein modernes Passagierschiff muß jede Art von Komfort anbieten können.«

»Trotzdem – es ist bedauerlich, daß die Raven-Linie über kein solches Schiff verfügt. Meine Brüder würden stolz sein, unter der Raven-Flagge segeln zu können.«

Dieses Gespräch ließ mir keine Ruhe. Ich hatte gelesen, daß auf einer Fahrt nach Singapore oder Sydney bis zu zweihundertfünfzig Passagen gebucht wurden. Wenn ich die daraus resultierenden Einnahmen mit unseren Frachtprofiten verglich, nahmen sich diese kläglich aus. Natürlich war dafür die Ausstattung eines Passagierschiffes unvergleichlich teurer.

Ich hätte die Frage – Menschen oder Fracht – gerne mit

einem Fachmann diskutiert, aber Colin war in New York und Drake in London. Doch schließlich – ich hielt mich selbst für erfahren genug, um meine eigenen Berechnungen anzustellen.

Am nächsten Tag fuhr ich in Fenners Begleitung nach Plymouth.

Marks langjähriger Vertreter im Hafen war ein gewisser Alfred Pengelly, ein nervöser kleiner Mann aus Norfolk, der die Gewohnheit hatte, beim Sprechen mit den Fingerknöcheln zu knacken. Doch ich wußte von Mark, daß er ein sehr tüchtiger und seriöser Makler war. Anfangs mußte ich etwas Geduld aufbringen, denn er sprach mir erst sein Beileid aus, dann drückte er in wortreichen Erklärungen sein Bedauern aus, daß es Drake Turner gelungen war, die Hälfte der Raven-Linie in seinen Besitz zu bringen. Schließlich kam ich doch zu Wort und erklärte ihm den Grund meines Kommens.

Ich erwartete eigentlich, er würde neue Investitionen für abenteuerlich halten und im Rahmen der Höflichkeit andeuten, daß es nicht üblich sei, wenn eine Dame sich in die Geschäfte der Männer einmischte. Doch ganz im Gegenteil, er fand meine Vorschläge äußerst interessant.

»Der Personenverkehr in die Kolonien ist im Begriff, sich schnell auszuweiten. Tausende wollen nach Australien auswandern, und wenn meine Informationen korrekt sind, wird es in den nächsten Jahren ebenfalls Tausende nach Neuseeland ziehen...«

Aufgeregt beugte ich mich vor. »Wenn das der Fall ist, wäre es an der Zeit, daß wir in das Überseegeschäft einsteigen. Ich werde die Angelegenheit mit Mr. Turner besprechen. Ich finde, wir sollten ohne Zeitverlust ein Passagierschiff in Dienst stellen...«

»Wenn das wirklich Ihre Absicht ist, Lady Raven...« Er überlegte einen Moment, dann fuhr er fort: »Es bietet sich eine seltene Gelegenheit. Ein neues Schiff zu bauen, würde eine Menge Zeit erfordern, und die Amortisation des Kapitals würde sich entsprechend verzögern. Aber zur Zeit wird ein brauchbares Schiff zum Verkauf angeboten...«

»Hier in Plymouth?«

Er nickte. »Die NANCY MALONE. Ein Clipper, erst vor zwei Jahren von Barclay und Company gebaut...«

Das schien mir zu schön, um wahr zu sein. »Und warum soll er verkauft werden? Ist ein Haken bei der Sache? Ist das Schiff in einem schlechten Zustand?«

»Aber nein. Ich habe die NANCY MALONE selbst besichtigt. Sie ist in einem erstklassigen Zustand. Es war das einzige Schiff von Captain Fergus Malone, einem selbständigen Reeder. Er ist vor kurzem verstorben, und seine Witwe löst die Firma auf.«

Wie gut ich sie verstehen konnte! Das war nach Marks Ableben auch meine erste Reaktion gewesen. Aber da ich es für Marks Wunsch gehalten hatte, daß die Raven-Linie nicht die Flagge strich, und ich mich mit Leib und Seele mit der Firma verbunden fühlte, fühlte ich mich verpflichtet, alles zu tun, was in meiner Macht stand.

Ohne zu zögern, ließ ich mich von Mr. Pengelly zu den Docks führen, um die NANCY MALONE zu besichtigen. Das Schiff gefiel mir auf Anhieb. Die Kabinen waren geräumig, der Salon achtzig Fuß lang und mit doppelten Oberlichten ausgestattet, durch die helles Sonnenlicht schien. Und der Preis schien mir nicht übertrieben.

»Ich wäre bereit, das Schiff zu kaufen«, sagte ich. »Natürlich müßte ich vorher Mr. Turner konsultieren, aber ich bin überzeugt, er wird in diesem Fall meiner Meinung sein.«

Pengelly zog die Stirn in Falten und ließ seine Knöchel knacken. »Ich fürchte, das wird nicht möglich sein, Lady Raven.«

»Ich verstehe Sie nicht. Warum nicht?«

»Weil die Auktion heute abend stattfindet.«

Mein Herz sank wie ein ausgeworfener Anker. »Heute abend?«

»Bedauerlicherweise...«

»Und läßt sich die Auktion nicht verschieben?«

»Nein, nein, das ist nicht möglich. Es haben sich schon mehrere Interessenten angemeldet.«

Ich biß mir auf die Lippen. Selbst für einen telegrafischen Kontakt mit Turner war es zu spät. Wehmütig sah ich mich in dem wunderschönen Salon um, starrte auf die kostbare Mahagoniverkleidung und die blankgeputzten Messingbeschläge.

Nein, diese Gelegenheit durfte ich mir nicht entgehen lassen. Ich beschloß, die Entscheidung allein zu treffen und die Konsequenzen zu tragen, wie immer sie auch sein mochten.

»Mr. Pengelly«, sagte ich und gab meiner Stimme einen autoritären Klang. »Ich möchte, daß Sie dieses Schiff für die Raven-Linie erwerben. Natürlich nur, wenn Sie den Preis für gerechtfertigt halten. Wenn die Gebote der Konkurrenz über ein vernünftiges Limit hinausgehen, dann nehmen Sie Abstand.«

Er schien gleichzeitig erstaunt und erfreut zu sein. »Und Mr. Turner...?«

»Vergessen Sie Mr. Turner. Es ist meine Entscheidung.«

Jetzt strahlte er über das ganze Gesicht. Er hatte Turner zwar nie kennengelernt, aber er mißtraute ihm. Pengelly hatte mir anvertraut, daß Mark stets vermutet hatte, Turner würde in unsere Büros Spione einschleusen, um über unsere Transaktionen informiert zu sein und ihnen zuvorkommen zu können. Kein Wunder, daß Mark den Mann haßte, dem er solche Winkelzüge zutraute.

In dieser Nacht kaufte ich die NANCY MALONE.

Beschwingt kehrte ich auf Schloß Raven zurück. Ich brannte darauf, Annabelle die Neuigkeit mitzuteilen, doch ich hielt es für fair, daß Turner als erster von ihr erfuhr.

Er blieb eine Woche in London, dann erschien er, ohne seine Ankunft angekündigt zu haben. Ich saß in der Bibliothek und las, als die Tür plötzlich aufschwang und er den Raum betrat. Er machte einen ermüdeten Eindruck, als ob er in den letzten Nächten nicht viel geschlafen hätte. Seine Augen waren gerötet, und in seinen Wangen hatten sich tiefe Linien eingegraben.

Er verbeugte sich höflich und trat auf mich zu.

Ich klappte mein Buch zu und erhob mich. »Wie war es in London, Mr. Turner? Konnten Sie die Sache mit der TRAVIATA zufriedenstellend regeln?«

»Ja, aber es war schwierig. Mit Lloyd's ist nicht zu spaßen.« Er streifte seine Handschuhe ab und sah mich an. »Ich hoffe, bei Ihnen ist alles nach Wunsch gelaufen. Sie haben die Firma in meiner Abwesenheit nicht bankrott gemacht, nicht wahr...?«

Sein ironischer Tonfall reizte mich. »Vielleicht doch, Mr. Turner«, erwiderte ich mit erzwungener Ruhe. »Das Raven-Konto in Plymouth ist erschöpft, bis auf den letzten Penny. Ich habe nämlich ein Schiff gekauft.«

Er starrte mich verständnislos an, als hätte ich in einer ausländischen Sprache gesprochen. »Sie haben was getan...?«

»Ein Schiff gekauft«, erwiderte ich leichthin. »Die NANCY MALONE. Sie besitzen jetzt einen halben Passagierclipper, Mr. Turner.«

Jetzt brüllte er los. »Ohne mich zu konsultieren? Haben Sie vergessen, daß wir Partner sind? Oder haben Sie das schon geplant gehabt, hinter meinem Rücken?«

Fast hätte ich in diesem Moment bereut, was ich getan hatte, aber ich wollte mich von seinem Zorn nicht einschüchtern lassen. »Würden Sie bitte aufhören, mich anzuschreien! Wenn Sie mich in Ruhe anhören, werde ich Ihnen alles erklären.«

Sein Blick war hart und unversöhnlich. »Ich bin auf Ihre Erklärungen sehr neugierig, Madam. Hoffentlich sind sie befriedigend, denn Sie haben die Ihnen aus dem Partnerschaftsvertrag zustehenden Kompetenzen weit überschritten.«

Mit diesen Worten durchquerte er die Bibliothek, warf sich in einen der großen Ledersessel, streckte seine langen Beine aus und sah mich an, als wolle er mich erwürgen.

Ich stellte mich zum Kamin, in sicherer Entfernung von ihm, denn er war außer sich vor Wut und unberechenbar. »Was der Raven-Linie gefehlt hat, ist ein Passagierschiff.«

Er runzelte die Stirn. »Sie hatte sich auf Frachtverkehr beschränkt, und sie fuhr nicht schlecht dabei.«

»Man muß mit der Zeit gehen«, versuchte ich ihn zu belehren. »Die Zukunft liegt in der Personenbeförderung. Auswanderer nach Australien und Neuseeland bringen dreihundertfünfzig bis vierhundert verkaufte Passagen auf jeder Reise. Und die Konjunktur hat erst richtig begonnen. Wer schnell mitzieht, wird die größten Gewinne haben.«

»Und woher nehmen Sie Ihre Weisheit, Mrs. Gerrick?« fragte er mit bösem Sarkasmus. »Ich bin seit vielen Jahren Reeder und weiß mehr über das Geschäft, als Sie je lernen werden. Und Sie – nach kaum zwei Monaten Lehrzeit, erkühnen Sie sich, ein Schiff zu kaufen!«

»Sie sind lediglich verbittert, weil ein weibliches Wesen es gewagt hat, fortschrittlichere Ideen zu haben als der große Drake Turner!«

Er sprang auf und starrte mich an; ich hatte den Eindruck, er wolle mich an den Schultern packen und schütteln. »Provozieren Sie mich nicht ...!«

Ich hielt seinem Blick stand. »Sie beschimpfen mich und haben mich noch nicht einmal gefragt, um was für ein Schiff es sich handelt. Darauf kommt es doch in erster Linie an, nicht wahr? Nun, es ist ein 1500-Tonnen-Clipper, von Barclay und Company gebaut, metallverkleidet, zwei Jahre alt. Er hat von Sydney nach London nie mehr als achtzig Tage gebraucht, eine – wie Sie zugeben werden – ausgezeichnete Fahrtzeit. Er kann sechzig Erster-Klasse-Passagiere befördern, und das

Zwischendeck ist geräumig genug für dreihundert Personen oder entsprechende Wollfracht für die Rückreise. Mr. Pengelly, unser Vertreter in Plymouth, hält den Preis von siebzehntausend Pfund für angemessen, sogar für günstig...«

Er musterte mich wie ein Wesen von einem anderen Stern. Ich konnte nicht erraten, welche Gedanken er hinter seiner gefurchten Stirn wälzte. Schließlich, nach einer Weile, fragte er grollend: »Und warum hielt es die Lady nicht für nötig, mich vor dem Kauf zu konsultieren?«

»Ich tat es nicht, um Sie zu übergehen, wirklich nicht«, gestand ich offenherzig. Und ich erklärte ihm, daß keine Zeit zu verlieren gewesen war. »Und ich konnte es nicht mit meinem Gewissen vereinbaren, mir eine solche Gelegenheit für unsere gemeinsame Firma entgehen zu lassen.«

»Dafür bedanke ich mich«, sagte er zynisch. »Und da das Schiff nun mal uns gehört, müssen wir einen passenden Namen suchen.«

»Daran habe ich noch gar nicht gedacht.«

»Ich schlage vor, es MARY GLOVER zu nennen.«

»Mary Glover? Wer ist das?«

»Sie ist einmal eine meiner Mätressen gewesen.«

Ich zuckte zusammen. Hatte er das gesagt, um mich herauszufordern? Warum glaubte er, mich beleidigen zu können, wenn er auf seine Liebschaften anspielte?

»Ihr Privatleben geht mich nichts an«, sagte ich kalt. »Aber wir wollen das Geschäftliche nicht mit dem Persönlichen vermischen. Und es ist Tradition, daß die Schiffe unter unserer Flagge immer das Wort RAVEN im Namen führen.«

»Ich würde es nie wagen, mit dieser geheiligten Tradition zu brechen«, erwiderte er. »Ich habe also einen anderen Vorschlag: LADY RAVENS NARRHEIT.«

Daraufhin verließ ich wortlos das Zimmer.

Ich ging hinauf in mein Boudoir und ging aufgeregt auf und ab. Der Kater, der auf meinem Lieblingsplatz saß, sah mir mißtrauisch und etwas verächtlich zu. Mangels eines anderen

Gesprächspartners richtete ich das Wort an ihn. »Er weiß, daß es vernünftig war, das Schiff zu kaufen, aber er will es nicht zugeben. Immer wenn er mit mir streitet, hat er das Gefühl, gegen Mark anzukämpfen, und glaubt, er muß Oberhand behalten. Aber diesmal wird es anders sein.«

Mein Selbstgespräch wurde durch ein Klopfen an der Türe unterbrochen.

»Fenner...?« rief ich.

Keine Antwort kam.

So ging ich zur Tür und öffnete sie. Da stand Drake Turner, eine Hand gegen die Türfüllung gestützt.

»Darf ich hereinkommen?«

»Wozu? Haben wir nicht alles besprochen?«

»Nicht alles.« Er holte tief Atem, dann sagte er: »Ich bin gekommen, um mich zu entschuldigen.«

Ich war so überrascht, daß ich nicht gleich reagierte. Dann nickte ich: »Bitte, treten Sie ein.«

Er schloß die Tür hinter sich und stand einen Augenblick unschlüssig vor mir. Schließlich sagte er mit einer Unsicherheit, die ich an ihm noch nicht gekannt hatte: »Ihre Entscheidung, die NANCY MALONE zu kaufen, war vollkommen richtig.«

Unwillkürlich trat ich zwei Schritte zurück, fassungslos, wortlos.

»Unter uns, ich habe selbst schon mit dem Gedanken gespielt, für meine Reederei ein Passagierschiff zu kaufen. Sie sind mir zuvorgekommen, Madam, und siebzehntausend Pfund sind tatsächlich ein vorteilhafter Preis. Mein Glückwunsch.«

Mit einemmal lächelte er vergnügt, und sein Lächeln ließ meinen Ärger verfliegen.

»Wir wollen das Schiff einfach LADY RAVEN taufen«, schlug er vor. »Natürlich nur, wenn Sie einverstanden sind.«

»Ich akzeptiere Ihre Entschuldigung, Mr. Turner. Obwohl ich zugeben muß, daß sie mich einigermaßen überrascht.«

»Und aus welchem Grunde...?«

»Sie sind ein stolzer Mann, und ich glaube, daß es Ihnen nicht leichtfällt, einen Irrtum einzusehen.«

»Da haben Sie ganz recht. Aber glauben Sie mir, ich nehme unsere Partnerschaft durchaus ernst, und das Gedeihen der Raven-Linie liegt mir nicht weniger am Herzen als Ihnen. Sie haben mein Wort darauf.«

Damit streckte er seine Hand aus. Ich nahm sie, etwas zurückhaltend zwar, aber ihr fester Druck tat mir gut. Ich sah in seine Augen und sah einen Ausdruck von Aufrichtigkeit und Sympathie, der mich ein wenig außer Fassung brachte. Es war, wie wenn zwischen uns beiden plötzlich ein starkes Band geknüpft worden wäre.

Unvermittelt sagte er: »Ich habe stundenlang im Zug gesessen, und meine Glieder sind steif geworden. Würden Sie mir die Freude machen, mit mir auszureiten?«

Mein erster Impuls war, das Angebot abzulehnen. Doch ich fühlte mich so erleichtert und froh, daß ich akzeptierte. Ein Entschluß, den ich später bereuen sollte.

9

Nachdem ich mich für den Ausritt umgekleidet hatte, ging ich zu den Stallungen.

Im Garten sah ich Egbert damit beschäftigt, Kieselsteine verschiedener Farben zu einer Art Mosaik zusammenzusetzen. Neben ihm stand Drake Turner und sprach mit ihm. Der Junge sah bewundernd zu ihm auf. Ich fragte mich, wieso es Turner zustande brachte, sogar den unzugänglichen Egbert für sich einzunehmen. Auch mit Peter und Timothy hatte er sich schnell angefreundet, obwohl er – was ich ihm hoch anrechnete – Timothy sichtlich bevorzugte.

Unwillkürlich stellte ich mir die Frage, warum ein Mann,

der mit Kindern so gut umzugehen verstand, keine eigenen hatte.

William hatte für mich Rosanna gesattelt, eine acht Jahre alte, etwas nervöse Stute, und für Drake Turner einen hellbraunen Wallach namens Jester. Wir ritten Seite an Seite. Es war ein wunderschöner Tag, der blaue Himmel durch keine Wolken getrübt. Ich fühlte mich so wohl, daß mich sogar Gewissensbisse plagten. Mein Wohlbehagen erinnerte mich an die Sommertage, an denen ich mit Mark über das Moor geritten war. Und jetzt ritt Marks Feind an meiner Seite.

Ich hatte Mark nie nach dem Grund seiner Feindschaft mit Drake Turner gefragt. Ich hatte einfach angenommen, daß geschäftliche Rivalität der Grund gewesen war, und daß Turner – was ihm gut zuzumuten war – im Konkurrenzkampf unlautere Machenschaften angewandt hatte. Doch jetzt fragte ich mich, ob es für ihre gegenseitige Aversion nicht einen tieferen Grund gegeben hatte.

Der Klang seiner Stimme riß mich aus meinen Gedanken. »Sie lieben das Moor, nicht wahr?«

»Ja, über alles. Das Moor kann gefährlich sein, speziell wenn Nebel aufkommt. Aber an schönen Tagen, wenn der Blick bis zu einem fernen Horizont reicht, fühlt man sich mit der Natur verschmolzen. Weit weg von der Zivilisation, von allen Sorgen. Nichts erinnert an den Lärm und den Schmutz von London.« Ich blickte zum Himmel und sah einen Habicht seine Kreise ziehen. »Da ich von London spreche – Sie haben mir noch nichts von Ihrem Aufenthalt erzählt.«

Nun berichtete er mir vom Verlust der TRAVIATA und von der Regelung, die er mit der Lloyd's-Versicherung getroffen hatte. »Bedauerlicherweise hat es nur wenige Überlebende gegeben. Aber wenn es Sie beruhigt – für die Familien der Toten wird gesorgt werden.«

»Das ist kein Anlaß zu Ironie«, erwiderte ich knapp.

»Sie haben völlig recht«, gab er zu. »Aber das Leben eines Seemanns hängt nun mal von der Laune von Wind und Wetter ab, und wer diesen Beruf wählt, weiß, womit er zu rechnen hat. Schließlich bin auch ich einmal zur See gefahren, und auch Ihr verstorbener Gatte.«

Als er merkte, daß es mich irritierte, von ihm an Mark erinnert zu werden, wechselte er schnell das Thema. Er sprach von der Summe, über die er in Bälde würde verfügen können, und von seinem Vorhaben, ein Dampfschiff zu erwerben.

»Ein Dampfschiff?« fragte ich erstaunt. »Sie wollen einen China-Clipper durch einen Dampfer ersetzen?«

»Ich werde kaum der erste sein, der das tut, und gewiß nicht der letzte«, erklärte er mir eifrig. »Nächstes Jahr wird der Suezkanal fertiggestellt sein, und wenn die China-Route durch das Mittelmeer führen wird, werden die Dampfschiffe, unabhängig von Flauten, die schnellsten sein.«

»Wird das das Ende der China-Clipper bedeuten?«

»Sehr wahrscheinlich. Natürlich nicht von heute auf morgen, aber im Lauf der nächsten Jahre. Und auch die Raven-Linie wird sich darauf einstellen müssen.«

Zweifellos hatte er recht. Ich sah gewaltige Schwierigkeiten auf mich zukommen und überraschte mich bei dem Gedanken, daß ich jetzt im Grunde froh war, einen verläßlichen und energischen Partner wie Drake Turner an meiner Seite zu haben. Doch das durfte er keinesfalls merken, und so fragte ich spöttisch: »Haben Sie in London Zeit gefunden, Ihre heißgeliebte Oper zu besuchen, oder haben Sie alle Ihre Abende mit Kalkulationen und Kontrakten verbracht?«

»Ich konnte eine ausgezeichnete Aufführung von Rigoletto sehen«, erwiderte er ernst. »Allerdings mußte ich nach Schluß der Vorstellung feststellen, daß mein Geschäftsführer im Foyer auf mich gewartet hatte, um eine dringende Sache mit mir durchzusprechen.«

Ich erwog bereits, ob ich ihn fragen könnte, ob er allein in seiner Loge gesessen hatte, als er mir überraschend mitteilte: »Trotz allem brannte ich schon darauf, auf Schloß Raven zurückzukehren. Oh, Sie brauchen kein so erstauntes Gesicht zu machen, Mrs. Gerrick. Immerhin sind mein Kater und mein Koch in Devonshire.« Und etwas leiser, aber sehr betont fügte er hinzu: »Offen gestanden – auch Sie haben mir gefehlt...«

Erstaunt wandte ich meinen Kopf und sah, daß sein Blick nicht auf den Weg gerichtet war, sondern auf mich. Annabelle hatte also recht gehabt – er sah in mir mehr als einen reinen Geschäftspartner.

Anstatt ihn zurechtzuweisen tat ich so, als hätte ich seine letzte Bemerkung überhört. Ich zügelte meine Stute, stellte mich in den Steigbügeln auf und suchte den Horizont ab, indem ich meinen Arm hob, um die Augen vor der Sonne zu schützen.

Vor uns graste eine Schafherde, aber im Hintergrund sah ich ein dunkles Pferd aus dem dichten Gestrüpp auftauchen, das dort den direkten Zugang zur Abtei versperrte.

»Mustafa!« rief ich atemlos.

Turner sah mich verständnislos an; er hatte offensichtlich eine andere Reaktion erwartet.

»Mustafa ist Marks Pferd gewesen«, sagte ich und erklärte ihm, wie ich den Hengst freigelassen hatte, in der Meinung, nie nach Devonshire zurückzukommen. Ich gab meiner Stute die Sporen. »Ich will ihn einfangen.«

Ich ritt davon, Hals über Kopf, und Turner folgte mir. Es dauerte nur wenige Minuten. Ich hatte mich getäuscht. Es war ein schwarzes Pony, das aus der Ferne ähnlich ausgesehen hatte und das wir mühelos einholten.

Verlegen hielt ich mein Pferd an und stieg ab. Ich begann am Fuß einer Böschung Heidepflanzen zu pflücken; ich wollte Zeit gewinnen und überlegen, wie ich die neu geschaffene Situation meistern könnte.

Doch er gönnte mir keine Atempause. Er sprang von seinem Wallach, nahm die Zügel der Pferde und ging hinter mir her.

»Während der ganzen Woche in London«, gestand er, »konnte ich mich kaum dazu bringen, nicht an Sie zu denken, Mrs. Gerrick. Während ich mit den Leuten von Lloyd's feilschte, ertappte ich mich immer wieder bei den Gedanken an Ihr Haar, das in der Sonne glänzte, und an Ihre Augen, wenn der Zorn sie verdunkelt...«

»So wie jetzt?« fragte ich drohend.

»Genau«, sagte er mit seinem spitzbübischen Lächeln, von dem er wohl wußte, daß Frauen ihm schwer widerstehen konnten. »Ich finde sogar Ihren trockenen, beißenden Humor äußerst attraktiv...« Und mit diesen Worten streckte er seinen Arm aus. Er hatte seinen Handschuh ausgezogen und strich mit den Fingerspitzen liebkosend über meine Schulter.

Die unerwartete Vertraulichkeit ließ mich blitzschnell reagieren. Diesmal war er nicht schnell genug. Ich schlug ihn. Gleich darauf hatte er mein Handgelenk umklammert, so hart, daß mir die Blumen aus der Hand fielen. Seine Augen blitzten, seine Lippen bebten.

»Wenn eine Frau es wagt, mich zu schlagen, muß sie auch bereit sein, die Konsequenzen zu tragen.«

Er riß mich wild an sich, seine Umarmung erdrückte mich beinahe. Bevor ich mich wehren konnte oder schreien, hatte er seine Lippen auf meine gedrückt.

Es war ein harter Kuß, mehr Strafe als Liebkosung, aber er verriet glühende Leidenschaft. Noch als er mich freigab, fühlte ich den Druck seiner Lippen.

Meine erste Reaktion war, ihn wieder zu schlagen. Doch ich besann mich eines besseren. Ich wischte mit dem Rücken meines Handschuhs über meinen Mund, als wolle ich das Geschehene ungeschehen machen.

»Sie sind abscheulich«, rief ich.

Zornig stampfte ich auf die hinuntergefallenen Blumen, dann ergriff ich die Zügel der Stute und stieg in den Sattel, ohne daß er mir zu Hilfe kam. Stolz warf ich den Kopf zurück und sah verächtlich auf ihn hinunter.

»Bitte verlassen Sie Schloß Raven so schnell, wie Ihr Kammerdiener Ihre Sachen packen kann.«

Er schüttelte herausfordernd den Kopf und erwiderte mit

höhnischem Lächeln: »O nein, ich werde nicht gehen. Wir sind durch einen Vertrag aneinander gebunden. Wir müssen die Raven-Linie gemeinsam führen, ob es Ihnen gefällt oder nicht.«

Ich riß so hart an den Zügeln, daß die Stute aus Protest zu wiehern begann.

»Sie können die Raven-Linie haben! Ganz. Und gehen Sie zum Teufel!«

Damit ritt ich davon und galoppierte über das Moor, zum Schloß zurück.

Ich wandte mich nicht einmal um, so daß ich nicht wissen konnte, ob er mir folgte oder nicht.

10

Als ich die Halle betrat, zitterte ich noch am ganzen Körper. War es bloßer Zorn oder eine tief liegende Erregung, deren ich nicht Herr zu werden vermochte?

Doch ehe ich diese Frage klären konnte, wurde ich von Damon abgelenkt, der wie eine verlorene Seele durch die Halle wanderte.

»Damon, was in aller Welt tust du hier?«

Er sah mich bestürzt an, verlegen, als hätte ich ihn bei einer verbotenen Tat ertappt. »Ich – ich suche meine Schwester. Aber ich kann Annabelle nirgends finden.«

Ich verstand. Er hatte sich verlaufen, war zum falschen Haus gegangen. »Damon«, sagte ich freundlich. »Das hier ist Schloß Raven. Deine Schwester ist drüben, im Schlößchen.«

»Ach so«, erwiderte er erleichtert. »Dann werde ich mal rübergehn. Entschuldige, wenn ich dich gestört habe, Schwägerin.«

Und mit verlegenem Grinsen zog er ab.

Die arme Seele! Es fiel ihm schwer, sich in der Realität

zurechtzufinden. In den letzten Tagen, meinte Miß Best, hätte sich sein Zustand verschlimmert, und das sei Egberts Schuld. Der Junge machte sich einen Spaß daraus, Damon zu necken. Es gäbe keine aufständischen Sepoys in Devonshire, und das alles seien Auswüchse von Damons krankem Hirn. Damon war es nicht gewohnt, daß man ihm widersprach und einen Verrückten nannte, und Miß Best mußte ihm mehr Beruhigungsmittel verabreichen als sonst. Ich hatte gute Lust, Egbert mit der Reitgerte zu verprügeln, aber das hätte den schlechten Charakter des Jungen wohl kaum verbessert.

Für diesen Abend hatte Annabelle uns alle ins Schlößchen eingeladen; sie hielt es für unumgänglich, sich für das von mir veranstaltete Galadiner zu revanchieren. Außerdem gefiel sie sich in der Rolle der Intrigantin, die sich mit den Masons auf guten Fuß stellte, um sie zu einer Unvorsichtigkeit zu veranlassen. Ich zweifelte zwar am Erfolg dieser Komödie, aber ich ließ Annabelle ihre Freude.

Ich kleidete mich so sorgfältig an, wie es die Gelegenheit erforderte, und ließ mich zeitig zum Schlößchen bringen. Ich wollte es vermeiden, zusammen mit Turner und den Masons im großen Wagen zu fahren.

Ursprünglich hatte ich vor, Annabelle zu berichten, was beim Ritt im Moor vorgefallen war, aber ich entschied mich dagegen. Sie würde nur neugierig alle Details wissen wollen und mir schließlich erklären: ›Ich habe es dir ja gesagt!‹ So beschränkte ich mich darauf, ihr vom Ankauf des Schiffes zu erzählen. Sie bewunderte meine Entschlußkraft, obwohl ich den Verdacht hatte, sie wäre interessierter gewesen, hätte ich die siebzehntausend Pfund für Pariser Kleider ausgegeben. Schließlich wollte sie wissen: »Und was hat Turner dazu gesagt?«

»Er war so wütend, daß ich schon fürchtete, er würde handgreiflich werden. Dann entschloß er sich, mich mit seinem Sarkasmus zu bestrafen. Stell dir nur vor, er hatte die Stirn, mir vorzuschlagen, das Schiff nach einer seiner Geliebten zu benennen. Er wollte es MARY GLOVER taufen...«

Sie unterbrach mich scharf. »Mary Glover? Sagtest du Mary Glover?«

»Ja. Kennst du eine Mary Glover?«

»Nein, aber ich habe in London einen Vetter zweiten Grades, der eine Glover geheiratet hat. Das will natürlich nichts besagen. Erzähl weiter!«

»Ob du es glaubst oder nicht, Annabelle, Drake Turner kam später zu mir, um sich für sein schlechtes Benehmen zu entschuldigen. Er mußte zugeben, daß meine Entscheidung richtig gewesen war...«

Ich wurde durch die Ankunft der drei Gäste unterbrochen. Sie plauderten lebhaft miteinander wie alte Freunde. Ich fragte mich, ob auch Turner Komödie spielte oder ob ihm die Masons tatsächlich sympathisch waren. Zuzutrauen wäre es ihm; auch er war ein Mensch, der keine Rücksicht kannte, wenn er sein Ziel erreichen wollte.

Aber was war letztlich sein Ziel? Die Raven-Linie? Oder ich? Betrachtete er mich als eine Beute, die er in seinen Besitz bringen wollte, wie alles andere, was seinen Gefallen fand?

Jedenfalls beschloß ich, ihn nicht merken zu lassen, wie sehr der Zwischenfall auf dem Moor mich erregt hatte. Ich tat so, als wäre zwischen uns nichts vorgefallen und behandelte ihn nicht anders als sonst.

Das Essen verlief einigermaßen friedlich, bis sich Seth Mason nach dem Hausherrn erkundigte. »Ich habe Mr. Trelawney in letzter Zeit nicht zu Gesicht bekommen.«

»Peter hat meinem Sohn erzählt, daß Mr. Trelawney verreist ist«, fügte Ella hinzu.

Bevor mich jemand hindern konnte, sagte ich scharf: »Mr. Trelawney ist in New York. Er bemüht sich um den Nachweis, daß Sie beide Schwindler und Betrüger sind.«

Eisiges Schweigen.

Annabelle schüttelte warnend den Kopf, und ich sah, daß auch Drake Turner mir einen mißbilligenden Blick zuwarf. Ella betrachtete mich mit unverhohlenem Haß.

Nur ihr Bruder fand zu seiner gräßlichen Jovialität zurück. »Ich fürchte, seine Reise wird fruchtlos verlaufen«, meinte er liebenswürdig.

Darauf wandten sich alle wieder schweigend dem Nachtisch zu. Ich erhob mich brüsk. »Ich bitte um Entschuldigung, aber ich habe meine Neffen noch nicht begrüßt.«

Damit rauschte ich aus dem Zimmer, überzeugt, daß niemand mich sonderlich vermissen würde.

Timothy schlief schon, aber Peter empfing mich mit ehrlicher Freude, speziell, als ich ihm vorzulesen versprach. Er war entzückt, daß ich soviel Geduld aufbrachte, ihm aus verschiedenen Büchern vorzulesen. Ich hatte vor, so lange im Kinderzimmer auszuhalten, bis die Gäste das Haus verlassen hatten. Ich wollte mir die gemeinsame Heimfahrt mit Turner und den Masons ersparen.

Peter war schon etwas schläfrig geworden, aber er wollte noch die Geschichte vom Blauen Soldaten hören. »Aber das Buch ist nicht hier, ich hab' es unten in der Bibliothek gelassen.«

»Das macht nichts, ich werde es holen.«

Als ich auf der Treppe war, hörte ich den Kies unter den Rädern des schweren Wagens knirschen. Durch ein Fenster sah ich, wie er davonfuhr. Zufrieden betrat ich die Bibliothek.

Ich fand das Buch nicht gleich. Nun, Peter war nicht sehr ordentlich, und ich begann es überall zu suchen, auch unter den Kissen, die auf den Sesseln lagen. Das Buch war unter das Sofa geglitten. Ich mußte mich tief bücken, um es hervorzuholen.

In diesem Moment hörte ich, daß Menschen ins Zimmer kamen. Und ich hörte Drake Turner fragen: »Mrs. Trelawney, auf welche Weise kamen Lord Raven und sein Sohn ums Leben?«

Ich blieb wie versteinert hocken. An sich hätte ich mich aufrichten müssen und sie wissen lassen, daß sie nicht allein in der Bibliothek waren. Statt dessen wagte ich kaum zu atmen, um mich nicht zu verraten.

Annabelle zögerte etwas, ehe sie erwiderte: »Ein Brand im Schloß. Aber das wissen Sie sicher, es stand in allen Zeitungen.«

»Natürlich. Aber ich möchte gerne alle Einzelheiten kennen. Die Zeitungsnotizen waren kurz, und es gab allerhand Gerüchte.«

»Wenn Sie so neugierig sind, warum fragen Sie nicht Nora selbst?«

»Mrs. Trelawney, selbst ein gefühlloser Barbar wie ich, würde das nie über sich bringen. Bitte erzählen *Sie* mir doch, was damals geschehen ist.«

»Also gut«, sagte Annabelle schließlich.

Ich wollte schreien NEIN, aber kein Laut kam über meine Lippen, und ich verharrte wie angewurzelt in meiner Lage.

»Nora war an diesem Tag in Plymouth beim Zahnarzt. Die Dienerschaft befand sich im Seitentrakt, um die Hochzeit eines Lakaien mit einem Zimmermädchen zu feiern. So blieben schließlich nur drei Personen im Hauptgebäude: Mark, sein Sohn und Gabriels Kindermädchen, Miß Bridges.

Später behauptete Miß Bridges, jemand hätte eine Nachricht unter die Tür des Kinderzimmers geschoben. Mrs. Harkins sei zurückgekommen und wünsche sie sofort in der Küche zu sehen. Miß Bridges war etwas erstaunt, aber da das Baby schlief, lief sie in die Küche hinunter. Mrs. Harkins war nirgends zu sehen. Und als sie zurückkam, drang Rauch aus dem Kinderzimmer. Sie schrie um Hilfe und holte Mark aus seinem Studio. Er schickte sie fort, um die Dienerschaft zu holen, und versuchte, seinen Sohn zu retten.«

Annabelles Stimme zitterte, als sie fortfuhr: »Er hätte es nicht tun sollen. Es war bereits zu spät. Aber er stürzte in das brennende Zimmer und zahlte dafür mit seinem Leben.«

Nach einem Moment des Schweigens fragte Turner: »Und diese merkwürdige Nachricht...?«

»Sie war in Eile hingekritzelt, und man nahm an, Miß Bridges hätte sie später selbst geschrieben, damit man ihr keinen Vorwurf machen könne.«

»Das klingt aber nicht sehr plausibel. An sich hatte sie keinen Grund, das Kind allein zu lassen...«

»Vielleicht wollte sie sich ein Buch holen oder eines von Noras Kleidern anprobieren. Wer weiß...? Nach dem Brand geriet sie offensichtlich in Panik und versuchte sich irgendwie zu entlasten. Niemand sonst hat sich in der Nähe befunden. Damon und ich sind im Schlößchen gewesen und haben es nicht verlassen. Der Konstabler hat alle Personen stundenlang verhört, sogar mich.«

»Aber irgendwie muß das Feuer entstanden sein.«

»Man nimmt an, daß Gabriel in Miß Bridges' Abwesenheit aufgewacht ist. Sein Lieblingsspielzeug war ein roter Ball. Er hat den Ball wohl aus seinem Bett geworfen und dabei die Lampe umgestoßen. Das Feuer konnte schließlich gelöscht werden, bevor es weiter um sich griff, und in den Trümmern fand man die Scherben der Lampe auf dem Boden.«

»Wie schrecklich! Kein Wunder, daß Nora...«

»Jetzt werden Sie verstehen, warum sie die Räume verschlossen hält. Sie macht sich schreckliche Vorwürfe. Noch während der Trauerfeierlichkeiten wiederholte sie immer wieder: ›Wäre ich zu Hause gewesen, wären die beiden noch am Leben.‹ Nachdem das Kinderzimmer wiederhergestellt war, bestand sie darauf, Gabriels Spielzeug an seinem Platz zu lassen. Sie verschloß eigenhändig die Tür und gestattet niemand, sie zu öffnen.«

In diesem Moment konnte ich mich nicht länger beherrschen. Ich schlug die Hände vors Gesicht und begann fassungslos zu schluchzen.

Ich hörte einen Ausruf der Überraschung und Schritte, die auf mich zueilten. Eine starke Hand richtete mich auf, und ich ließ mich in Arme fallen, die mich bereitwillig aufnahmen. Da ich wußte, daß es Drake Turner war, hielt ich meine Augen krampfhaft geschlossen, so als wäre ich nicht ganz bei Bewußtsein.

»O Nora, es tut mir so leid«, hörte ich Annabelle rufen. »Hätte ich gewußt, daß du hier bist...«

Dann schwanden mir die Sinne. Was ich für eine Finte gehalten hatte, wurde Wirklichkeit. Ich verlor das Bewußtsein...

Flammen umzingelten mich. Rauch drohte mich zu erstikken. Es knisterte und knackte. Die gräßlichen Geräusche des Feuers schreckten mich auf, ließen mich erwachen.

Mein Herz schlug dröhnend, ich war schweißgebadet. Doch ich saß aufrecht in meinem Bett, nirgends brannte es, in meinem Schlafzimmer war es ruhig und dunkel.

Ich hatte nur eine vage Erinnerung an das, was geschehen war, nachdem mich Turner aus Annabelles Bibliothek getragen hatte. Eine wilde Heimfahrt, Fenners Bemühungen, mich zu entkleiden, der Schlaftrunk, den sie mir verabreicht hatte...

Ich hatte Angst davor, wieder einzuschlafen, denn ich wußte, der Alptraum, der mich schon so oft gepeinigt hatte, würde wiederkommen. Die Szenen der Schreckensnacht, die Annabelle so lebhaft geschildert hatte, würden sich nicht so schnell aus meinen Vorstellungen bannen lassen.

Ich kämpfte mit dem Schlaf, zwang mich aber aufzustehen. Ich fand in der Dunkelheit meinen Schlafrock und die Lampe, die ich mit unsicheren Fingern anzündete. Ich wankte auf den Korridor hinaus. Kälte durchdrang mich; ich hatte vergessen, Pantoffeln anzuziehen. Doch ich ging weiter, ich konnte es kaum erwarten, mein Ziel zu erreichen.

Als ich am Grünen Zimmer vorbeiging, sah ich Licht unter der Türschwelle. Arbeitete Drake Turner noch so spät nachts? Allerdings hatte ich keine Ahnung, wieviel Uhr es war.

Jedenfalls glitt ich auf meinen nackten Füßen lautlos vorbei wie ein Geist.

Dann durchquerte ich die Galerie und stand schließlich dort, wo ich hinwollte: vor Marks Bild.

Wie sehr ich ihn vermißte! Ich starrte auf das Gemälde, und sein Blick, den mein Vater so treffend wiedergegeben hatte, war auf mich gerichtet. Mark, ich war in deinen letzten Minuten nicht bei dir! Was hast du empfunden, als du dich dem Tod so nahe fühltest? Hast du Gabriels Namen gerufen, als du dich in die Flammen gestürzt hast?

Die Lampe zitterte in meiner Hand, ich stellte sie auf ein Fensterbrett. Hilf mir, Mark! Alle raten mir, ich solle nicht dauernd an die Katastrophe denken, aber ich kann sie nicht aus meinen Gedanken verbannen. Ich trat zum Bild zurück, das jetzt, da es vom Licht der Lampe nicht mehr zur Gänze betroffen wurde, nur mehr zur Hälfte beleuchtet war. Die Braut war verschwunden, nur er, Mark, stand noch da und sah auf mich herab. Und ich hatte das Gefühl, sein bloßes Konterfei würde genügen, mir Stärke und innere Ruhe zu geben.

Plötzlich hatte ich das beunruhigende Gefühl, in der Galerie nicht allein zu sein.

Ich begann zu zittern. Das Licht der Lampe beleuchtete nur einen kleinen Teil der langgezogenen Halle. Der Rest lag im Dunkeln, und ich konnte den Eindruck nicht loswerden, daß dort jemand stand und mich beobachtete.

»Wer ist da?« rief ich mit unsicherer Stimme.

Keine Antwort. Nur das Echo meiner Stimme hallte vom Gewölbe wider.

»Egbert, ich weiß, daß du es bist«, rief ich. »Hör auf, mich zu erschrecken, und komm ans Licht.«

Wieder war nur das Echo meiner Stimme zu hören. Dann war es still, sehr still, und eine unfaßbare Angst überkam mich.

Plötzlich hörte ich ein Geräusch. Meine verwirrten Sinne konnten nicht gleich erkennen, was es war. Etwas rollte über den Steinboden und entpuppte sich, als es ins Lampenlicht kam, als ein kleines rundes Ding, das auf mich zukam und vor meinen Füßen stehenblieb.

Entsetzt fuhr ich zurück.

Es war ein Ball. Ein roter Ball. Das Lieblingsspielzeug meines Sohnes. Ich stieß einen Schrei aus. Dann begann ich zu laufen.

Ich rannte blindlings darauf los, ohne darauf zu achten, ob ich im Dunkeln an Ecken und Wände anstieß. In meinen Ohren pochte es. Hörte ich jemanden, der mich verfolgte, oder war es lediglich das Geräusch meines wild klopfenden Herzens?

Als ich aus der Galerie heraus war und um eine Ecke des Korridors bog, blendete mich plötzlich helles Licht und ließ mich abrupt innehalten.

»Nora? Was ist los? Was machen Sie hier, mitten in der Nacht?«

Es war Turners Stimme. Er nahm die Lampe beiseite, und ich konnte sein besorgtes Gesicht erkennen.

Ich konnte kaum sprechen. »Gabriel – in der Galerie . . .!«

Er runzelte die Stirn. »Versuchen Sie, ruhig zu bleiben, Nora. Erzählen Sie: Was haben Sie in der Galerie gesehen?«

Ich berichtete ihm, was geschehen war, aber meine Worte erschienen mir selbst ohne Sinn und Zusammenhang. Doch Turner lauschte sehr aufmerksam. »Wenn es Egbert gewesen ist, wird er es bereuen«, zischte er drohend. Dann faßte er mich am Arm. »Kommen Sie!« Er nahm meine kalte Hand und zog mich hinter sich her.

Er war fest entschlossen, den zu finden, der mich so grausam erschreckt hatte. Aber obwohl er die Galerie gründlich durchsuchte, während ich vor Kälte zitternd vor Marks Gemälde stand, fand er weder Egbert noch einen Ball.

Ich erkannte an seinem Blick, daß er mir mißtraute.

»Nein, nein, es war kein Traum«, beteuerte ich.

»Wann haben Sie diesen Ball das letzte Mal gesehen?« fragte er hart.

»Im – im Kinderzimmer. Auf dem Bett, wo er immer gelegen hat.«

»Wir werden nachsehen, ob er immer noch dort ist.«

Ich schüttelte wild den Kopf.

»Bitte kommen Sie mit mir, Nora«, bat er. »Wir müssen Gewißheit haben. Sie brauchen das Zimmer nicht zu betreten, wenn Sie nicht wollen.«

Widerstrebend folgte ich ihm den Korridor entlang. Doch vor der Türe des Kinderzimmers blieb ich stehen.

»Warten Sie hier«, flüsterte er.

»Ohne Schlüssel können Sie nicht hinein«, sagte ich mit schwacher Stimme.

Doch er griff unbeirrt nach der Türklinke, und zu meinem Erstaunen ließ sich die Tür mühelos öffnen.

»Interessant«, murmelte er.

Dann ging er in Gabriels Zimmer, und ich stand eine Weile, die mir wie eine Ewigkeit erschien, zähneklappernd vor der Tür.

Schließlich kam er wieder heraus. Er war sehr ernst. »In diesem Zimmer ist kein Ball«, sagte er.

11

Am nächsten Morgen gab es eine heftige Auseinandersetzung mit den Masons.

Ich beschuldigte Egbert ohne Umschweife, mir einen abscheulichen Streich gespielt zu haben, doch der Junge – wie nicht anders zu erwarten gewesen war – leugnete hartnäckig jede Schuld. Seine Mutter war empört, daß ich ihrem Liebling etwas Derartiges zutrauen konnte.

»Haben Sie auch nur den Schatten eines Beweises, Mrs. Gerrick?«

»Nein. Noch nicht. Aber bald werde ich einen haben. Ich

habe Mrs. Harkins gebeten, Egberts Zimmer zu durchsuchen, und ich bin sicher, sie wird den Ball finden.«

Ella Mason sprang auf. »Sie haben nicht das Recht, das Zimmer meines Sohnes durchsuchen zu lassen, als ob er ein gemeiner Dieb wäre.«

»Ich habe alle Rechte. Noch ist Schloß Raven mein Haus. Und was den Vorwurf des Diebstahls betrifft – die Tür zum Kinderzimmer, die stets verschlossen ist, ist gewaltsam aufgebrochen worden.«

»Das geht zu weit...«

»Reg dich nicht auf, Mutter«, sagte jetzt Egbert mit seiner Fistelstimme und musterte mich boshaft.« Ich bin kein Dieb, und ich habe nichts Unrechtes getan. Mrs. Harkins mag mein Zimmer bis zum Sankt-Nimmerleins-Tag durchsuchen, und sie wird nichts Belastendes finden können. Außer...«, fügte er grinsend hinzu – »außer Lady Ravens Abneigung gegen mich geht so weit, daß sie den Ball mit Absicht in mein Zimmer schmuggeln läßt.«

Jetzt war es an mir, empört zu reagieren. »Egbert – du wirst mir doch nicht zutrauen...«

Die eintretende Mrs. Harkins unterbrach mich mitten im Satz. Sie hatte das Zimmer durchsucht und nichts gefunden.

Seth Mason sah mich prüfend an. »Ein Phantom, das einen Ball rollen läßt, der später verschwindet. Halten Sie es nicht für möglich, Lady Raven, daß der Schmerz über den Tod von Gatten und Sohn Ihren Geist verwirrt hat?«

»Das möchten Sie wohl alle Welt glauben machen«, erwiderte ich zornig und kehrte ihm den Rücken. Die Atmosphäre im Haus war unerträglich, ich sehnte mich nach frischer Luft.

Ich umging die Stallungen und stieg den Hügel hinauf, der sich dort erhob. Als ich die Kuppe erreichte, atmete ich tief durch. Hier, im Schatten der alten Eichen, versuchte ich, meine verwirrten Gedanken zu ordnen und meine Ruhe wiederzufinden.

Da hörte ich Stimmen.

Ich trat an den Rand der Waldung und blickte hinunter. Ich wurde Zeuge eines Idylls, das ich im ersten Moment für eine Zusammenkunft zweier Liebender hielt.

Dann mußte ich zu meinem Erstaunen feststellen, daß es sich um Damon und Miß Best handelte.

Damon lag im Gras, sein Kopf war auf Miß Bests Schoß gebettet. Sie saß auf ihrem Mantel, ihr Haar war losgemacht und fiel offen über ihre Schultern. Und mit der rechten Hand strich sie zärtlich über Damons Lockenkopf.

»Und dann«, fragte sie, »was ist dann geschehen?«

Mit einemmal verkrampften sich Damons Züge, die bis dahin entspannt gewesen waren. »Ich – ich weiß es nicht, ich kann mich nicht erinnern.« Abrupt sprang er auf. »Quäl mich nicht, du sollst mich nicht quälen. Zwing mich nicht, mich daran zu erinnern.«

Mit diesen Worten griff er nach seinem Gewehr, das neben ihm im Gras lag, und lief davon.

Miß Best sah ihm nachdenklich nach. Dann begann sie ihr Haar aufzustecken. Ich wartete, bis sie die letzte Haarnadel plaziert hatte, dann lief ich den Hügel hinunter und begrüßte sie.

Sie war keineswegs betroffen, mich zu sehen. Ohne eine Spur von Schuldbewußtsein erwiderte sie meinen Gruß.

»Und wo ist Damon?« fragte ich.

»Er war hier, er ist gerade gegangen«, antwortete sie. »Ich fürchte, ich habe ihn außer Fassung gebracht.«

Ich tat erstaunt. »Außer Fassung –?«

Sie nickte. »Manchmal, wenn wir ungestört sind, versuche ich seine Erinnerungen zu wecken, die von einem bestimmten Zeitpunkt an blockiert sind.«

»Ist es nicht besser, ihn vergessen zu lassen, was in Indien geschehen ist.«

»Nein, das glaube ich nicht. Auch die katholische Kirche glaubt daran, daß eine Beichte die Seele erleichtern kann, und moderne Ärzte sind der Ansicht, daß eine Wunde, die eine schreckliche Erinnerung geschlagen hat, heilen kann, wenn der Patient über sie zu sprechen bereit ist.«

»Und haben Ihre Bemühungen Erfolg?« wollte ich wissen.

Ein Schatten fiel über ihr hübsches Gesicht.

»Nein. Bis heute weigert sich Damons Geist, die selbsterrichtete Barriere zu überwinden. Aber ich bin ihm sehr zugetan, und ich gebe nicht auf.«

Ihre Worte gaben mir zu denken. Man hatte mir allgemein geraten, meinen Kummer zu begraben und zu versuchen, das Geschehene zu vergessen. Miß Best schien anderer Meinung zu sein.

Ich setzte mich an ihre Seite ins Gras. »Halten Sie es für möglich, Miß Best, daß jemand aus Kummer den Verstand verliert?«

»Was für eine Frage, Mylady! Sehen Sie nur Damon an!«

»Gestern nacht ist etwas geschehen, was mich an meinem eigenen Verstand zweifeln läßt. Und Mr. Mason hat diesen Verdacht offen ausgesprochen.«

Sie schaute mich erschrocken an. »Um Gottes willen, Lady Raven...«

»Bitte hören Sie mir zu!« Und ich berichtete ihr, was sich zugetragen hatte.

Sie überlegte eine Zeitlang, dann sagte sie: »Sie können völlig beruhigt sein, Mylady. Es kann sich um keine Halluzination gehandelt haben. Mr. Turner hat doch selbst gesehen, daß die Tür zum Kinderzimmer aufgebrochen und der Ball gestohlen worden ist. Jemand hat versucht, Sie zu erschrekken, und ich fürchte, es ist ihm nur allzugut gelungen.« Und mit tröstendem Lächeln fuhr sie fort: »Sie sind eine sehr willensstarke Frau, Lady Raven, und Sie verfügen über einen gesunden Menschenverstand, um den ich Sie stets beneidet habe. Ich gestatte mir, Ihnen einen Rat zu geben. Wenn jemand wieder an der Klarheit Ihres Verstandes zweifelt, lachen Sie ihm einfach ins Gesicht!«

Ich fühlte mich unendlich erleichtert. Ich hatte nicht nur meinem Herzen Luft gemacht, wie es die modernen Ärzte rieten, sondern auch von berufener Seite eine Selbstbestätigung erhalten, die mich meine Umwelt mit neuen Augen sehen ließ.

Aber mein neugewonnenes Selbstvertrauen sollte noch am selben Tag auf eine harte Probe gestellt werden. Das hing mit Egberts Verschwinden zusammen.

Es begann mit einem der üblichen Geplänkel zwischen den Masons und mir. Als ich heimkam, saßen sie mit Drake Turner am Teetisch und aßen Sandwiches und die köstliche französische Patisserie, die Antoine so delikat zuzubereiten verstand.

Mir fiel auf, daß Egbert nicht zugegen war, der sich sonst als erster auf die Leckerbissen zu stürzen pflegte. Aber ich war froh, ihn nicht sehen zu müssen.

Ich nickte kurz nach allen Richtungen, dann setzte ich mich und goß mir Tee ein.

»Guten Tag, Lady Raven«, sagte Seth Mason in seinem jovialen Ton, den ich nicht ausstehen konnte. »Ich hoffe, Sie sind in besserer Laune als heute morgen.«

»Haben Sie in der Zwischenzeit auch mein Zimmer und das meines Bruders durchsuchen lassen?« fragte Ella spöttisch, »um einen lächerlichen roten Ball zu finden?«

»Ich hielt es für überflüssig«, erwiderte ich scharf. »Wer auch immer mir diesen Streich gespielt hat, ist zu schlau, um sich dabei ertappen zu lassen.«

Drake Turner lächelte. Unsere Wortgefechte schienen ihn zu amüsieren. Aber ich konnte ihnen beim besten Willen keinen Humor abgewinnen.

»Ich habe vorhin Damon Gerrick über das Moor wandern gesehen«, meldete sich jetzt Seth Mason. »Da er doch den Titel von seinem Bruder geerbt hat, frage ich mich, warum nicht *er* auf Schloß Raven wohnt, sondern Sie.«

»Wir wollten es vermeiden, ihn von seiner Schwester zu

trennen, die er über alles liebt. Außerdem ist er durch seine Krankheit außerstande, den Familienbesitz zu verwalten.«

Er lächelte freundlich. »Man könnte auch sagen, daß Sie ihn seines Geburtsrechts berauben. Und dabei klagen Sie uns an, das gleiche mit Ihnen zu tun.«

Ich stellte meine Teetasse so hart auf die Tischplatte, daß die heiße Flüssigkeit überschwappte. »Wählen Sie Ihre Worte, Mr. Mason. Ich beraube niemanden. Sowie Damon Gerrick wieder bei klarem Verstand ist, wird er Herr über sein Erbe sein.«

Wie so oft versuchte Turner dem Streit ein Ende zu bereiten, indem er das Gespräch auf ein anderes Thema lenkte. Er blickte auf seine Uhr und sagte: »Ich wundere mich, wo Egbert bleibt. Er erscheint stets pünktlich zu den Mahlzeiten.«

»Er muß sich in der Zeit geirrt haben«, vermutete sein Onkel.

»Wahrscheinlich«, sagte Ella. Aber als der Nachmittag zu Ende ging und es dunkel wurde, wurde sie unruhig. Sie begann ihren Sohn im ganzen Haus zu suchen.

Ich hatte mich in mein Zimmer zurückgezogen und begonnen, im Schein der Lampe an meinem Manuskript zu arbeiten, als ich sie laut seinen Namen rufen hörte. Ihre schrille Stimme war unverkennbar. »Egbert! Egbert!« Sie lief durch die Korridore und rief nach ihrem Kind.

Unter diesen Umständen konnte ich nicht in Ruhe arbeiten. Ich erhob mich und eilte auf den Gang hinaus. Dort erwartete mich Drake Turner. Er war sehr ernst.

»Egbert ist verschwunden.«

Ich zuckte die Achseln. »Vielleicht hat er sich irgendwo versteckt.«

»Nein, nein. Solche Kapriolen liegen nicht auf seiner Linie. Außerdem haben wir das ganze Haus durchsucht. Er ist nicht im Schloß. Und draußen ist es bereits dunkel.«

Am liebsten wäre ich an meinen Schreibtisch zurückgekehrt, mit der Hoffnung, den schrecklichen Jungen nie wiedersehen zu müssen. Doch immerhin, es handelte sich um ein Kind, das in Gefahr sein mochte. Und als Herrin des Hauses war ich mir meiner Verantwortung bewußt. Ich handelte schnell und entschlossen. Ich ließ Fenner kommen und beauftragte Mrs. Harkins, die gesamte Dienerschaft in der Bibliothek zu versammeln.

Dort saßen die Masons, Seite an Seite. Diesmal lächelte Seth Mason nicht. Ella glich einer Marmorstatue. Regungslos starrte sie zum Fenster hinaus, in das Dunkel der angebrochenen Nacht. In der Entfernung waren weißliche Schwaden zu sehen, Nebel war aufgezogen.

Dann erschien Mrs. Harkins mit den Lakaien und den Mägden. Ich sprach zu ihnen wie ein General zur versammelten Truppe.

»Der kleine Egbert ist verschwunden«, begann ich. »Hat einer von euch ihn gesehen?«

Die Leute sahen einander ratlos an, sie schwiegen. Schließlich meldete sich eines der Hausmädchen.

»Als ich aus dem Garten kam, hab' ich den Jungen gesehen. Er ist an den Stallungen vorbeigelaufen. Zum Hügel, glaube ich. Aber das war vor Stunden, gleich nach dem Lunch.«

»Und wer hat ihn seither gesehen?«

Achselzucken, Gemurmel. Aber keine Antwort. Seit Mittag hatte niemand Egbert gesehen.

Ich mußte mich dem Ernst der Situation gewachsen zeigen. Meine Befehle waren klar und eindeutig. Mrs. Harkins und die Mädchen sollten das Haus nochmals vom Keller bis zum Dach durchsuchen. William sollte zum Schlößchen reiten, ob er nicht vielleicht dorthin gegangen war, zu Peter und Timothy. Die Männer sollten Laternen holen und den Park absuchen. Einige, die das Gelände gut kannten, sollten sich auf das Moor hinauswagen und Lichtzeichen geben und rufen.

Ich ließ mir meine Orders bestätigen, dann entließ ich die Dienerschaft. Die Masons sagten nichts; sie fanden kein Wort des Dankes für meine Bemühungen. Damit hatte ich auch nicht gerechnet. Ich sah Drake Turner an. Er hatte seinen fragenden Blick auf mich gerichtet.

Ich konnte seine Gedanken erraten. »Ich habe nicht die Abtei vergessen, Mr. Turner. Sie werden mit mir St. Barnabas durchsuchen.«

Er nickte. »Der Platz muß für ein Kind sehr anziehend sein.«

Er hatte recht. Die Trümmer der Abtei besaßen für Kinder eine magnetische Anziehungskraft. Man hatte Peter und Timothy streng verbieten müssen, in die Nähe der Ruine zu gehen. Denn der Platz war gefährlich, die morschen Mauern stürzten oft ohne sichtlichen Anlaß ein, und ein Kind aus dem Dorf war einmal von ihnen erschlagen worden, als es die Ruinen auskundschaften wollte.

Doch davon sagte ich nichts, um die Masons nicht in Panik zu versetzen. »Kommen Sie mit, Mr. Mason?« fragte ich.

Er schüttelte den Kopf, wie ich gehofft hatte.

»Ich glaube, ich mache mich besser nützlich, wenn ich hierbleibe und meine Schwester beruhige.«

Ich forderte ihn nicht nochmals auf, sondern verließ die Bibliothek. Turner kam mit mir. Wir holten Lampen und Mäntel, denn draußen war es unterdes stockdunkel geworden, und trotz der sommerlichen Tage konnten die Nächte ziemlich kalt werden.

Ich hätte den Weg zur Abtei auch im Dunkeln gefunden. Turner hielt sich dicht hinter mir.

»Ella ist keine gute Mutter«, sagte ich. »Ich hätte mein Kind in dieser Umgebung nicht ohne Aufsicht herumtoben lassen.«

»Ich bin sicher, sie hat heute ihre Lektion gelernt. Sie sollten sie nicht so schnell verurteilen.«

»Und Sie sie nicht so schnell verteidigen!«

Dann sprachen wir nicht weiter, bis wir die Abtei erreicht hatten. Vor uns tauchte eine niedrige Mauer auf. Dahinter ragte ein gewaltiger Bogen auf schwachen Stützen zum Nachthimmel.

»Das muß ein prächtiges Gebäude gewesen sein«, meinte Drake Turner.

»Es war der Sitz eines einflußreichen Ordens«, erklärte ich. »Aber die Mönche wurden getötet, als Heinrich der Achte die Klöster zerstörte. Die Zellen im Keller sind noch relativ gut erhalten, und im Dorf erzählt man sich, daß es geheime Gänge gibt, die durch die Hügel ins Freie führen.«

»Vielleicht haben sich einige Mönche auf diese Weise retten können«, murmelte er.

»Vielleicht hat Egbert einen solchen Ausweg gesucht und sich in den Gängen verirrt.«

Wir beschlossen, zuerst zwischen den Ruinen zu suchen und uns erst dann, wenn wir erfolglos blieben, in die Kellerräume zu wagen.

Wir stolperten über brüchiges Gestein und riefen den Namen des Jungen in alle Richtungen. Dann blieben wir still und lauschten, aber nichts ließ sich hören außer das Quaken der Frösche aus einem Tümpel.

Plötzlich stolperte ich über loses Geröll, das unter meinen Schritten nachgab. Ich schrie auf, aber bevor ich das Gleichgewicht verlor und meine Lampe fallen ließ, packte mich Turner am Arm und hielt mich mit eisernem Griff fest, bis ich wieder festen Boden unter den Füßen hatte.

»Alles in Ordnung?« fragte er.

»Ja. Danke.«

Ich mußte daran denken, wie ich zum erstenmal durch die Ruinen gewandert war, mit Mark an meiner Seite. Es war helles Tageslicht gewesen, aber er hatte mich von Anfang an am Arm gehalten.

»Es bleibt uns keine Wahl, Nora. Wir müssen in den Keller.«

Seine trockene Stimme brachte mich wieder auf den Boden der Tatsachen zurück. Es hatte keinen Zweck, in Erinnerungen zu schwelgen.

Das große schwarze Loch, das im Lampenlicht auftauchte, ließ mich erschauern. Es erinnerte an Kindheitsängste, an ein schauerliches Monster, das darauf wartete, daß man in sein Maul tappte, um verschlungen zu werden.

»Egbert«, rief ich, »Egbert.«

Täuschte ich mich, oder hatte ich eine schwache Stimme gehört? »Da hat jemand gerufen.«

»Ja. Eine Eule.«

Wir lauschten. Von dem Gemäuer über uns ertönten die dumpfen Rufe der Eulen, die jetzt bei Dunkelheit ihre Beutezüge begannen.

Durch die Keller der Abtei zu wandern, war wie ein Alptraum. Die roh behauenen Steine waren feucht und glitschig, es roch nach Moder, und immer wieder streiften Spinnweben das Gesicht. Manchmal huschte ein Schatten blitzschnell über den Weg. Es waren Ratten, große, eklige Tiere. Sie flohen vor uns, aber ich wußte, daß sie sich nur in Verstecke zurückzogen, um uns aus rotgeränderten Augen mißtrauisch zu beobachten.

Beinahe bedauerte ich, hierhergekommen zu sein. Doch das Bewußtsein, daß Drake Turner an meiner Seite war, gab mir etwas Mut.

»Egbert! Egbert!« Ich rief verhalten, aus Angst, ein Schrei könnte das Gewölbe über mir zusammenstürzen lassen.

Diesmal kam eine Antwort, unverkennbar, vom anderen Ende des Kellers. Und dann, als wir weitereilten, eine Kinderstimme: »Hilfe! Hilfe!«

Wir liefen in die Richtung der Stimme, so schnell wir konnten. Aber wir mußten vorsichtig sein, um nicht zu fallen und die Lampen zu zerbrechen, ohne die wir verloren gewesen wären.

»Egbert, wo bist du?«

»Hier!«

Die Stimme war jetzt ziemlich nahe. Wir bahnten uns den Weg durch umgestürzte Weinfässer.

»Er muß in einer der Zellen sein.«

Wir hatten jetzt die Reihe der Zellen erreicht, dunkle Löcher, kaum größer als ein Wandschrank, in denen die Mönche einst bestraft wurden oder Buße taten.

Egberts hysterische Hilferufe wurden immer lauter, und sie ließen uns schließlich den Platz finden, an dem er sich aufhielt.

Wir standen vor einer Zellentür. Es war eine Tür aus solidem Eichenholz, dem die verflossenen Jahre wenig geschadet hatten. In Mannshöhe befand sich eine schmale, vergitterte Öffnung. Turner griff nach dem großen verrosteten Riegel und schob ihn zurück. Ich hielt die Lampe hoch, und er riß die Türe auf. Der Junge kam herausgestürzt und klammerte sich an ihn.

In diesem Moment vergaß ich meine Abneigung gegen ihn. »Egbert, bist du in Ordnung?« Und ich versuchte, das schluchzende Kind an mich zu ziehen.

Doch er blickte mich so haßerfüllt an, daß ich zurückwich.

»Sie hat es getan!« schrie er.

Ich starrte ihn an, verwirrt. Ich wußte nicht, was er meinte.

Anklagend zeigte er mit dem Finger auf mich. »Sie hat mich hier eingesperrt. Sie wollte, daß ich hier sterbe.«

Jetzt erst verstand ich, was er überhaupt sagen wollte. Jemand mußte, während er in der Zelle war, die Tür zugeschlagen und den Riegel vorgeschoben haben. Die Idee, daß ich es gewesen wäre, schien mir so absurd, daß ich ihr im Moment keine Beachtung schenkte. Aber irgendwer mußte es gewesen sein. Wer...?

Wortlos machte ich kehrt, hob meine Lampe und führte Drake und den Jungen aus dem Keller. Egberts Anschuldigung hatte mich derart schockiert, daß mir weder die Spinnweben noch die Ratten Angst einjagen konnten.

Den Weg zum Schloß legten wir schweigend zurück.

Als Ella Mason ihren Sohn erblickte, zeigte sie zum erstenmal, seit ich sie kannte, Zeichen einer Gefühlsbewegung. Sie lief auf ihn zu und umarmte ihn, als wolle sie ihn nie wieder loslassen.

»Egbert, wo bist du gewesen?« fragte sein Onkel streng. »Wir haben uns zu Tode geängstigt.«

»Wir fanden ihn in den Ruinen der Abtei«, erklärte ich, »in einer der Zellen ...«

»Eingeschlossen«, fügte Drake Turner hinzu.

»Eingeschlossen ...?«

»Ja«, schrie Egbert mit schriller Stimme. »Und Lady Raven hat es getan. Sie haßt mich. Sie wollte mich dort verhungern lassen ...«

»Das ist eine Lüge, eine verdammte Lüge«, entgegnete ich.

Die Masons starrten mich an.

»Es ist die Wahrheit«, beteuerte Egbert. »Als ich in die Zelle geschaut habe, stand plötzlich jemand hinter mir, blies die Kerze aus und stieß mich hinein. Als ich hinausgehen wollte, fand ich die Tür von außen verschlossen. Ich hatte solche Angst ...!«

Ella ging zwei Schritte auf mich zu. »Sie haben versucht, meinen Sohn zu ermorden.« Ihre Stimme klang leidenschaftslos, aber der kalte Haß, der aus ihr sprach, ließ mich erschauern.

»Wenn das wahr ist, Lady Raven«, sagte Seth langsam, »werden Sie dafür büßen müssen.«

»Ich weigere mich, weiter darüber zu sprechen«, unterbrach ich ihn.« Diese Beschuldigung ist so lächerlich, daß sie keine Antwort verdient.«

»Das Motiv wäre jedenfalls klar«, sagte Ella schneidend. »Mit Egberts Tod wäre der sechste Earl of Raven aus dem Weg geräumt.«

Das Wortgefecht wurde so hitzig und die gegenseitigen Anschuldigungen so heftig, daß mir gar nicht auffiel, daß Drake Turner während der ganzen Zeit kein Wort gesprochen hatte. Später erst kam mir zum Bewußtsein, daß er schweigend dagestanden und überlegt hatte.

Annabelles Kommen machte dem Tumult ein Ende. Auch sie umarmte den Jungen und gab ihrer Freude Ausdruck, daß er unversehrt gefunden worden war. Als sie hörte, daß ihn jemand in einer Zelle eingeschlossen hatte, rang sie entsetzt die Hände. Aber natürlich glaubte sie keinen Augenblick, daß ich es gewesen sein könnte. Sie wies die Beschuldigungen der Masons entschieden zurück.

»Meine Schwägerin würde so etwas nie tun, und diese Zumutung ist eine Beleidigung. Außerdem kann sie es gar nicht gewesen sein, sie ist den ganzen Nachmittag nicht in der Nähe der Abtei gewesen.«

Diesmal mischte sich Drake Turner ein. »Woher wissen Sie das so genau, Mrs. Trelawney?«

»Weil ich selbst dort gewesen bin, Mr. Turner. Mit einer Staffelei und einem Hocker. Ich machte Skizzen von der Ruine, mit Wasserfarben. Ich habe Egbert gesehen, der dort spielte, aber sonst niemanden.«

Die Masons hüteten sich, Annabelle zu widersprechen; ihre Freundschaft war ihnen zu wichtig. Und Egbert bestätigte, daß er Annabelle gesehen hatte, wie sie die zerfallene Abtei malte.

Die Mason-Familie stammelte Entschuldigungen und verdrückte sich. Auch Annabelle ging. Sie hatte ihre Dienerschaft ebenfalls ausgeschickt, das Kind zu suchen, und beeilte sich, ihre Leute zurückzurufen.

Ich ließ mich in den nächsten Sessel fallen und atmete tief auf.

»Gott sei Dank, die Sache ist vorbei.«

»Ist sie es wirklich?« fragte Turner.

Ich fuhr auf. »Wie meinen Sie das?«

»Egbert lügt nicht. Ich mußte den Riegel zurückschieben. Der Junge kann sich nicht selbst eingeschlossen haben.« Er schwieg einen Moment, dann fügte er hinzu: »Wer so etwas tut, ist bösartig und gefährlich. Und durchaus imstande, wieder zuzuschlagen.«

»Aber wer...?«

»Ich habe mir die Sache durch den Kopf gehen lassen. Und ich glaube zu wissen, wer es getan hat.«

Ich sah ihn an, mit klopfendem Herzen. »Wer...?«

»Derselbe«, erwiderte er mit ruhiger Stimme, »der den roten Ball aus dem Kinderzimmer gestohlen und vor Ihre Füße gerollt hat.«

12

Ende Juni verbrachte ich einige Tage in Plymouth. Pengelly hatte mich informiert, daß der Umbau der NANCY MALONE die erwarteten Fortschritte machte, aber es gab Entscheidungen, die er nicht ohne Zustimmung der Reeder treffen wollte. Ich konnte also nicht ablehnen, als Drake Turner mich lächelnd fragte, ob mir seine Begleitung genehm sei. Überflüssigerweise fügte er hinzu, daß mit Fenner als Anstandsdame alle Gebote der Schicklichkeit gewahrt werden würden.

Tagsüber war ich damit beschäftigt, das Schiff mit allem möglichen Komfort auszustatten. Ich ließ die Kabinen der ersten Klasse mit dem teuersten Rosenholz verkleiden und beauftragte Glasmaler, die Fenster des großen Salons mit Szenen der englischen Geschichte zu schmücken. Zu meiner Überraschung erhob Turner nie einen Einwand, selbst wenn die Kosten die des ursprünglichen Budgets überschritten. Im Gegenteil, er lobte meinen guten Geschmack und gab der Hoffnung Ausdruck, die LADY RAVEN würde einmal als Prunkschiff der britischen Passagierflotte gefeiert werden.

Meinte er es ironisch oder war es ihm ernst? Seine Züge blieben undurchdringlich wie immer. Doch ich traute dem Frieden nicht und hatte ihn im Verdacht, mit Freundlichkeit durchsetzen zu wollen, was ihm mit Feindseligkeit nicht gelungen war.

Die Abende verbrachte ich meist in meinem Hotelzimmer. Ich arbeitete an meinem Manuskript, oft bis spät in die Nacht. Doch so spät es auch wurde, nie hörte ich Drake, der im Nebenzimmer wohnte, heimkommen. Nach dem gemeinsamen Abendessen verabschiedete er sich und ging. Vermutlich hatte er eine Begleiterin gefunden, die amüsanter und entgegenkommender war als ich. Doch was ging es mich an, wo und wie er seine Nächte verbrachte?!

Als ich auf Schloß Raven zurückkehrte, begrüßte mich der Kater herzlich und Mrs. Harkins mit Zurückhaltung.

In meiner Abwesenheit hatte es zwischen ihr und Ella Mason eine häßliche Auseinandersetzung gegeben. Ella beharrte auf dem Standpunkt, die rechtmäßige Mrs. Gerrick zu sein, und kraft dessen stünde ihr eines der Mädchen als persönliche Bedienung zu. Als Mrs. Harkins sich weigerte, in meiner Abwesenheit einen entsprechenden Auftrag zu geben, wurde sie ausfallend und drohte sie zu entlassen, sowie sie als neue Schloßherrin etabliert sein würde.

Ich beruhigte die aufgeregte Frau und versprach ihr, die Angelegenheit sofort in Ordnung zu bringen. Was ich auch tat.

Die Familie Mason saß vollzählig in der Laube, trank Limonade und naschte von Antoines Patisserie. Bei meinem Eintreten erhob sich Seth vergnügt und schwenkte seinen Strohhut.

»Willkommen, Lady Raven. Ich hoffe, Ihr Aufenthalt in Plymouth verlief nach Ihren Erwartungen. Am liebsten wäre ich mitgekommen; ich wollte immer schon den Hafen besuchen, von dem aus meine Ahnen in die Neue Welt gesegelt sind, um der britischen Tyrannei zu entkommen.«

Ich ignorierte ihn einfach und wandte mich direkt an Ella. »Es steht Ihnen nicht zu, Miß Mason, ohne meine Einwilligung die Dienste einer Kammerzofe zu fordern. Noch sind Sie nicht die Herrin von Schloß Raven. Wie Sie wissen, haben die Anwälte mir geraten, Sie als Gast aufzunehmen, um nicht vorzeitig die Gerichte anrufen zu müssen. Das bedeutet aber nicht, daß ich verpflichtet bin, Sie wie einen Ehrengast zu behandeln.«

Alle drei waren über meinen Ausbruch ziemlich betroffen; um jedem möglichen Protest zuvorzukommen, verließ ich einfach die Laube und ging zu den Stallungen. Ein kurzer, aber scharfer Ritt über das Moor verbesserte meine Laune. Ich hatte meinem Herzen Luft gemacht und die frische, würzige Luft in Devonshire eingeatmet. Die Zukunft sah wieder rosiger aus.

Natürlich konnte ich nicht ahnen, was mich diesmal im Schloß erwartete.

Ich war durch den Hintereingang ins Haus gekommen und mußte auf dem Weg zur Treppe an Marks Studio vorbei. Statt schnell vorbeizugehen, wie ich es mir zur Gewohnheit gemacht hatte, blieb ich wie angewurzelt stehen.

Die Tür stand offen.

Meine erste Reaktion war Zorn. Wie konnte es jemand wagen, meinen strikten Befehl zu mißachten und das stets verschlossene Arbeitszimmer meines Mannes zu betreten?!

Ich stürmte in den Raum und starrte auf den Mann, der hinter dem Schreibtisch stand.

»Was tun Sie hier?«

Drake Turner antwortete nicht sofort. Dann sagte er: »Als ich vorhin vorbeikam, sah ich, daß die Tür nur angelehnt war.«

»Angelehnt...?« schrie ich. »Unmöglich. Ich habe das Studio eigenhändig abgeschlossen und den Schlüssel selbst verwahrt.«

Empört ging ich auf ihn zu. Das Zimmer war seit Monaten nicht gesäubert worden, und selbst mein nachschleifender Rock ließ eine Staubwolke aufwirbeln. Über dem Schreibtisch hing ein großes Gemälde von mir, das mein Vater gemalt hatte, als ich sechzehn Jahre alt gewesen war. Er hatte es DAS ALTER DER ERWARTUNG betitelt.

Irgend etwas auf dem Bild fiel mir auf; ich wußte nicht gleich, was es war. Ich trat näher, um das Gemälde besser in Augenschein zu nehmen.

»Nora –!« warnte mich Turner. Aber ich ließ mich nicht zurückhalten und trat ganz nahe heran.

Kaltes Entsetzen überlief mich. Das Bild hatte kein Gesicht. Meine Haare, meine Hände waren unversehrt geblieben. Aber jemand hatte mit einem scharfen Instrument mein Gesicht herausgeschnitten.

Ich stand wie erstarrt.

»Ich fand das Bild so vor, als ich ins Zimmer kam«, sagte Drake Turner.

Ich wandte mich ihm zu. Dabei fiel mein Blick auf die Schreibtischplatte, auf der dicker Staub lag. Was ich dort sah, war sogar noch schockierender als das verstümmelte Porträt.

In der Staubschicht waren deutlich lesbar drei Worte geschrieben: ›Nora muß sterben.‹

Ich drohte umzukippen, aber Turner war bereits hinter mich getreten, um mich zu stützen.

»Egbert...!« flüsterte ich. »Er haßt mich. Er glaubt, daß ich ihn umbringen wollte. Es muß Egbert gewesen sein...«

»Das war auch mein erster Gedanke«, sagte Turner mit ruhiger Stimme. »Aber Egbert kann es nicht gewesen sein. Als ich sah, was der Unhold angerichtet hatte, habe ich den Raum gründlich untersucht. Egbert ist nicht groß genug, um das Gesicht auf dem Gemälde erreichen zu können. Er hätte auf einen Stuhl steigen müssen. Aber auf allen Stühlen liegt gleichmäßig Staub. Es gibt keine Abdrücke.«

»Also ein Erwachsener«, murmelte ich. »Jemand ist hinter mir her. Jemand bedroht mich.« Ich holte tief Atem. »In dieser Gegend läßt sich leicht ein Unfall inszenieren. Ein Sturz vom Pferd – ein Verschwinden im Moor...«

»Es wird meine Aufgabe sein, Sie im Auge zu behalten, Mrs. Gerrick.«

Einen Moment lang beruhigten mich seine Worte. Hier war

ein Mann, der bereit war, für meine Sicherheit zu sorgen. Am liebsten hätte ich mich jetzt von ihm umarmen lassen, um die Kraft seiner Muskeln zu spüren und mich geschützt und geborgen fühlen zu können.

Doch vielleicht war es gerade das, worauf er wartete. Blitzartig kehrte mein altes Mißtrauen zurück. Und der Gedanke schoß mir durch den Kopf, er könnte alles selbst inszeniert haben, um mich in Angst und Schrecken zu versetzen und somit in seine starken Arme zu treiben.

Sofort verscheuchte ich diesen absurden Gedanken. Hauptverdächtige blieben natürlich die Masons, und das war auch Turners Meinung. Auf meine Bitte hin verwickelte er sie in ein unverfängliches Gespräch, um herauszubekommen, wo sie den Nachmittag verbracht hatten.

Sie gaben vor, Annabelle und den Kindern einen Besuch abgestattet zu haben. Danach wären sie, ohne das Haus zu betreten, gleich in die Laube gegangen.

Ein perfektes Alibi! Aber war es auch hieb- und stichfest? Ich beschloß, die Wahrheit herauszufinden, und ritt zum Schlößchen hinüber.

Meine Schwägerin empfing mich auffallend nervös. »Wie schön, daß du wieder zurück bist, Nora! Wie war es in Plymouth?« Und dann: »Hast du Damon und Miß Best gesehen?«

Ich schüttelte den Kopf. »Warum ...?«

»Nun, sie sind kaum mehr im Haus zu finden. Bei jeder Gelegenheit führt sie ihn ins Freie hinaus. Und dann bleiben sie stundenlang weg.«

»Und was mißfällt dir daran?« fragte ich aufmerksam.

»Mit seinen Pflegern war es anders, da blieb er meist in seinem Zimmer. Ich fürchte, sie läßt ihm zuviel Freiheit.«

»Vielleicht ist das Teil ihrer Therapie«, sagte ich vorsichtig. »Hat sich denn sein Zustand nicht gebessert, seit Miß Best hier ist?«

»Ja und nein. In ihrer Gegenwart benimmt er sich oft völlig

normal, lange Zeit hindurch. Aber ohne sie habe ich oft die Befürchtung, er würde wieder in den Zustand zurückfallen, als man ihn in die Anstalt bringen mußte. Aber verzeih meine Unhöflichkeit, Nora. Ich habe dich noch kaum begrüßt. Ich freue mich, daß du noch am Tag deiner Ankunft den Weg zu mir gefunden hast.«

»Ich bin aus einem ganz bestimmten Grund gekommen, Annabelle. Ich möchte wissen, ob die Masons hier gewesen sind.«

»Aber ja! Den ganzen Nachmittag.«

»Alle drei?«

Sie nickte. »Der Junge hat mit den Kindern gespielt. Das ist mir zwar nicht recht, aber wenn sein Onkel auf ihn aufpaßt...« Sie unterbrach sich und sah mich fragend an. »Aber warum willst du das so genau wissen?« Und nach einem weiteren Blick auf mich: »Ist wieder etwas vorgefallen...?«

»Ja.« Ich setzte mich, und nach einem kurzen Anlauf erzählte ich ihr von dem zerschnittenen Bild und der in den Staub geschriebenen Drohung.

Annabelle war derart betroffen, daß sie – was selten vorkam – keine Worte fand. Es dauerte eine ganze Weile, ehe sie imstande war, das Geschehene mit mir zu diskutieren.

»Ich glaube natürlich nicht, daß jemand dich wirklich umbringen will, Nora. Ich vermute eher, daß man dich so weit bringen will, daß du das Schloß verläßt.«

»Ganz meine Meinung. Deshalb hatte ich auch die Masons in Verdacht.«

»Aber wenn es nicht die Masons gewesen sind...«

Sie sprach nicht weiter. Unsere Blicke kreuzten sich. Dann sagte sie leise: »Du glaubst doch nicht, daß er...«

»Ich weiß nicht, was ich glauben soll...«

»Colin hat mich vor ihm gewarnt. Und jetzt, nach diesen merkwürdigen Begebenheiten... Er will sich die Raven-Linie einverleiben, um jeden Preis. Und wenn dir etwas zustößt...«

»Jetzt bist du nicht logisch, Annabelle«, machte ich sie aufmerksam. »Im Falle meines Todes würde mein Anteil doch meinem Erben zufallen.«

»Ja, das ist richtig«, sagte sie lebhaft. »Und ich würde niemals zulassen, daß Peter...«

Sie hielt erschrocken inne, und ihre Wangen verfärbten sich. Doch sie konnte das Gesagte nicht mehr zurücknehmen.

Ich schaute sie durchdringend an. Und Annabelle, die sich sonst aus jeder Situation durch geschicktes Lügen herauswinden konnte, sah schuldbewußt zu Boden.

»Annabelle – woher weißt du, daß ich Peter zu meinem Erben bestimmt habe?«

Sie wußte, daß sie mich diesmal nicht durch einen unschuldigen Augenaufschlag entwaffnen können würde. So gestand sie kleinlaut: »Als ich zu dir gekommen bin, Nora, um dich zu Peters erstem Sprung einzuladen – nun, du gingst, um deinen Mantel zu holen und hast dein Tagebuch offen liegenlassen. Deine geheimen Aufzeichnungen haben mich immer schon neugierig gemacht, und so konnte ich es nicht lassen, einen Blick auf die begonnene Seite zu werfen. Eigentlich wollte ich wissen, ob du etwas über mich geschrieben hattest. Oder über Colin...«

Sie sprach nicht weiter. Anscheinend hatte sie das Gefühl, daß sie, je mehr sie sich verteidigte, sich verraten würde. Doch auf meinen prüfenden Blick mußte sie reagieren, und so umarmte sie mich und sagte: »Ich finde es wundervoll von dir, daß du Peter bedacht hast. Aber du hättest es mir doch sagen können. Warum die Geheimnistuerei...?«

»Nun, ich wollte nicht, daß du Peter noch mehr verwöhnst.« Ich war um einen strengen Ton bemüht, obwohl mir gleichgültig sein konnte, wieviel Annabelle von meinem Testament wußte. »Vergessen wir die Sache. Ich möchte kein Wort mehr darüber verlieren.«

Das war ganz in ihrem Sinne, und sie begann sofort das Gespräch wieder auf Drake Turner zu bringen. »Aber wenn er der Schuldige ist, muß es doch einen Grund für sein Verhalten geben. Vielleicht will er dich für unzurechnungsfähig erklären lassen, um dir durch einen Gerichtsbeschluß das Mitbestimmungsrecht über die Reederei zu entziehen.«

»Das ist ein bißchen weit hergeholt, Annabelle.« Unwillkürlich plauderte ich mehr aus, als ich mir vorgenommen hatte. »Nichts in seinem Benehmen deutet darauf hin.« Und ich erzählte ihr, wie er mir im Moor seinen Kuß aufgezwungen hatte.

Das war Wasser auf Annabelles Mühle. Liebesgeschichten besaßen einen unwiderstehlichen Reiz für sie. Allerdings erstaunte mich, daß sie nicht im mindesten überrascht war.

»Ich habe dir doch schon gesagt, daß er solche Absichten hat.«

»Was für Absichten...?«

»Verstehst du denn nicht? Wenn die Gewaltmethode nicht verfängt, versucht er eben auf andere Weise, die Raven-Linie in seinen Besitz zu bekommen.«

»Indem er mich küßt...?« fragte ich verständnislos.

Annabelle schüttelte den Kopf über meine Naivität. »Wenn du seine Frau wirst, fällt ihm dein Anteil automatisch zu.«

Auf diese Idee wäre ich nie gekommen. Schlaue Annabelle! Sie fand sich im Spinngewebe von Intrigen besser zurecht als ich.

Als ich auf Schloß Raven zurückkehrte, hatte ich einen Entschluß gefaßt. Ich war es müde, einen Zweifrontenkrieg zu führen: gegen die Masons und gegen Drake Turner zur gleichen Zeit. Ich war entschlossen, mich wenigstens teilweise zu entlasten. Drake Turner mußte aus meinem Leben verschwinden, egal welchen Preis ich dafür zahlen mußte.

Ich fand ihn in der Bibliothek. Bei meinem Eintreten erhob er sich mit kühler Höflichkeit. Das war genau, was ich für die kommende Unterredung erhoffte: kultivierten Abstand.

»Ich habe mit Ihnen zu reden, Mr. Turner.«

»Ich höre, Mrs. Gerrick.«

»Ich habe Ihnen ein überraschendes Angebot zu machen, das Sie zweifellos zufriedenstellen wird.« Und als er mich fragend ansah, fügte ich kurz und bündig hinzu: »Ich bin gewillt, Ihnen meinen Anteil an der Raven-Linie zu verkaufen.«

Im ersten Moment konnte er sein Erstaunen kaum verbergen. Doch gleich darauf beäugte er mich mißtrauisch. »Ein unvermuteter Entschluß! Darf ich Ihre Gründe für den plötzlichen Umschwung erfahren?«

Natürlich konnte ich ihm nicht die Wahrheit sagen. Aber ich hatte mir eine Antwort zurechtgelegt. »Ich möchte mich auf das Schreiben von Romanen konzentrieren können. Die Arbeit eines Schriftstellers gestattet keine Ablenkung. Die Mitarbeit an der Leitung einer Reederei kostet zuviel Zeit; sie hemmt mich in meiner künstlerischen Entfaltung.«

Leere Worte, die ihn nicht zu überzeugen vermochten. »Bisher hat Sie das nicht im mindesten gestört. Im Gegenteil, Sie sind aufgeblüht. Ich habe Sie in Plymouth beobachtet, als Sie sich um die Neugestaltung der LADY RAVEN bemühten. Sie waren enthusiastisch, beschwingt – Sie entwickelten Ideen, die selbst mir nicht in den Sinn gekommen wären.«

Ich zuckte die Achseln. »Das Reedereigeschäft war neu für mich und hat mich fasziniert, das ist richtig. Aber nur für eine Weile. Schließlich begann es mich zu langweilen.«

»Das nehme ich Ihnen nicht ab«, rief er. »Sie wollen plötzlich die Raven-Linie aufgeben, die Ihr verstorbener Gatte mit einem einzigen Schiff begonnen hat? Ihre Erbschaft, Mrs. Gerrick? Aus Langeweile...? Nein, das glaube ich keinen Augenblick. Es muß einen anderen Grund für Ihr Verhalten geben, und bevor ich ihn nicht kenne, kann ich leider auf Ihr Angebot nicht eingehen.«

»Meine Gründe sind persönliche«, erwiderte ich kühl.

»Und Sie können sie mir nicht erläutern?«

»Nein, das kann ich nicht. Würden Sie jetzt bitte mein Angebot akzeptieren und nach London zurückkehren?«

Ich hatte mich dazu hinreißen lassen, impulsiv zu reagieren, und mich dadurch verraten. Ich sah an seinem Gesichtsausdruck, daß er jetzt meine Beweggründe verstanden hatte.

»Das also ist es! Sie wollen gar nicht die Raven-Linie loswerden, sondern *mich*. Und warum ist Ihnen das so wichtig, daß Sie dafür das Lebenswerk Ihres Mannes zu opfern bereit sind?«

Mir fiel es immer schwerer, seinem Drängen standzuhalten. »Bitte gehen Sie...«, flüsterte ich.

Er griff nach meiner Hand. Ich zuckte zurück, und er bestand gottlob nicht darauf, sie festzuhalten.

»Ich habe ein Recht darauf, die Wahrheit zu erfahren.«

»Nein. Ich bin Ihnen keine Rechenschaft schuldig.«

»Ich werde Schloß Raven nicht verlassen, bevor ich nicht die Wahrheit weiß.«

»Ich kann Sie nicht begreifen, Mr. Turner. Von Anfang an hatten Sie den Wunsch, die Raven-Linie zu erwerben. Jetzt biete ich Ihnen die Möglichkeit. Sie haben keinen Grund, länger in Devonshire zu bleiben.«

»Wirklich nicht –?«

Wir sahen einander schweigend an. Es wurde sehr still im Raum, man konnte sehr deutlich das Ticken der Uhr auf dem Kaminsims hören. Er kam einige Schritte auf mich zu und lehnte sich an die Tür, wie um mich an einem Entweichen zu hindern.

»Und warum«, fragte er schließlich, »glauben Sie, habe ich Sie damals geküßt?«

Mein Herz klopfte wild, aber ich war entschlossen, mich von ihm nicht verwirren zu lassen.

»Das ist doch nicht schwer zu erraten. Ich hatte Sie geschlagen, und Sie wollten mich dafür bestrafen.«

Jetzt trat er einen Schritt zurück. Das war nicht die Antwort, die er erwartet oder erhofft hatte.

Ich ließ ihm keine Zeit, seine Verführungskünste spielen zu lassen. »Halten Sie sich wirklich für unwiderstehlich, Mr.

Turner? Glauben Sie wirklich, eine zärtliche Geste und ein paar Schmeicheleien würden genügen, mich in Ihre Arme sinken zu lassen?«

Er errötete. Ob aus Zorn oder aus Verlegenheit, weil er sich durchschaut sah, konnte ich nicht erkennen.

»Und was ist der Grund dafür, daß Sie mir Avancen machen?« fuhr ich fort. »Mein Aussehen kann es nicht sein; es gibt in London viele Frauen, die schöner sind als ich. Aber ich bin die Frau Ihres Feindes gewesen, und es wäre für Sie ein spezieller Triumph über Lord Raven, mich zu besitzen.«

Er erblaßte. Ich merkte, daß ich ihn getroffen hatte, und nichts konnte mich hindern, meinem Herzen Luft zu machen. »Mark Gerrick war ein besserer Mann als Sie. Ein unvergleichlich besserer. Er war empfindsam, aufrichtig und gütig. Eigenschaften, die Ihnen bedauerlicherweise fehlen!«

Die Muskeln in seinem Gesicht zuckten, und es kostete ihn sichtlich große Mühe, sich zu beherrschen. Schließlich aber war er so weit, daß er mir mit ruhiger Stimme erwidern konnte: »Da ich skrupellos und gefühllos bin, verzichte ich darauf, Ihnen ihre Illusionen über Ihren Mustergatten zu zerstören.«

Damit verbeugte er sich tief und spöttisch, verließ die Bibliothek und schlug die Tür hinter sich zu.

Ich fühlte mich wie ausgelaugt. Mein Ärger verflog – ich mußte erkennen, daß ich nichts weiter erreicht hatte, als mich mit ihm in einen erneuten Kampf der Gefühle verstricken zu lassen. Jetzt mußte ich auf eine neue Gelegenheit warten, um ihn zum Teufel jagen zu können.

Aber es ließ mir keine Ruhe, was er über Mark gesagt hatte. Er hatte großmütig darauf verzichtet, meine Illusionen über ihn zu zerstören. Was hatte er damit gemeint? Wollte er mich nur kränken oder hatte er auf etwas angespielt, was ich nicht wußte.

Verwirrt eilte ich die Treppe hinauf und zog mich in mein Schlafzimmer zurück. Ich riß die Türen vom großen Wandschrank auf, in dem immer noch Marks Garderobe hing. Ich wollte seine Jacke, die ich so sehr liebte, zu mir ins Bett nehmen; sie hatte mir in vielen Nächten Trost gespendet.

Mir fiel auf, daß Marks Jacken und Mäntel, die stets in einer bestimmten Reihenfolge nebeneinander hingen, in Unordnung gebracht worden waren. Jemand hatte sich an ihnen zu schaffen gemacht.

Wahrscheinlich Fenner! Oder eines der Mädchen hatte sie gesäubert und nachher falsch in den Schrank gehängt.

Meine Gefühle waren zu verwirrt und aufgewühlt, als daß ich der Sache Bedeutung beigemessen hätte, oder ihr nachgegangen wäre. Erst später sollte ich erfahren, daß es sich dabei um ein weiteres Glied in der Kette der mysteriösen Ereignisse gehandelt hatte.

13

In der folgenden Woche hoffte ich täglich, Fenner würde mir mitteilen, daß Drake Turner mit Koch und Kammerdiener nach London abgereist sei.

Doch ich hoffte vergeblich. Jeden Morgen kam der Kater zu mir, um sich kraulen zu lassen – das sicherste Zeichen dafür, daß Turner auf Schloß Raven geblieben war, denn seinen Faust würde er nie zurücklassen.

Ich sah ihn fast nie. Wenn wir einander begegneten, was selten genug vorkam, grüßte er mich höflich, ging aber an mir vorbei, ohne ein Gespräch anzuknüpfen. Das war mir nur recht so. Ich hatte auch kaum Kontakt mit der Mason-Familie, ich nahm meine Mahlzeiten meist in meinen Räumen ein und arbeitete fleißig an den Abenteuern der Waise Cordelia, die in immer neue Gefahren geriet, aus denen sie stets auf wunderbare Weise im letzten Moment gerettet wurde.

Doch durch Fenner erfuhr ich alles Wissenswerte. Zum

Beispiel, daß sich die Masons neu eingekleidet hatten. Da sie über kein Geld verfügt hatten, als sie nach Devonshire kamen, wurde ich einen bestimmten Verdacht nicht los, und ich bat Fenner, bei den Kaufleuten in Sheepstor diskret Erkundigungen einzuziehen. Und obwohl ich vorgab, nicht neugierig zu sein, wollte ich doch wissen, wie Drake Turner seine Zeit verbrachte. Er bekam nur einmal Post aus London und erledigte sie, ohne mich zu Rate zu ziehen. Zu meiner Überraschung berichtete mir William, der Stallknecht, daß er sich fast jeden Morgen ein Pferd satteln ließ, sofort davonritt und erst spät nachts heimkam. Nun, was ging es mich schließlich an, wo dieser Mann seine Tage und Nächte verbrachte.

Die Tage waren kühl, der Himmel verhangen, und erst nach einer Woche schien die Sonne wieder über dem Moor. Ich machte mich für einen Ausritt bereit, als mir Fenner einen Brief aus Amerika überbrachte.

»Colin!« rief ich aufgeregt, riß den Umschlag aus ihren Händen und trat beinahe auf den wütend protestierenden Kater.

Ich setzte mich an meinen Schreibtisch und las das Schreiben sehr aufmerksam, zweimal hintereinander.

Ich saß lange da, hielt Colins Brief in der Hand und starrte durch das Fenster auf die sonnige Landschaft. Es war ein warmer Morgen, aber ich hatte das Gefühl eisiger Kälte und schauderte.

Colin ließ mir wenig Hoffnung. Er hatte sich mit den Advokaten getroffen, die ihm unsere Anwälte empfohlen hatten. Gemeinsam fanden sie die amtlichen Bestätigungen von der Trauung. – Kein Zweifel, Mark Gerrick und Ella Mason hatten vor elf Jahren in New York geheiratet. Sicherheitshalber hatte Colin die Nachbarn der Familie befragt, und alle bestätigten, daß die Mason-Tochter gegen den Wunsch ihres Vaters einen jungen Seemann geheiratet hatte und Monate später, nachdem er längst fortgesegelt war, einen Sohn geboren. All diese Leute konnten unmöglich bestochen worden sein, man mußte ihnen Glauben schenken.

Die Trauzeugen waren nach dem Westen verzogen, und der Pastor, der die Trauung vollzogen hatte, lebte nicht mehr in New York, sondern in Boston. Doch Colin hatte versprochen, sein möglichstes zu tun, und so wollte er sich gleich nach Absenden des Briefes auf den Weg nach Boston machen, um mit Reverend Garrigue persönlich zu sprechen. In Boston wollte er dann das nächste Schiff nach England nehmen, so daß wir ihn bald nach Empfang des Schreibens zu Hause erwarten durften.

Ich war wie erstarrt und brauchte längere Zeit, um mich aus der Versteinerung zu befreien. Mark hatte mir seine erste Heirat verschwiegen; meine ganze glückliche Ehe mit ihm hatte auf einer Lüge beruht. Sogar meine Trauer um ihn hatte einen Sprung bekommen.

Erst am Nachmittag hatte ich mich so weit gefangen, daß ich mein Zimmer verließ und ins Freie eilte. Eine Zeitlang wanderte ich ziellos über das Moor, aber dann hatte ich das Bedürfnis, mich mit jemandem auszusprechen. Annabelle, nur Annabelle würde mich verstehen können.

Kurz entschlossen schlug ich den Weg zum Schlößchen ein.

Meine Schwägerin empfing mich herzlich wie immer. Sie war mit einer Stickerei beschäftigt und trug eine weiße Schürze, damit die bunten Fäden nicht auf ihr Kleid abfärbten.

»Wie schön, daß du mich besuchen kommst, Nora!« Dann sah sie mich erschrocken an. »Um Gottes willen, ist wieder etwas passiert? Du bist ja weiß wie meine Schürze.«

Ich schüttelte den Kopf. »Nein, diesmal ist es kein Geheimnis. Es ist leider eine Realität. Colin hat endlich geschrieben...«

Ich holte den Brief aus meiner Tasche und reichte ihn ihr. Sie sah mich mit einem eigenartigen Gesichtsausdruck an.

»Du hast einen Brief von meinem Mann bekommen...?«

»Ja. Du nicht...?«

Bevor ich noch ausgesprochen hatte, wußte ich, daß das nicht der Fall gewesen war. »Oh, dann wird er dir eben einen Tag später geschrieben haben«, murmelte ich schnell und etwas verlegen. Ich konnte ihr ansehen, daß sie gekränkt war, obwohl sie es natürlich nicht zugeben wollte. Sollte sie tatsächlich eifersüchtig sein? »Wahrscheinlich wollte er mich zuerst auf die schlechten Nachrichten vorbereiten...«

»Schlechte Nachrichten...?«

»Lies selbst!«

Sie überflog die Seiten, doch sie las nicht mit dem gleichen Interesse wie ich. Dann sagte sie: »Nein, er wird mir nicht mehr schreiben. Sonst hätte er mir und dem Jungen nicht durch dich Grüße bestellt.« Jetzt erst kam sie auf den Kern der Sache zu sprechen. »Es scheint unvermeidlich zu sein, daß ich die Masons als neue Familienmitglieder akzeptieren muß.«

Ich konnte mich nur mit Mühe beherrschen, doch ich wollte in Annabelles Gegenwart nicht weinen. »Ja, es scheint so. Wenn Colin von diesem Reverend Garrigue nicht etwas Neues erfährt...«

Jetzt, da ich den Namen Garrigue erwähnte, fiel mir auf, daß man ihn genau so aussprach wie meinen eigenen: Gerrick.

Auch Annabelle war es aufgefallen. »Garrigue – es klingt wie Gerrick«, sagte sie. »Seltsam!« Und dann: »Ich möchte dich nicht entmutigen, Nora, aber wenn selbst Colin keine Gegenbeweise finden konnte...«

»...dann ist es hoffnungslos, das willst du doch sagen?«

Sie nickte. Sie machte zwar einen bedrückten Eindruck, aber einen Moment lang hatte ich das Gefühl, sie sei nicht ehrlich betrübt. Im Grunde hatte sie mich nie als ebenbürtige Gerrick anerkannt. Vielleicht war ihr eine unerwünschte Schwägerin genauso lieb oder unlieb wie eine andere. Annabelle war nicht immer leicht zu durchschauen.

Doch ich war zu aufgewühlt, um mich in unnützen Spekulationen zu verlieren. »Warum hat mir Mark nie von dieser Frau erzählt?« rief ich verzweifelt. »Warum hat er mir nie erzählt, daß er schon verheiratet war.«

»Hätte er das getan«, erwiderte sie ungerührt, »so hätte er dich doch nicht heiraten können. Aber er *wollte* dich heiraten, Nora. Er war verrückt nach dir. Und mein guter Bruder war nie zimperlich, wenn er sein Ziel erreichen wollte.«

»Nein, nein, das darfst du nicht sagen, Annabelle. Mark war rücksichtsvoll, feinfühlig...«

Ihr Blick wurde hart. »Eine verliebte Frau weiß ihren Mann nicht immer richtig einzuschätzen. Ich wundere mich nicht, daß Mark diese Amerikanerin, die ihn nicht länger interessierte, einfach aus seinem Leben gestrichen hat. Du weißt es nicht, aber er konnte sehr rücksichtslos sein. Er hatte ständig Streit mit unseren Eltern, und als sie starben – nun, ich kann ihm immer noch nicht verzeihen, daß er Damon, als er ihm lästig wurde, in eine Anstalt abgeschoben hat.«

Unwillkürlich erinnerte ich mich an Drake Turners Bemerkung über meinen ›Mustergatten‹, und ich wurde zornig. »Ich bin nicht interessiert an alten Familienstreitigkeiten, Annabelle. Ich habe bei dir Trost erwartet, nicht, daß du meinen verstorbenen Mann beschimpfst.«

»Oh, es tut mir so leid, Nora. Ich weiß, wie sehr du Mark geliebt hast, und ich hätte mit meinen Worten vorsichtiger sein sollen.« Ihre Reue klang echt, und wenn sie es darauf anlegte, konnte sie bezaubernd sein. Sie schloß mich in ihre Arme, sie versicherte mich ihres Mitgefühls, und sie versprach mir ihre ewige Freundschaft, wie auch immer die Sache mit den Masons ausgehen würde.

Meinte sie es ehrlich? Annabelle war eine Frau mit vielen Facetten und oft undurchsichtig. Eine Charaktereigenschaft der Gerricks, hatte man mir einmal gesagt. Aber auch Mark war ein Gerrick gewesen. Ich hatte ihn allerdings nur von *einer* Seite gekannt, der besten. Doch jetzt konnte ich den Verdacht nicht loswerden, daß mich, wie Annabelle behauptete, meine Verliebtheit blind gemacht hatte.

Annabelle war die Liebenswürdigkeit selbst, und ich hatte nicht das Herz, einen Streit vom Zaun zu brechen. Auf Schloß Raven war ich ohnehin von Feinden umgeben; wenigstens hier auf dem Schlößchen wollte ich das Gefühl von Geborgenheit und Sympathie haben. So lehnte ich nicht ab, bei ihr zum Dinner zu bleiben, und während wir auf das Essen warteten, spielte sie mir auf dem Klavier vor. Sie spielte ausgezeichnet, nicht nur Liszt und Chopin, sondern auch Wiener Walzer, die sich gerade in London großer Beliebtheit erfreuten.

Nach dem Dinner wollte ich heimgehen, aber Annabelle bestand darauf, noch zu bleiben und mit ihr eine Tasse Kaffee zu trinken.

Ich konnte schlecht ablehnen, obwohl mich Annabelles Gerede bereits langweilte. Da sie es wohlweislich vermied, heikle Themen wie Colins Reise oder Marks Charakter anzuschneiden, sprach sie dauernd über Modeneuheiten und erzählte Klatschgeschichten über – wie mir schien – sämtliche Familien Devonshires. So erbot ich mich, Miß Best zu fragen, ob sie den Kaffee nicht mit uns nehmen wollte. Ich hatte bereits erfahren, daß Miß Best eine interessantere Gesprächspartnerin war.

Annabelle war einverstanden, und so nahm ich eine Lampe und stieg in den zweiten Stock hinauf, wo sich die Zimmer von Damon und Miß Best befanden.

Kaum hatte ich den oberen Treppenabsatz erreicht und einen Blick in den vor mir liegenden Korridor geworfen, als ich verblüfft zurückfuhr.

Ich hatte Damon gesehen. Er trug einen dunkelroten Bademantel. Und er war durch die letzte Tür des Korridors gegangen. Das war nicht sein Zimmer, das wußte ich. Es war das Zimmer von Miß Best.

Ich mußte daran denken, wie ich die beiden auf der Wiese gesehen hatte. Ich sah meinen flüchtigen Verdacht bestätigt. Oder sollte ich mich geirrt haben? Hatte ich einfach die Türen verwechselt?

Ich ging zur letzten Tür, hinter der Damon verschwunden war, und klopfte. Es dauerte eine ganze Weile, ehe Miß Best öffnete. Sie trug einen durchsichtigen Schlafrock, und das Haar fiel ihr über die Schultern.

»Oh, Lady Raven«, sagte sie überrascht und stellte sich so, daß man nicht ins Zimmer sehen konnte.

»Ich hoffe, ich habe Sie nicht gestört, Miß Best. Mrs. Trelawney läßt fragen, ob Sie nicht mit uns Kaffee trinken wollen.«

Sie lächelte mit sichtlicher Erleichterung. »Bitte richten Sie Mrs. Trelawney meinen Dank aus. Es tut mir leid, aber ich bin schon dabei, zu Bett zu gehen.«

Ich erwiderte ihr Lächeln, so gut ich im Moment dazu imstande war. »Sie wird enttäuscht sein. Gute Nacht, Miß Best. Und angenehme Ruhe.«

»Gute Nacht, Lady Raven. Nochmals vielen Dank.«

Sie schloß die Tür hinter sich. Und als ich mich entfernte, hörte ich noch, wie der Schlüssel im Schloß umgedreht wurde.

Nachdenklich ging ich die Treppe hinunter. Kein Zweifel, die stattliche Miß Best und Damon waren ein Liebespaar! Ich fand es verwerflich, wenn eine Pflegerin die Fürsorge für ihren Patienten – einen Mann, der nicht bei vollem Verstand war – so weit trieb, ihn in ihre Arme zu schließen. Aber abgesehen vom moralischen Standpunkt stellte ich mir die Frage, ob diese Liaison für seinen Geisteszustand nicht bedenklich sein mochte. Ich wußte, daß er strenge Aufsicht benötigte, die unter diesen Umständen nicht gewährleistet war.

Sollte ich Annabelle reinen Wein einschenken?

Ich brachte es nicht über mich. Ich sagte kurz, daß Miß Best bereits zu Bett gegangen war. Annabelle zuckte nur die Schultern und bestellte Kaffee für zwei.

Später sollte ich mein Versäumnis tief bedauern. Doch damals kam mir nicht in den Sinn, es könnte folgenschwer sein.

Ich leistete Annabelle noch eine Stunde Gesellschaft, dann machte ich mich auf den Heimweg. Annabelle erbot sich, mich zum Schloß fahren zu lassen, aber ich lehnte ab. Die Nacht war warm, der Mond schien hell, und der Spaziergang würde mir helfen, meine Gedanken zu ordnen.

Erst als ich schon eine Weile unterwegs war, merkte ich, daß das Gehen mich mehr anstrengte, als ich erwartet hatte. Die Aufregungen der letzten Zeit hatten an meiner Kraft gezehrt; ich stolperte über Steine, über die ich sonst mühelos gegangen wäre, und mußte des öfteren innehalten, um Atem zu schöpfen. Dann lauschte ich dem Quaken der Frösche, den einzigen Lebewesen weit und breit. Und ich merkte, daß aus den Niederungen Nebel aufstieg.

Jetzt begann ich mich zu beeilen. Ich wollte zu Hause ankommen, bevor die weißlichen Schwaden mich einzuhüllen begannen, obwohl ich den vertrauten Weg wohl auch im Dunkeln gefunden hätte.

Ich hatte nur noch das Wäldchen zu umgehen. Hinter der nächsten Steigung würden die Mauern von Schloß Raven auftauchen.

Während ich meine Schritte beschleunigte, versäumte ich, meinen Rock zu heben. Er wischte über das Gras, und das Geräusch machte mich glauben, jemand würde mich verfolgen. Ich schalt mich eine Närrin, doch trotzdem warf ich einen scheuen Blick über die Schulter, und mein Herz begann zu klopfen.

Ich vermied es, in die Dunkelheit des Wäldchens zu schauen, als würden dort ungeahnte Gefahren lauern. Ich zwang mich nach vorn zu blicken, in den auf mich zurollenden Nebel, den das Mondlicht wie ein Leichentuch erscheinen ließ. Ich fühlte mich verängstigt wie als Kind, wenn sich in einem Alptraum ein Wandschrank in ein Monster verwandelte, das langsam auf mich zukam.

Gerade als ich mir meine Kindheitsängste in Erinnerung rief, tauchte die Erscheinung auf. War sie aus dem Wäldchen hervorgekommen? Später wußte ich nur noch, daß ich zuerst nichts als weiße Nebelschwaden gesehen hatte – und plötzlich erschien auf ihnen ein Schatten, der sich schnell bewegte.

Es war Mark, und er ritt auf ›Mustafa‹.

Mark saß aufrecht im Sattel. Er trug einen dunklen Reitrock, sein Biberhut war in die Stirn gezogen und verbarg sein Gesicht. Doch der schwarze Hengst war vor dem hellen Hintergrund gut zu sehen; die Haltung des Kopfes und der elegant gebogene Schweif waren unverkennbar.

Ich stolperte vor Schreck und fiel hin. Doch instinktiv richtete ich mich gleich wieder auf; das naßkalte Gras hatte meine Lebensgeister geweckt.

Schaudernd sah ich mich um. Der Nebel war dichter geworden, sonst war nichts zu sehen. Bäume und Dickicht verschwanden im Dunst. Sogar das Quaken der Frösche war verstummt; die Nebelschwaden erstickten jedes Geräusch.

Jetzt begann ich zu laufen. Ich überwand meine Schwäche und achtete nicht auf das Klopfen meines Herzens. Ich erreichte sehr schnell die Hintertür des Hauses, die stets offenstand. Mit zitternden Fingern tastete ich die Küchentische ab, ehe ich die Lampe fand. Ich zündete sie an und eilte hinauf in mein Schlafzimmer. Zum Glück hatte Fenner nicht auf mich gewartet; ich wollte in meinem Zustand niemanden sehen.

Immer wieder sagte ich mir, daß es keine Geister gäbe und daß Mark unwiderruflich tot war. Währenddessen zog ich mich aus und schlüpfte in einen warmen Schlafrock, denn ich zitterte und glaubte, es sei vor Kälte.

Jetzt, da ich Mark gesehen zu haben glaubte, war meine Sehnsucht stärker denn je. Ich öffnete den Wandschrank und riß aus der langen Reihe seiner Jacken die erste heraus, die mir unter die Hände kam. Ich preßte sie kurz an mich, dann legte ich sie auf das Bett. Sie sollte mir in der Nacht Gesellschaft leisten, dann würde ich mich weniger einsam fühlen.

Ein Geräusch in meinem Rücken ließ mich herumfahren. Die Tür war aufgerissen worden. Dort stand Drake Turner.

Er trug Breecheshosen und schwarze, glänzende Reitstiefel. Doch keine Jacke, und sein Hemd war aufgeknöpft bis zum Gürtel. Sein Haar war zerzaust, und in seinem Aufzug glich er einem Freibeuter eines früheren Jahrhunderts.

»Wo in aller Welt sind Sie gewesen?« fuhr er mich an und kam in mein Schlafzimmer, als hätte er das Recht dazu. »Ich wollte gerade zu den Trelawneys reiten, um nach Ihnen zu sehen.« Und dann fügte er hinzu: »Es kann für Sie gefährlich werden, nachts allein auf dem Moor zu sein.«

Ich wußte, daß er recht hatte, und dieses Wissen machte mich zornig. »Wie können Sie hier hereinkommen, ohne zu klopfen?«

Er wollte etwas erwidern, aber in diesem Moment sah er Marks Jacke auf meinem Bett. Er sagte nichts, aber er hob die Augenbrauen, und dann änderte sich sein Gesichtsausdruck. Er hatte begriffen.

Ich schämte mich, als ich mein Geheimnis vor ihm enthüllt sah. Mitleid hätte ich noch ertragen können, aber in seinem Blick sah ich Verständnis und eine tiefe Traurigkeit. Ich schrie wütend: »Sind Sie jetzt zufrieden, daß Sie mich gedemütigt haben?«

»O Nora«, rief er, lief auf mich zu und nahm mich in seine Arme. Er sagte nichts weiter, er preßte mein Gesicht gegen seine Schulter und seine Lippen auf mein Haar. Er hielt mich so fest, als fürchtete er, ich könne ihm für immer entgleiten, wenn er seinen Griff lockerte.

Ohne rechte Überzeugung versuchte ich mich von ihm loszumachen.

»Lassen Sie mich! Ich brauche weder Trost noch Hilfe. Sie können nichts für mich tun.«

»Sie irren«, flüsterte er. »Ich kann viel für Sie tun. Sehr viel. Wenn Sie mich nur ließen ...«

Es war zwecklos, gegen ihn anzukämpfen. Mit einer Hand hielt er mich um die Taille fest, mit der anderen bog er meinen Kopf zurück. Er begann mich zu küssen. Nicht brutal, wie ich erwartet hatte, sondern zärtlich. Auf meine Stirn, meine Augenlider, meine Wangen.

»Drake, bitte...«

»Bitte was –? Bitte mach weiter –? Aber gerne.« Seine Lippen suchten jetzt meine Kehle und dann meinen Mund. Der Kuß war nicht besitzergreifend, er ließ mich sein zärtliches Verlangen fühlen. Ich wollte mich seiner erwehren, doch mein Körper war stärker als mein Wille und reagierte auf sein Drängen.

Er vergrub sein Gesicht in meinem Haar. »Nora, du bist so schön...«

»Süße Worte. Lügen, Lügen.« Ich wollte ihn zurechtweisen, doch entgegen meinem Willen lachte ich und neckte ihn.

»Ich habe dich nie belogen, Nora. Und ich würde dich nie belügen können. Das weißt du auch.«

Er ließ mich jetzt los. Er faßte meine Hände, hob sie hoch und preßte sie gegen seine glühenden Wangen. Ich sah, daß er seine Augen geschlossen hatte. »Magst du mich, Nora? Möchtest du, daß ich bleibe...?«

Ich antwortete nicht. Bebend ließ ich meine Hände unter sein offenes Hemd gleiten; unter meinen Fingerspitzen fühlte ich die Haare auf seiner Brust und dann die harten Muskeln seiner Schultern. Ich verschränkte meine Hände hinter seinem Nacken und stellte mich auf die Zehenspitzen, um ihn zu küssen. Dann zog ich ihn zum Bett. Ich dachte nicht mehr an Marks Jacke, die im Lauf der Nacht zu Boden glitt, denn ich fand sie am nächsten Morgen auf dem Teppich.

Von dem Moment an, da mein Widerstand erlahmt war, gehörte ich Drake mit Leib und Seele. Die Vergangenheit war ausgelöscht, und meine Welt beschränkte sich auf den Raum zwischen den vier geschnitzten Bettpfosten.

Er drehte den Docht der Lampe herunter, unsere Körper wurden zu schattenhaften Umrissen. Er flüsterte mir süße, verruchte Dinge ins Ohr, die ich noch nie gehört hatte und die mich maßlos erregten. Das Spiel seiner erfahrenen Hände ließ mich erbeben. Es war, als wäre ich aus dem Reich der Toten auferstanden und zu neuem Leben erwacht. Ich genoß seine Umarmung ohne jede Hemmung, und wir liebten uns, bis wir erschöpft einschliefen.

14

Als ich erwachte, lag ich allein in meinem Bett, nackt unter der Decke.

Ich spürte ein unbeschreibliches Glücksgefühl, das aber gleich darauf – als ich mir meiner Situation bewußt wurde – von Scham und Reue erfüllt wurde. Ich hatte mit dem Feind meines Mannes in dem Bett geschlafen, das ich viele Jahre lang mit Mark geteilt hatte. Und ich konnte die empfundene Lust nicht ungeschehen machen. Am Fußende des Bettes saß jetzt Faust, der Liebling Drakes, und sah mich aus großen, vorwurfsvollen Augen an.

Als ich zum Frühstück hinunterging, trat ich meinem Liebhaber mit gemischten Gefühlen entgegen. Er begrüßte mich zärtlich und versuchte mich zu umarmen. Ich entzog mich ihm.

Er sah mich fragend an. »Was hast du, Nora...?«

»Das fragst du noch! Mein Mann liegt noch kein halbes Jahr im Grab und ich – und ich...« Ich konnte nicht weitersprechen und unterdrückte mit Mühe ein aufkommendes Schluchzen.

Sein Lächeln verschwand; er wurde sehr ernst. Schließlich sagte er: »Du darfst dir keine Vorwürfe machen.«

»Und warum nicht?« erwiderte ich heftig. »Ich bin schwach geworden. Ich war hilflos und verängstigt, und du hast die Situation ausgenützt, um deinen zahlreichen Eroberungen eine weitere hinzuzufügen.«

»Das ist nicht wahr«, beteuerte er. »Ich liebe dich, Nora, und...«

»Wie vielen Frauen hast du das schon gesagt?«

Darauf erwiderte er nicht direkt. »Diesmal ist es mir ernst. Und ich werde es dir beweisen.« Er biß sich auf die Lippen. »Aber wenn es dir beliebt, so lange an mir zu zweifeln ...« Er verbeugte sich und verließ das Zimmer. Später sagte mir Fenner, daß er wieder davongeritten war. Und er kam erst spät – gegen Mitternacht – zurück.

In den folgenden Tagen verhielt er sich mir gegenüber äußerst reserviert. Er vermied jede Vertraulichkeit und versuchte nie, sich mir aufzudrängen. Ich wußte nicht, ob ich darüber froh oder gekränkt sein sollte. Bemühte er sich lediglich, Kavalier zu sein, oder war sein Interesse an mir erlahmt, nachdem er sein Ziel erreicht hatte?

Jedenfalls war es eine seltsame Art, mir seine Liebe zu beweisen, indem er sich tagelang nicht blicken ließ. Natürlich zerbrach ich mir den Kopf darüber, wohin er zu reiten pflegte. Nach Sheepstor, nach Plymouth? Was steckte dahinter? Eine Frau ...? Ich versuchte, meine aufkeimende Eifersucht zu verlachen, aber es gelang mir nicht recht.

Speziell, als er eines Nachts überhaupt nicht nach Hause kam. Fenner berichtete mir am nächsten Morgen, daß sein Bett nicht berührt worden war.

Ich zuckte die Achseln und tat, als ob mich die Nachricht nicht interessierte. Ich weiß nicht, ob ich Fenner täuschen konnte; gottlob kam in diesem Moment Mrs. Harkins zu mir und überreichte mir mit steinernem Gesicht einen Haufen Rechnungen. Sie stammten von den verschiedensten Geschäften der Umgebung. Keine war bezahlt worden, aber alle trugen die Unterschrift GERRICK.

Jetzt wußte ich, auf welche Weise sich die Masons neu eingekleidet hatten. Wütend stürmte ich in den Salon, in dem die drei beisammensaßen. Zornig hielt ich Ella Mason die Rechnungen vor.

»Wer hat Ihnen das Recht gegeben, auf meine Kosten Einkäufe zu machen?«

Ein flüchtiges Lächeln glitt über ihre Züge. »Da mein minderjähriger Sohn in Kürze offizieller Erbe des Gerrick-Vermögens sein wird...«

Ich schnitt ihre Erklärungen ab. »Ich werde diese Rechnungen nicht bezahlen.«

»Wer denn?« fragte Seth vergnügt. »Meine Schwester und ich, wir haben kein Geld. Und es wird ein schlechtes Licht auf die Familie werfen, wenn sie ihre Schulden nicht tilgt.«

»Sie hatten kein Recht, die Schuldscheine mit Gerrick zu unterschreiben?«

»O doch, das hatte ich«, entgegnete Ella kühl. »Ich bin die wahre Mrs. Gerrick, und der Streit wird bald zu meinen Gunsten entschieden sein.«

Sie war sich ihrer Sache sehr sicher. Hatte sie ebenfalls Nachrichten aus New York erhalten? Nachrichten, die mein Los besiegeln würden?

Bevor ich mich noch zu einer gebührenden Antwort aufraffen konnte, kam Fenner in den Salon und flüsterte mir etwas ins Ohr. Mrs. Trelawney erwartete mich im Schlößchen.

Colin! Es konnte keinen anderen Grund geben, mich aufs Schlößchen zu rufen. Ich hatte zwar nicht damit gerechnet, daß er schon so bald in England sein würde, aber ich zögerte keinen Augenblick, den Masons den Rücken zu kehren und zu den Stallungen zu laufen. Ich hatte es eilig und trieb William an, meine Stute so schnell wie möglich zu satteln.

Auf der Wiese vor dem Schlößchen war eine große Zielscheibe aufgestellt, auf die Peter und Timothy mit Pfeilen schossen. Nellie und Miß Best sahen ihnen zu und notierten die Treffer. Im Schatten eines Baumes saß Damon und starrte vor sich hin. Annabelle war nirgends zu sehen.

Ein Stallknecht half mir beim Absteigen und nahm die Zügel. Ich ließ mich anmelden und wurde in die Bibliothek geführt. Ich war enttäuscht; Colin war nirgends zu sehen. Annabelle saß mit einer mir unbekannten Dame am Teetisch.

Sie war keine Schönheit vom Typ meiner Schwägerin, aber

eine stolze Erscheinung von etwas exotischem Aussehen und mit unnachahmlicher Eleganz gekleidet. Schon der erste Blick ließ eine dominierende Persönlichkeit erkennen, und sie strahlte starke Sinnlichkeit aus. Sie war ein Typ, der Frauen eher Unbehagen verursacht, aber Männer den Kopf verlieren läßt.

Beide Frauen erhoben sich. Annabelle sagte: »Nora, ich bin froh, daß du gekommen bist. Ich möchte dich mit der Frau meines Vetters Archibald bekannt machen. Das ist Lady Janeaway, die Marquise von Eddington.«

Ich hatte schon von Mark gehört, daß sein Vetter zweiten Grades eine Dame geheiratet hatte, die in der Londoner Gesellschaft eine große Rolle spielte. Die Marquise reichte mir die Hand, und ich hieß sie höflich in Devonshire willkommen.

»Vielleicht solltest du wissen, Nora«, fuhr Annabelle fort, »daß unsere Cousine eine geborene Glover ist. Ihr Mädchenname war Mary Glover.«

Einen Augenblick lang stand ich benommen da. Als Drake Turner über meinen eigenwilligen Ankauf der NANCY MALONE erbost war, hatte er vorgeschlagen, das Schiff MARY GLOVER zu nennen. Und er hatte hinzugefügt: »Nach einer meiner Mätressen.«

»Als du den Namen Mary Glover erwähnt hast, Nora«, erklärte mir Annabelle, »kam er mir irgendwie bekannt vor. Später fiel mir ein, daß es der Mädchenname von Lord Eddingtons Frau gewesen ist. Deshalb habe ich ihr geschrieben und sie gefragt, ob sie einen gewissen Drake Turner gekannt habe.«

»Annabelles Brief hat mich etwas beunruhigt«, gab die Marquise zu, »und um allen Zweideutigkeiten die Spitze zu nehmen, hielt ich es für besser, selbst herzukommen und alles aufzuklären.«

»Aber es geht mich nichts an«, stammelte ich, »ob Sie Drake Turner gekannt haben oder nicht.«

»O doch, meine Liebe. Erstens ist Turner, wie ich erfahren

habe, Ihr Geschäftspartner, und zweitens hatte Ihr verstorbener Gatte etwas mit meiner Eheschließung zu tun. Es war Mark, der mich mit Lord Eddington bekannt gemacht hat.«

Jetzt setzten wir uns alle, und die Marquise begann zu erzählen: »Ja, ich habe Drake Turner gekannt. Ich war ein junges Mädchen, und er ein erfolgreicher Makler mit der Ambition, ein großer Reeder zu werden. Er machte mir stürmisch den Hof, was mir zwar schmeichelte, aber ich konnte seine Gefühle nicht in dem Maß erwidern, wie er wohl gewünscht hätte. Nachdem ich Lord Eddington kennengelernt hatte, machte dieser mir einen Antrag, und ich akzeptierte. Als Drake Turner davon erfuhr, benahm er sich höchst beklagenswert. Er konnte es nie ertragen, wenn etwas seinen Wünschen zuwiderlief, und haßte jedermann, der sich ihm in den Weg stellte. Er versuchte, meine Heirat zu hintertreiben. Und als ich ihm sagte, daß ich ihn nie geliebt hatte, wurde er ausfallend und gehässig. Er war kein liebenswerter Mann, Lady Raven, und ich vermute, daß er sich kaum geändert hat.«

Ich war im Begriff, ihr zu widersprechen und Drake in Schutz zu nehmen, als Annabelle zu meinem Erstaunen sagte: »Ich habe eine Nachricht auf Schloß Raven gesandt und Mr. Turner gebeten hierherzukommen. Das wird allen Beteiligten die Möglichkeit geben, eventuelle Mißverständnisse ein für allemal aus dem Weg zu räumen.«

Typisch Annabelle! Sie konnte von ihren Intrigen nicht lassen und genoß alle Art von peinlichen Szenen, solange sie nicht sie selbst betrafen. Doch diesmal sollte sie falsch geplant haben; ich wiegte mich in der Hoffnung, Drake würde nicht erreichbar sein.

Ich täuschte mich. Er mußte in meiner Abwesenheit zurückgekommen sein. Denn gleich darauf kündigte ein Bedienter seine Ankunft an.

Als er eintrat, erhob sich die Marquise majestätisch und trat ihm entgegen. Als er sie sah und erkannte, schreckte er zurück. Er erbleichte.

»Mary«, stammelte er, »was tust du hier?«

Sie musterte ihn kalt. »Für Sie bin ich die Marquise von Eddington! Und ich bin hierhergekommen, um den Damen die Wahrheit über Sie zu erzählen, Mr. Turner.«

Die Muskeln zuckten in seinem Gesicht. Er wollte etwas erwidern, aber er biß die Zähne zusammen, wirbelte herum und verließ den Raum.

Die Marquise blickte ihm unbewegt nach, und Annabelle genoß sichtlich den Eklat. Aber ich wußte, ich konnte ihn in diesem Moment nicht im Stich lassen; ich verabschiedete mich hastig und eilte hinter ihm her.

Als ich aus dem Haus stürzte, saß Drake schon im Sattel und ritt davon.

»Drake, warte doch!« rief ich hinter ihm her. Doch er schien mich nicht gehört zu haben.

Ich stieg auf und galoppierte auf meiner braven Stute hinter ihm her. Ich jagte ihm nach, über den Rasen, vorbei an den verblüfften Bogenschützen und über eine niedrige Mauer, die den Besitz der Trelawneys vom offenen Feld abgrenzte.

»Warte doch! Warte!« schrie ich, aber meine Stimme wurde vom Donner der Hufschläge übertönt.

Doch meine Stute war schneller. Ich holte ihn ein, und dann ritt ich schließlich an seiner Seite.

In diesem Moment gab mein Steigbügel nach.

Ich stieß einen Schrei aus.

Die niedrige Hecke schien auf mich zuzustürzen, doch in Wirklichkeit war ich es, die ins Gebüsch fiel.

Als ich wieder die Augen öffnete, blickte ich in den Himmel. Ich lag auf dem Boden. Drakes Arm stützte meinen Kopf, der an seiner Schulter ruhte.

»Nora«, rief er erschrocken. »Bist du in Ordnung...?«

»Ich – ich glaube schon...«

»Gott sei Dank! Ist etwas gebrochen? Kannst du Arme und Beine bewegen?«

»Ja, ja...«

Meine Glieder waren in Ordnung. Aber meine Arme und die Rippen schmerzten. Ich hatte Glück gehabt, das Gebüsch hatte meinen Sturz abgefangen und gemildert.

»Glaubst du, daß du aufstehen kannst?«

»Ich will es versuchen.«

Er küßte mich auf die Stirn, dann half er mir auf die Beine. Die ersten Schritte schmerzten, aber dann ging es besser, und schließlich konnte ich mit seiner Hilfe Schloß Raven erreichen.

Fenner brachte mich zu Bett. Ich weigerte mich, einen Arzt zu konsultieren, aber Drake bestand darauf, Miß Best rufen zu lassen. Sie stellte eine Prellung fest und behandelte mich mindestens so gut, wie der altersschwache Dorfarzt aus Sheepstor imstande gewesen wäre. Sie verordnete mir drei Tage Bettruhe, doch schon am zweiten Tag kam ich die Treppe hinunter; ich fand Drake Turner in der Bibliothek.

»Du hättest noch nicht aufstehen dürfen«, empfing er mich grollend.

»Oh, ich stehe schon fest auf meinen Beinen«, erwiderte ich. »Außerdem kann ich es kaum erwarten, daß du mir über deine Beziehung zu Mary Grover – Verzeihung, zur Marquise von Eddington – reinen Wein einschenkst.«

Er seufzte. »An sich hatte ich vor, über die Sache nicht mehr zu reden. Aber da du darauf bestehst...«

»Wenn du der Ansicht bist, ich hätte kein Recht dazu«, sagte ich pikiert, »werde ich kein Wort mehr darüber verlieren.« Und ich wandte mich zum Gehen.

»Bleib!« bat er. Und dann: »Die Sache betrifft auch deinen verstorbenen Mann.«

»Gerade deshalb will ich alles wissen.«

»Also gut. Die charmante Dame hat zwar nicht direkt gelogen, aber auch nicht die volle Wahrheit gesagt.«

»Das dachte ich mir.«

»Sie ist eine faszinierende Frau, das wirst du zugeben...«

»O ja.«

»Als junges Mädchen war sie noch anziehender. Ich habe mich Hals über Kopf in sie verliebt. Ich dachte ohne sie nicht leben zu können. Ich warb um sie. Und es ist nicht wahr, daß sie meine Gefühle nicht erwiderte. Sie nannte meinen Rivalen, den Marquis von Eddington, einen eitlen, langweiligen Protz. Und sie hätte mich ihm wohl vorgezogen, wenn nicht...« Er machte eine kleine Pause. Dann fuhr er mit leiser Stimme fort: »... wenn nicht Mark Gerrick dazwischengekommen wäre.«

»In welcher Weise...?«

»Der Marquis hat seinen Cousin um Unterstützung gebeten. Eddington war und ist ein Tölpel, der über keine besonderen Geistesgaben verfügt. Er wußte sich nicht zu helfen; sein Leben lang wurde ihm alles auf einem Silberbrett serviert. Aber Mark hatte den Ruf, gerissen und rücksichtslos zu sein – ob du es wahrhaben willst oder nicht.«

Ich schwieg. Noch vor Tagen hätte ich Mark heftig in Schutz genommen, aber jetzt mußte ich daran denken, was mir Annabelle über ihren Bruder gesagt hatte, und ich wollte nicht wieder als blind verliebte Närrin dastehen.

Drake sah mich erwartungsvoll an, er hatte wohl eine andere Reaktion erwartet. Aber da ich nichts sagte, fuhr er fort: »Mark Gerrick, der sich von Eddington Geld geliehen hatte, bediente sich schmutziger Machenschaften, um ihm gefällig zu sein. Er schnüffelte in meinem Privatleben herum und – nun, ich habe keinen Grund, es dir heute zu verheimlichen – es gab Frauengeschichten. Eine Menge Frauengeschichten. Affären mit Frauen, die gewiß nicht hoffähig waren. Mark Gerrick beschaffte sich die Adressen dieser Frauen. Er suchte sie auf, er bot ihnen Geld an, er ließ sich von ihnen Briefe schreiben. Manche lehnten ab, aber einige griffen gierig zu. Nun, eines Tages breitete der Marquis von Eddington das ganze Material vor Mary Grovers Augen aus.« Er räusperte sich. »Das gab den Ausschlag. Ich stand als windiger, unzuverlässiger Schürzenjäger da, der dem hochgeborenen Marquis, einem Muster an Sittsamkeit, nicht das Wasser reichen konnte.« Und mit

Bitterkeit in seiner Stimme fügte er hinzu: »Das waren die Methoden, deren sich Mark Gerrick zu befleißigen pflegte.«

»Und deshalb«, fragte ich leise, »hast du ihn gehaßt?«

»Ich wollte es ihm heimzahlen. Ich hatte keine Möglichkeit, ihn zu einem Zweikampf zu fordern, aber geschäftlich haben wir unsere Klingen oft gekreuzt, und wir waren nicht immer vornehm in der Wahl unserer Mittel.«

Ein Wirbel widersprüchlicher Gefühle durchflutete mich, ich konnte ihrer kaum Herr werden. Schließlich sagte ich stockend: »Wäre Mark nicht gewesen, wäre diese Mary heute deine Frau.«

Er nickte.

»Sei ehrlich. Bedauerst du noch, daß es nicht so gekommen ist?«

Er lachte. Es war ein heiteres, befreiendes Lachen. »Sei kein Kindskopf, Nora. Wäre Mark noch am Leben, ich würde mich bei ihm bedanken, daß ich mich nicht für mein ganzes Leben an diese Frau gebunden habe.«

Spontan wollte ich auf ihn zustürzen, um ihn zu umarmen, doch ein Klopfen an der Tür hinderte mich daran. Es war Mrs. Harkins. Mr. Turner wurde gebeten, sofort in die Stallungen zukommen. Es sei sehr ernst.

An sich war es eine Sache, die mich betraf, aber der gute William glaubte mich noch im Bett, deshalb wandte er sich an Turner.

Als Drake nach einer Weile zurückkam, war er sehr aufgeregt. »Schau her, Nora! Das ist der Steigbügelhalter von deinem Sattel.«

Ich nahm das Lederzeug in die Hand und sah es verständnislos an. »Was ist damit?«

»Siehst du es nicht? Die halbe Bruchstelle ist glatt, die andere zackig. Mit einem Werkzeug aufgeschlitzt.«

Erschrocken ließ ich meine Hand sinken. »Du meinst doch nicht...«

»Genau das meine ich. William war aschfahl, als er mir die

Sache zeigte. Der Schnitt ist so hoch angebracht, daß er beim Satteln nicht zu sehen war. Und beim Damensattel ist das Gewicht der Reiterin einseitig auf die linke Seite verlegt. So mußte die Halterung reißen und du die Balance verlieren und stürzen.«

»... und mir den Hals brechen«, flüsterte ich.

Darauf erwiderte Drake nichts, aber sein Gesichtsausdruck sagte genug.

Ich holte tief Atem. »Jemand versuchte, mich zu töten. Aber wer...?«

»Ich habe William ausgefragt. Ich wollte wissen, wer in der Nähe des Sattelplatzes gewesen ist. Aber es waren beinahe alle, die in Frage kommen könnten. Die Masons waren dort und versuchten, Egbert zu überreden, ein Pferd zu besteigen. Damon trieb sich wie üblich bei den Pferden herum, mit und ohne Miß Best, er wollte – wie so oft – ein Kavallerieregiment ausrücken lassen. Vor drei Tagen war auch Annabelle vorbeigekommen, um ihren Wallach tränken zu lassen...«

»Also jeder von ihnen hätte es tun können.«

Drake nickte.

Ich mußte an die ominöse Schrift auf Marks Schreibtisch denken. NORA MUSS STERBEN.

Ich preßte meine Finger in die Handballen. Ich stammelte: »Erst der rote Ball. Dann das zerschnittene Gemälde. Dann Marks Geist. Und jetzt...«

Drake unterbach mich brüsk. »Was hast du da gesagt?«

Ich wußte nicht gleich, was er wissen wollte. Dann verstand ich. »Ja, Marks Geist! Ich habe ihn gesehen, in der Nacht, als ich vom Schlößchen nach Hause ging. Auf dem Moor. Er ist auf Mustafa geritten...«

»Warum hast du mir nicht davon erzählt?«

»Es – es muß eine Halluzination gewesen sein. Das habe ich mir immer wieder gesagt. Und ich habe gefürchtet, man würde mich für verrückt halten, wenn ich von einer Geistererscheinung erzählte.«

»Es gibt keine Geister!« sagte Drake hart. »Das weißt du sehr gut, Nora. Und ich glaube auch nicht, daß du ein Trugbild gesehen hast. Komm, ich möchte die Stelle untersuchen, an der dir das Phantom erschienen ist.«

Um mein Bein zu schonen, ließen wir den Zweisitzer anspannen. »Ich bin überzeugt, daß es ein Geist von Fleisch und Blut gewesen ist«, sagte Drake Turner grimmig, »und ich glaube, ich werde es beweisen können.«

Jetzt, bei Tag, sah die Landschaft freilich ganz anders aus als in einer Nebelnacht, aber ich kannte hier jeden Zollbreit des Weges und konnte ihn an die gewünschte Stelle führen. Er kniete nieder, bog die Grashalme zur Seite und untersuchte den Boden. Dann ging er zum nahen Gebüsch, den Blick immer starr auf den Grund gerichtet.

Schließlich sagte er, sichtlich zufrieden: »Schau her! Hufspuren! Nicht sehr ausgeprägt, aber doch deutlich zu erkennen.«

Ich sah die Spuren, doch ich zuckte die Achseln. »Was beweist das schon? Sowohl ich wie Annabelle sind oft am Wäldchen vorbeigeritten.«

»Ja, vorbei!« erwiderte er. »Dann würden die Spuren doch rund um das Gebüsch herumführen. Aber diese Spuren verlaufen in einer geraden Linie. Das Pferd muß direkt aus dem Gebüsch gekommen sein. Wahrscheinlich hat der Reiter dort auf dich gewartet... Im Sattel, auf dem Hengst.«

»Mustafa...«, murmelte ich.

»Du hast das Pferd auf dem Moor freigelassen, bevor du nach London gefahren bist. Könnte es jemand eingefangen haben?«

Ich überlegte. »Mustafa war sehr ungebärdig. Ein Fremder hätte ihn nie berühren dürfen. Aber wenn er jemanden kannte – und der wußte, wie gierig er auf Karotten ist...«

»Das würde das Pferd erklären«, meinte Drake, »kommen wir jetzt zum Reiter. Warum glaubtest du, es sei dein verstorbener Mann?«

»Ich war so erschrocken – und ich konnte mir niemand anderen auf Mustafa vorstellen. Er trug Reitstiefel und Breeches – und eine von Marks Reitjacken, das weiß ich ganz bestimmt.«

»Konntest du das Gesicht sehen?«

»Nein, nein, natürlich nicht. Nacht und Nebel. Und er trug einen großen Hut, einen Biberhut.«

»Einen Hut von Mark?«

»Ja, sicher. Aber jetzt fällt mir ein – Mark trug nie einen Hut, wenn er ausritt. Und ganz gewiß nicht im Sommer.«

»Doch das angebliche Gespenst trug einen Hut. Um sein Gesicht zu verdecken. Jemand versuchte, dich zu erschrecken, tödlich zu erschrecken. Aber wie kam er an Marks Jacke heran?«

Auch dafür wußte ich eine Erklärung. Ich erzählte Drake, wie mir eines Nachts die Unordnung im Wandschrank aufgefallen war. Natürlich hatte ich nicht nachgesehen, ob eine von Marks Jacken fehlte oder sein Biberhut.

»Jedenfalls war es ein Geist, der gut zu planen versteht. Der raffiniert ist und hinterhältig und grausam. Jetzt eine letzte Frage, Nora: Bist du sicher, daß es ein Mann gewesen ist? Hätte es nicht auch eine Frau sein können?«

»Worauf spielst du an?« fragte ich außer Atem. »Du denkst doch nicht an – an meine eigene Schwägerin?«

»Ich muß jeden in Betracht ziehen, der in Frage kommt.«

»Aber ich habe mit Annabelle Kaffee getrunken und bin dann direkt losmarschiert. Sie hätte keine Zeit gehabt, sich umzuziehen und das Pferd aus einem Versteck zu holen. Jetzt bist du es, Drake, der Gespenster sieht.«

Darauf erwiderte er nichts, er dachte angestrengt nach, und ich sah, daß er in tiefer Sorge war.

»Komm, fahren wir zurück.« Er führte mich zum Wagen und half mir beim Einsteigen. Als wir ankamen, wartete eine Überraschung auf uns. Mrs. Harkins stand vor dem Haus und winkte mir schon von weitem.

»Madam, Mr. Trelawney ist aus Amerika zurück. Er wartet in der Bibliothek auf Sie.«

Vergessen war der Schmerz, den ich bei schnellen Bewegungen spürte. Ich lief in die Bibliothek, so schnell ich konnte. Dort stand Colin, schwergewichtig und Vertrauen einflößend, neben Annabelle und einem grauhaarigen Mann, den ich nicht kannte.

»Colin!« rief ich, stürzte freudig auf ihn zu und umarmte ihn ohne jede Zurückhaltung.

Annabelle lachte gezwungen. »Nora«, ermahnte sie mich etwas spitz, »er ist nur drei Monate fort gewesen und nicht drei Jahre.«

Colins Anwesenheit verlieh mir eine Sicherheit, die ich seit langem vermißt hatte. Dabei konnte ich noch gar nicht wissen, ob er gute oder schlechte Nachrichten brachte. Aber sein vergnügtes Lächeln gab mir Hoffnung.

»Du hast etwas herausgefunden«, rief ich erwartungsvoll. »Sag, war Ella Mason mit Mark verheiratet? Ist Egbert sein Sohn?«

»Bevor ich deine Fragen beantworte, Nora, möchte ich dir Reverend Garrigue aus Boston vorstellen.«

Ich hatte im Moment ganz auf Drake vergessen, der jetzt hinter mich getreten war. Ich hörte ihn murmeln: »Garrigue – das klingt ganz wie Gerrick...!«

Jetzt trat der Pastor vor und ergriff meine ausgestreckte Hand. Er war klein und unscheinbar, aber sein Händedruck war fest, und seine Stimme klang wie die eines jungen Mannes.

»Sie sind sicher der Pastor, der im Jahr 1857 die Trauung vollzogen hat?« sagte ich atemlos.

Er nickte, und in diesem Moment ließ ich alle Hoffnung fahren. »Also, Ella Mason und Mark waren tatsächlich ein Ehepaar...?«

»Keine übereilten Schlußfolgerungen!« ermahnte mich Colin. Sein Gesichtsausdruck war vergnügt, er glich einem

Spieler, der ein As in seinem Ärmel verborgen hat. »Laß jetzt bitte die Masons hereinrufen, Nora.«

Ich merkte, daß er sich die Initiative nicht aus der Hand nehmen lassen wollte; so verzichtete ich auf weitere Fragen und tat, wie er mich geheißen hatte.

Seth Mason trat ein, das gewohnte Lächeln auf seinen Lippen. Doch es verschwand, als er den Pastor erblickte. Ella Mason, die an seiner Seite stand, wurde weiß wie die Wand.

Reverend Garrigue richtete seinen Blick auf Seth. »Wie geht es, Mr. Gerrick? 's ist eine lange Zeit her seit damals. Elf Jahre, nicht wahr?«

»Mr. Gerrick...?« rief ich erstaunt. »Aber das ist doch nicht Mr. Gerrick!«

Reverend Garrigue wandte sich mir zu. »Aber dieser Herr nannte sich Mark Gerrick, als ich ihn mit der Dame hier verehelichte. Das war vor elf Jahren, am 18. März 1857. Ich habe die Herrschaften und das Datum nie vergessen, weil unsere Namen gleich klingen.«

Ich protestierte. »Sie sind doch Bruder und Schwester...?«

Der Pastor schüttelte mißbilligend seinen Kopf. »Höchst ungebührlich. Es war ein Schock für mich, als Mr. Trelawney zu mir nach Boston kam und den Frevel aufdeckte.«

»Zuerst war ich bestürzt«, erklärte Colin, »als mir Reverend Garrigue versicherte, daß er sich sehr gut an Mark Gerrick erinnerte. Doch als er ihn mir zu beschreiben begann, wurde mir bald klar, daß es sich nicht um meinen Schwager handelte, sondern um Seth Mason. Deshalb überredete ich den Pastor, mit mir zu kommen und den falschen Mark Gerrick zu identifizieren.«

Fünf Augenpaare starrten jetzt in stummer Anklage auf die Masons. Ella verlor als erste die Fassung. »Ich hab' dir immer gesagt, es wird schiefgehen«, schrie sie ihren Bruder an.

Seth zuckte die Achseln, sein Lächeln war dünn. »Nun, wir haben um hohen Einsatz gespielt und verloren. Mehr ist darüber nicht zu sagen.«

»O doch!« meinte Colin streng. »Ich denke, Sie schulden uns eine Erklärung.«

»Fragen Sie meine Schwester. Es geschah ihretwegen.«

Ella Mason hatte sich mühsam gefaßt. »Sie können die Wahrheit erfahren; ich habe nichts mehr zu verheimlichen. Ich war ein junges und ziemlich ahnungsloses Mädchen, als ich mich von einem Handlungsreisenden verführen ließ. Als ich schwanger wurde, verschwand er spurlos, und ich sah ihn nie wieder. Ich wußte, mein Vater würde mich aus dem Haus weisen, wenn er entdeckte, was geschehen war, und ich war verzweifelt – ich sah mich in Schimpf und Schande auf die Straße gesetzt, ohne eine Ahnung, wie ich mich und mein Kind ernähren könnte. Um diese Zeit kam Mark Gerrick in unser Haus – wie gesagt, er aß mit uns und freundete sich auch mit meinem Vater an. Aber das blieb ohne Konsequenzen, und eines Tages stach sein Schiff wieder in See. Da hatte mein Bruder den rettenden Einfall. Er gab vor, Mark Gerrick zu sein, und wir ließen uns in aller Eile trauen.«

»Damals wurde nicht viel nach Papieren gefragt«, fügte Seth hinzu. »Ich fälschte Mark Gerricks Unterschrift, und zwei meiner Kumpane dienten als Zeugen. Glauben Sie mir, Reverend, ich hatte keinen Vorteil von der Sache – ich wollte nur meine Schwester retten.«

»Vater war außer sich, als ich ihm meine angebliche Liebschaft mit Mark Gerrick gestand. Doch als ich ihm den Trauschein zeigte, verflog sein Zorn. Und als dann die Nachricht vom Untergang der NEPTUN eintraf und es hieß, es habe keine Überlebenden gegeben, nahm er das als Schicksalsschlag hin, und später war er stolz auf seinen Enkel.«

»Das erklärt noch immer nicht, warum Sie nach England kamen und sich als Marks Witwe ausgaben«, warf ich ein.

Die Masons schwiegen, aber Colin antwortete für sie: »Ich habe sorgfältige Ermittlungen angestellt. Mit dem Geschäft des alten Mason ging es bergab. Als Mr. Mason starb, war er bankrott, und Seth Mason verlor seine Stellung bei der Zeitung, weil er Bestechungsgelder angenommen hatte, um gewisse Vorkommnisse zu verschweigen. Nicht nur hatte er kein Geld, er sah sich auch gezwungen, New York zu verlassen. In dieser Situation las er in der Presse von der Brandkatastrophe auf Schloß Raven und von Marks Tod.«

Seth betrachtete ihn mit feindseliger Anerkennung. »Sie sind ein kluger Mann, Mr. Trelawney. Ich hatte nicht damit gerechnet, daß Sie nach Amerika fahren würden, um zu recherchieren, auch nicht, daß der Pastor sich nach elf Jahren an eine der vielen Trauungen erinnern könnte, die er im Lauf der Jahre vorgenommen hatte. Wir verließen uns auf den Trauschein. Deshalb kratzten wir unser letztes Geld zusammen und fuhren nach London.«

»Ihr Spiel ist verloren«, sagte Colin hart, »und Sie werden die nächste Zeit wohl in einem britischen Gefängnis verbringen.«

Das Lächeln verschand von Seth Masons Gesicht. Er war sehr ernst geworden. »Damit mußte ich rechnen«, sagte er gedrückt. »Wer spielt, muß zu verlieren wissen. Ich schulde Lady Raven eine Entschuldigung und ich werde verstehen, wenn sie sie nicht akzeptiert. Ich bin in Ihrer Hand, Lady Raven, und Sie haben zu entscheiden, was mit mir geschehen soll. Ich habe nur eine Bitte: Lassen Sie meine Schwester und meinen kleinen Neffen aus dem Spiel. Ich nehme die ganze Verantwortung auf mich. Es war *mein* Plan, und sie tat nur, was ich ihr gesagt habe.«

Ich sah ihn mit gewissem Erstaunen an. Der tückische, verschlagene Seth Mason war nicht wiederzuerkennen; Niederlage und Aussichtslosigkeit hatten ihn zu einem anderen Mann werden lassen. Und ich wurde den Verdacht nicht los, daß vielleicht gar nicht er der Anstifter gewesen war, wie er vorgab, sondern seine Schwester.

Die sich überstürzenden Ereignisse waren zuviel für mich. Mein Kopf schmerzte, und ich preßte meine Fingerspitzen an meine Stirn.

Alle blickten jetzt auf mich. »Ich werde mir meine Entscheidung gründlich überlegen«, verkündete ich schließlich. »Jetzt entschuldigen Sie mich, bitte.«

Damit verließ ich die Bibliothek und ging hinauf in mein Boudoir. Ich setzte mich in meinen Lieblingssessel, und Faust sprang auf meinen Schoß.

Ich fühlte ein unendliches Gefühl der Erleichterung. Das Ränkespiel der Masons war entlarvt. Und wenn ich auch langsam an der Einschätzung von Marks Charakter zu zweifeln begann – eines war zumindest sicher: Er hatte mich nicht belogen, er war nie mit dieser Frau verheiratet gewesen, seine Liebe zu mir blieb ohne Makel.

Es wurde schüchtern an die Tür geklopft. Ich hatte Fenner Anweisung gegeben, daß niemand mich stören sollte, und ich war neugierig, wer es sich herausnahm, meine Order zu mißachten.

Es war Egbert.

Er sah mich aus seinen großen Augen an und stammelte: »Meine Mutter und Onkel Seth haben alles erfunden, nicht wahr? Ich bin nicht Lord Raven.«

»Nein«, sagte ich, »das bist du nicht.«

Plötzlich füllten sich seine Augen mit Tränen. »Und meine Mutter wird ins Gefängnis kommen, sagt man. Und ich werde sie nicht wiedersehen...« Mit einemmal begann er zu schluchzen.

Ich stand da wie erstarrt. Bisher war Egbert für mich ein mißratenes Exemplar gewesen, ein Geschöpf ohne jedes Gefühl. Plötzlich war er nichts weiter als ein Kind, verletzlich und von der Gefahr bedroht, von seiner Mutter getrennt zu werden.

Meine Vorstellungen von Genugtuung und Rache lösten sich in Nichts auf.

»Nein, Egbert. Deine Mutter wird nicht ins Gefängnis kommen. Ich werde sehen, daß ihr zusammenbleibt.«

Er hörte auf zu weinen und starrte mich an. Nicht wie sonst, mit den Augen eines Erwachsenen. Und als er verstand, was für ein Geschenk ich ihm machte, lief er auf mich zu und klammerte sich an meine Röcke, so wie Peter und Timothy es zu tun pflegten.

Ich konnte nicht anders, ich strich beruhigend über seinen Kopf. Dann schickte ich ihn fort, zu seiner Mutter.

Ich sah die Masons nicht wieder. Nachdem ich mich bei Colin ausführlich bedankt hatte, bat ich ihn, sie einfach fortzuschicken, und ich schenkte ihnen noch die von ihnen auf meine Kosten neu erworbene Garderobe. Sie verließen Schloß Raven binnen einer Stunde, froh, ungeschoren davonzukommen.

Ich war sehr, sehr müde, seelisch und körperlich erschöpft. Ich gab Auftrag, den Trelawneys und Drake Turner ein Abendessen zu servieren, aber ich hätte keinen Bissen hinunterbringen können. Man zeigte Verständnis dafür, daß ich so früh wie möglich zu Bett gehen wollte.

Doch so müde ich auch war, ich fand keine Ruhe und vermochte nicht einzuschlafen. Auf meinem Nachttisch stand die Flasche mit dem Schlaftrunk. Ich goß mir ein Glas voll und zwang mich, es auszutrinken. Das Gebräu schmeckte abscheulich.

Aber ich wußte, es würde wirken. Und ich legte den Kopf beruhigt auf mein Kissen.

Da hörte ich, daß die Tür geöffnet wurde. Es war die Tür von meinem Boudoir.

Fenner konnte es nicht sein, sie hätte angeklopft. Es mußte Drake sein.

Doch es war nicht Drake.

Ich hatte die Vorhänge nicht zugezogen, heller Mondschein drang in mein Schlafzimmer. Ich sah die Silhouette eines Mannes. Dann erst erkannte ich ihn. Damon!

Sein Anblick war so unerwartet, daß ich zuerst keine Worte fand. Ich hatte mich im Bett aufgerichtet. Er kam langsam näher.

Schließlich sagte ich: »Was tust du hier, Damon? Du hast dich wieder verirrt. Das ist nicht das Schlößchen.«

»Ich weiß, Nora. Das ist Schloß Raven. Dein Zimmer.«

»Geh nach Hause, Damon.«

»Nein.«

Seine entschiedene Ablehnung irritierte mich. Ich sah ihn prüfend an. Irgendwie war er verändert, er war nicht der harmlose Damon, den ich bis dahin gekannt hatte. Sein Blick war nicht unbestimmt ins Leere gerichtet, sondern faßte mich scharf ins Auge, böse und listig.

»Du sollst gehen!« verlangte ich jetzt verärgert, doch meine Stimme klang nicht so befehlend, wie ich vorgehabt hatte, sondern unsicher.

Er schüttelte den Kopf. Sein Mund verzerrte sich zu einem müden Lächeln. »Nein, Nora. Ich verlasse das Zimmer nicht, bevor du nicht tot bist.«

15

Ich verstand nicht gleich, was er meinte. Plötzlich überkam mich Angst, und viele Zusammenhänge wurden mir klar. Instinktiv zog ich die Decke über mich.

»Du möchtest mich töten, Damon...?«

»Ja«, antwortete er wie beiläufig. »Das wollte ich schon lange. Aber vorher wollte ich dich noch ängstigen. Verstehst du das nicht? Es machte mir Spaß. Du hättest dich sehen sollen, als der rote Ball auf dich zugerollt ist. Dein Gesicht war so bleich, so bleich...«

»Also du hast all die schrecklichen Dinge getan? Das zerschnittene Gesicht – die Schrift auf dem Schreibtisch...?«

Er nickte eifrig. »Das hättest du mir nicht zugetraut, was? Daß der arme, verrückte Damon so schlau sein kann! Ich habe euch alle zum Narren gehalten – dich, Annabelle, Miß Best...!

Es war sehr einfach. Ich bin auf Schloß Raven aufgewachsen. Ich kenne Ein- und Ausgänge, die niemand anderer kennt. Ich weiß, wo alle Schlüssel hängen und welche Türen sie öffnen. Und wenn ich jemandem begegnete...« Er zuckte die Achseln. »Der arme Damon hat sich wieder mal verirrt...«

»*Du* bist in jener Nacht auf Mustafa geritten?!«

»Sicher, wer denn sonst? Ich hatte ihm Hafer zu fressen gegeben, bis er handzahm wurde. Dann versteckte ich ihn im Keller der Abtei. Der ekelhafte Egbert hätte ihn um ein Haar entdeckt; ich mußte ihm eine Lehre erteilen, indem ich ihn in eine Zelle einschloß.« Er grinste. »Er hat sich nie wieder in die Nähe der Abtei getraut.«

»Und Marks Reitjacke...?«

»Die hab' ich einfach aus dem großen Schrank genommen. Du warst ja so umsichtig, seine Sachen aufzubewahren.«

»Und Miß Best hat von all dem nichts gemerkt?«

Jetzt lachte er vergnügt. »Wie sollte sie...? Sie hielt mich für einen harmlosen Narren, den sie nach Belieben in ihr Bett nehmen konnte. Und wenn sie dann ermüdet einschlief, konnte ich nach Belieben umherwandern und tun, was ich wollte. Vor allem in der Nacht, in der du sie zum Kaffee herunterrufen wolltest! Das war die Gelegenheit, auf die ich lange gewartet hatte. Auf dem Heimweg mußtest du am Wäldchen vorbeikommen. Zwischen den Bäumen habe ich auf dich gewartet. Und als ich dich sah, bin ich losgeritten.« Er grinste boshaft, und sein fröhliches Kichern ließ mein Blut gerinnen. »Du bist der Länge nach hingefallen, Nora. Dachtest du, du wärst verrückt geworden? Ich hab' es gehofft.«

»Aber warum, Damon? Warum...?«

Jetzt war er sichtlich erstaunt. »Das weißt du nicht...? Damit Peter dich beerben kann, Annabelle hat davon gesprochen, daß du ihn zu deinem Erben eingesetzt hast. Und ich liebe meine Schwester über alles. Sie und ich, wir waren immer ein Herz und eine Seele. Sie wollte Peter reich und glücklich sehen. Und was sie sich wünscht, soll sie auch haben.«

»Annabelle würde nie wünschen, daß du mir ein Leid antust, Damon.«

»Aber sicher würde sie das. Du willst ihr doch ihren Mann stehlen. Sie hat sich darüber beschwert, daß du Colin zulächelst und mit ihm flirtest und...«

»Das ist nicht wahr!« schrie ich.

»Doch, es ist wahr, ich habe es öfters selbst gesehen. Dafür wirst du büßen.«

Ich zuckte erschrocken zusammen. Etwas Schweres, Schwarzes war auf meine Bettdecke gefallen. Doch es war keine Waffe des Verrückten gewesen, Damon hatte sich nicht bewegt. Es war der Kater, der auf mich gesprungen war. Faust konnte nichts von der Gefahr, in der ich schwebte, ahnen. Er rollte sich zusammen, schnurrte laut und verlangte, gestreichelt zu werden. Mit zitternden Fingern fuhr ich über sein weiches Fell.

Damon stand wie angewurzelt. Er machte keinen drohenden Eindruck. Ich konnte keine Waffe sehen, obwohl er eine in seiner Tasche verborgen haben konnte.

»Wenn du mich tötest, Damon«, sagte ich leise, »wirst du dich selbst verraten.«

Er tat den Einwand mit einer Handbewegung ab. »Aber nein. Dazu bin ich zu schlau. Es wird wie ein Unfall aussehen...«

»Wie ein Unfall...?«

»Ja, natürlich. Einmal ist es mir mißglückt – als ich das Lederzeug von deinem Steigbügel durchschnitten habe. Aber diesmal wird es gelingen. Denn du wirst dich selbst umgebracht haben.«

Ich starrte ihn an, verständnislos. Er zwinkerte mir zu.

»Ich habe aus Miß Bests Vorrat Laudanum genommen und

in deinen Schlaftrunk geschüttet. Genug Laudanum, um ein Pferd zu töten. Bis man dich findet, bist du still und steif. Die arme Nora, wird man sagen. Die untröstliche Witwe! Hat sie es mit Absicht getan oder aus Versehen?!«

Mein Herz begann wild zu klopfen. Ich fühlte, wie mir der kalte Schweiß ausbrach. »Niemand wird es glauben«, rief ich.

»Warum nicht...?« erwiderte er verschmitzt. »Man hat ja auch geglaubt, daß der Tod von Mark und Gabriel ein Unfall gewesen ist.«

Meine Hände krampften sich zusammen. Ich hatte vergessen, daß ich den Kater festhielt, und der protestierte jaulend.

»Du...? Damon, du...?«

»Wer denn sonst? Ich war es, der Miß Bridges die Nachricht zukommen ließ, um sie wegzulocken. Und ich hab' die Lampe umgestoßen! Oh, es hat so schön gebrannt...!«

In diesem Moment hatte ich keine Angst mehr, keine Spur von Angst. Die Furcht, die ich bis dahin empfunden hatte, verwandelte sich jäh in blinde Wut und Rachedurst.

Mit einem Ruck richtete ich mich auf. Ich packte den Kater und warf ihn mit aller Kraft Damon ins Gesicht.

Sein Schrei und Fausts Heulen verschmolzen zu einem einzigen Schreckenslaut. Damon taumelte zurück und schrie; der Kater hatte sich in sein Gesicht festgekrallt. Ich schlug die Decke zurück und sprang aus dem Bett. Vor dem Kamin lag der Feuerhaken. Ich ergriff ihn und schwang ihn drohend, als Damon, der sich unterdes von Faust befreit hatte, auf mich zukam.

»Warum hast du das getan, Damon...?«

»Ich habe Mark gehaßt. Er hat mich ins Irrenhaus sperren lassen. Er hat mir Schloß Raven gestohlen...«

»Du hast mich umbringen wollen, Damon. Jetzt werde ich dich töten.«

Er kauerte sich zusammen wie ein in die Enge getriebenes Tier. Er war bereit, auf mich loszuspringen, als ich den Feuerhaken hob, um zuzuschlagen.

Durch die Tür, die noch offenstand, stürzten jetzt zwei Männer ins Zimmer: Drake und Colin.

»Nora!« rief Drake warnend.

Die Waffe entglitt meiner Hand und fiel zu Boden.

»Er hat Mark und Gabriel auf dem Gewissen«, rief ich.

»Ich weiß«, sagte Drake. »Wir wissen es.«

Damon, als er sich von den Eindringlingen ertappt sah, hatte sich wimmernd in eine Zimmerecke zurückgezogen. Colin trat zu ihm und faßte ihn am Arm. »Immer mit der Ruhe, Damon. Du kommst jetzt mit mir.«

Jetzt, da ich mich sicher fühlen durfte, merkte ich, wie mir schlecht wurde. Ich drohte zu fallen und klammerte mich an Drake fest. »Einen Arzt –! Schnell, einen Arzt! Er hat mich vergiftet.«

Alles Blut wich aus Drakes Gesicht. »Womit...?«

»Laudanum!«

Bevor noch der Arzt aus Sheepstor kam, hatte die energische Mrs. Harkins die Sache in die Hand genommen. Sie kannte eine Menge Hausmittel, auch solche gegen Vergiftungen.

Drake trug mich in die Küche hinunter, und man gab mir eine abscheuliche Mischung von Senf und warmem Wasser zu trinken. Dies hatte zur Wirkung, daß ich mich übergab. Immer wieder erbrach ich mich. Dann mußte ich heißen Kaffee trinken. Und obwohl ich schließlich so schwach war, daß ich mich kaum auf den Füßen halten konnte, durfte ich mich nicht niederlegen. Drake zwang mich, auf und ab zu gehen. Von einem Ende der großen Küche zum anderen. Wenn ich zusammenknickte, richtete er mich auf. Mir wurde schwarz vor Augen, aber ich mußte marschieren. Es war wichtig, daß ich nicht ruhte, sondern in Bewegung blieb. Der Arzt, der bald darauf kam, konnte nichts weiter tun. Er bestätigte, daß die sofortige richtige Behandlung mir das Leben gerettet hatte.

Damon war der Meinung gewesen, das Gift würde unverzüglich seine Wirkung tun. Doch Laudanum braucht einige Zeit, bevor es zum Tode führt. Damons verrückte Sucht, meine Qual zu verlängern, hatte seinen Plan schließlich scheitern lassen.

Damon wurde in eine staatliche Anstalt gebracht. Die entsetzte Miß Best mußte sich von ihrem Liebling trennen; sie verschwand stillschweigend aus Devonshire. Annabelle wollte anfangs nicht glauben, wozu ihr heißgeliebter Bruder imstande gewesen war. Als er ihr es dann mit eigenen Worten gestand, brach sie zusammen.

Bevor ich mich in jener Nacht von Fenner zu Bett bringen ließ, bestand ich noch darauf, kurz mit Drake zu sprechen. Ich wollte die volle Wahrheit kennen.

»Wieso hast du es gewußt...?« fragte ich ihn.

Er saß mir gegenüber, seine Hand lag auf meiner.

»Noch bevor dein Ledergurt durchschnitten wurde, war mir klar, daß jemand aus unserer nächsten Umgebung dahinterstecken mußte. Die Sache mit dem roten Ball sah noch nach einer Teufelei von Egbert aus, aber nachdem er in die Zelle der Abtei eingeschlossen worden war, schied er aus. Außerdem hatten das verstümmelte Bild und die Schrift auf dem Schreibtisch nicht den Anschein eines kindlichen Streiches. Und als Annabelle mir die Geschichte des Brandes erzählte, fielen mir einige Ungereimtheiten auf. Und ich wurde den Gedanken nicht los, daß auch das Feuer von damals vielleicht kein Unfall gewesen war, sondern ein Verbrechen.

Du wirst dich vielleicht gefragt haben, Nora, wohin ich geritten war, wenn ich manchmal tagsüber wegblieb.«

»Es gab auch Nächte, in denen du nicht heimgekommen bist«, warf ich ein.

Er lächelte. »Wahrscheinlich hast du geglaubt, eine Frau sei der Grund gewesen.«

Etwas verlegen mußte ich zugeben, daß es so gewesen war.

»Im Grunde hast du recht gehabt. Es war eine Frau. Nämlich Miß Bridges.«

»Miß Bridges...?« rief ich verblüfft. »Das Kindermädchen von Gabriel?«

Er nickte. »Ich wurde die Vorstellung nicht los, daß Miß Bridges vielleicht nicht gelogen hatte. Dann hätte jemand die Nachricht unter die Türe des Kinderzimmers geschoben, um sie wegzulocken. Und nicht der kleine Gabriel hätte die Lampe umgeworfen, sondern dieselbe Hand, die den roten Ball gestohlen und dein Gesicht auf dem Gemälde zerschnitten hat.

Schließlich entschloß ich mich, selbst mit Miß Bridges zu sprechen. Das war nicht ganz einfach zu bewerkstelligen. Erst mußte ich ihre Eltern ausfindig machen, doch die wußten nicht genau, wo sie sich aufhielt. Sie hatte einen Posten außerhalb von Devonshire angenommen, und unter einem falschen Namen, denn nach dem Skandal mit dem Brand auf Schloß Raven hatte niemand Miß Bridges einstellen wollen.

Schließlich wurden meine Bemühungen von Erfolg gekrönt. Sie lebte bei einer kinderreichen Familie in Cornwall, als Hanna Johnson. Als ich sie wissen ließ, daß ich ihre wahre Identität kannte, war sie äußerst bestürzt. Sie fürchtete, die Polizei wolle sie nochmals verhören, und sie würde ihren Posten verlieren. Aber ich konnte sie beruhigen, ich versicherte sie meiner Diskretion, und dann sprachen wir sehr lange miteinander. Sie machte einen ausgezeichneten Eindruck, und an ihrer Aufrichtigkeit ist nicht zu zweifeln.

Ich habe auch noch mit dem Konstabler von Sheepstor gesprochen. Er ist ein einfacher Landpolizist, dessen Horizont nicht über die Bauernhäuser seines Reviers reicht. Leider ist niemand auf die Idee gekommen, Scotland Yard hinzuzuziehen. Geschulte Detektive wären bald dahintergekommen, daß eine einfache Seele wie Miß Bridges nicht imstande gewesen wäre, in der Panik der Unglücksnacht die absurde Geschichte von der hingekritzelten Nachricht zu erfinden. Mich jedenfalls konnte sie überzeugen. Allerdings hatte ich schon vorher den Verdacht, daß das Feuer gelegt worden war. Und der durchschnittene Lederriemen und die gespenstische Erscheinung von Mark auf Mustafa gaben den Ausschlag.

Colin Trelawneys überraschende Entlarvung der Masons hinderte mich, gleich mit dir zu sprechen. Aber im Lauf des Tages gelang es mir schließlich, mit Colin unter vier Augen zu reden.

Erst war er empört, denn die Verdachtsmomente engten den Personenkreis auf Annabelle und Damon ein, seine Frau und seinen Schwager. Wir wären beinahe mit den Fäusten aneinandergeraten, als wir einen Schrei hörten. Es war zwar nicht deine Stimme, sondern die von Damon. Doch wir wußten, daß etwas Schreckliches im Gange war, und wir liefen nach oben.«

Er blickte voller Stolz auf mich. »Ich wollte dich retten, Nora – doch ich kam nur noch zurecht, um Damon zu retten. Entschuldige, aber ich hätte wissen müssen, daß ein armer Irrer einer so energischen Frau wie dir nicht gewachsen ist.«

Er umarmte mich, dann ließ er Fenner kommen und mich zu Bett bringen.

Auch am nächsten Morgen war ich noch sehr schwach. Das Laudanum und die überstandenen Aufregungen hatten eine nachhaltige Wirkung. Drei Tage lang ging ich nicht aus dem Zimmer und verließ das Bett nur, um die Mahlzeiten einzunehmen.

Am vierten Tag ging ich endlich in den Garten hinunter, als mir die Ankunft der Trelawneys gemeldet wurde. Es war ein wunderschöner Sommertag, die Sonne schien warm, und die Rosen standen in voller Blüte. Und der Kater, der sich nach jener Nacht geweigert hatte, mein Zimmer zu betreten, kam schnurrend auf mich zu.

Nur Drake Turner war nirgends zu sehen.

Die Begrüßung der Trelawneys war herzlich und schmerzlich. Als ich zögerte, Colin zu umarmen, schob mich Annabelle selbst in seine Arme.

»Meine dumme Eifersucht hat genug Schaden angerichtet«, gab sie zu.

Wir setzten uns in die schattige Laube. Wir hatten einander so viel zu sagen. Doch je länger das Gespräch dauerte, desto unruhiger wurde ich. Wo blieb Drake...?

Endlich erschien er.

Er war hoch zu Roß. Hinter ihm erschien ein Lieferwagen, der von zwei kräftigen Pferden gezogen wurde. Auf der Ladefläche lag ein großer, langgestreckter Gegenstand, der in Wachstuch eingewickelt war. Der Kutscher auf dem Bock zog höflich seine Mütze; ich kannte ihn nicht, er war zweifellos nicht aus der Gegend.

Wir standen auf und gingen neugierig zum Wagen.

»Was ist das...?« wollte ich wissen.

»Ein Geschenk für dich«, erwiderte Drake. Seine Augen lachten.

»Das ist aber ein großes Geschenk«, scherzte Colin. »Ein Ring kann es nicht sein.«

»Auch nichts für die Garderobe«, meinte Annabelle.

»Sieh doch selbst, Nora«, sagte Drake und half mir, auf die Ladefläche zu klettern. Vorsichtig streifte ich den Überzug zur Seite. Zum Vorschein kam die geschnitzte Figur einer Frau.

»Eine Galionsfigur!« rief Colin überrascht. Und Annabelle fügte hinzu: »Nora, das bist du...!«

Sie hatte recht. Ich war gut zu erkennen, obwohl die Augen bunt bemalt und ausdruckslos waren. Aber das wild gekräuselte Haar, das über die Schultern der Figur fiel, war glänzend getroffen.

Ich starrte sprachlos auf Drake, der über das ganze Gesicht strahlte.

»Du hast deine Fotografie, die in der Bibliothek auf dem Kaminsims stand, gar nicht vermißt...«

»O doch. Aber ich dachte, die Masons hätten sie verschwinden lassen.«

»Nein«, lachte er, »ich bin der Dieb gewesen. Und die

besten Holzschnitzer von Plymouth haben nach der Vorlage Tag und Nacht gearbeitet.«

Stolz richtete er die Figur auf, zu voller Größe.

»Ein Meisterwerk!« rief Colin bewundernd.

Ich stammelte: »Es ist das schönste Geschenk, das ich je bekommen habe...«

»Als du die NANCY MALONE umbauen ließest, hast du fast an alles gedacht. Aber etwas hast du vergessen: eine neue Galionsfigur. Und ich dachte, es gäbe für die neue LADY RAVEN keine passendere als die Besitzerin selbst.«

Den Tränen nahe, schlang ich meine Arme um ihn.

»Leider«, fuhr er vergnügt fort, »wird es nicht mehr lange eine lebendige Lady Raven geben.«

»Und warum nicht...?« wollte ich wissen.

Er preßte mich an sich, daß es mir den Atem nahm.

»Weil sie ihren Namen ändern wird«, sagte er, »in Mrs. Drake Turner.«